I0602955

Veröffentlicht von
DREAMSPINNER PRESS

8219 Woodville Hwy #1245
Woodville, FL 32362 USA
www.dreamspinnerpress.com

Ein Lied für dich
Urheberrecht der deutschen Ausgabe © 2025 Dreamspinner Press.
Originaltitel: Dedicated to You
Urheberrecht © 2024 Andrew Grey
Original Erstausgabe. Januar 2024
Übersetzt von Anna Henriksen.

Umschlagillustration
© 2024 L.C. Chase
http://www.lcchase.com
Umschlaggestaltung
© 2025 L.C. Chase
http://www.lcchase.com
Die Illustrationen auf dem Einband bzw. Titelseite werden nur für darstellerische Zwecke genutzt. Jede abgebildete Person ist ein Model.

Deutsche ISBN. 978-1-64108-837-4
Deutsche eBook Ausgabe. 978-1-64108-836-7
Deutsche Erstausgabe. April 2025
v 1.0

EIN LIED FÜR DICH

ANDREW GREY

Für Dominic – Mit dir fühl ich mich dem Himmel ganz nah.

1

DIE GRÖLENDE Menge elektrisierte ihn. Er stand hinter der Bühne in einem dunklen Anzug, der so eng war, dass die Nähte zu platzen drohten. Eine falsche Bewegung und sein Publikum würde einen Blick auf Teile von ihm erhaschen, die er nur ungern in der Presse wiedersehen würde. Aber er fühlte sich bereit. Die Lichter durchfluteten das riesige Auditorium, in dem an die dreitausend Fans, fast alle weiblich, auf ihn warteten. Jeder hatte eine obszöne Menge Geld bezahlt, um ihn live zu sehen.

„Meine Damen, meine Damen und, na ja, auch die wenigen Herren da draußen … das Orpheum ist überglücklich, Ihnen die magischen Gesangskünste von Dillon Fitzgerald präsentieren zu dürfen."

Als er seinen Namen hörte, trat er auf die Bühne. Die Fans applaudierten und schrien vor Freude. Er liebte seine Fans und sie ihn. Zumindest stiegen nach jedem Auftritt seine Einnahmen.

„Guten Abend", sagte er mit seiner kräftigen Baritonstimme, von der er wusste, dass sie Frauen verrückt machte. Das war schon immer so gewesen. „Ich bin so glücklich, hier bei euch in Chicago zu sein. Es ist immer etwas Besonderes, in meiner Heimatstadt zu spielen." Beim letzten Wort begann die Band den ersten Song zu spielen, eine Liebesballade namens *Home*. Es war sein erster Hit gewesen und die Fans liebten ihn als Eröffnung. Viele sangen mit, was sich immer noch unglaublich gut anfühlte. Immer, wenn das Publikum mitsang, bedeutete das, dass er es geschafft hatte, eine Verbindung zu ihm aufzubauen.

Sie sangen und kreischten, und ein paar von ihnen wurden während des Konzerts fast ohnmächtig. Jedes Konzert war verschieden. Das Publikum heute reagierte besser auf seine alten Lieder als auf die neuen, also änderte er die Setlist entsprechend. Sie dankten es ihm mit donnerndem Applaus. Dillon spürte die Liebe, die ihm die Fans entgegenbrachte.

Nachdem er seine zweite Zugabe gespielt hatte und der Vorhang zum letzten Mal gefallen war, gab Dillon der Band das Signal, dass er fertig war. Und das, obwohl das Publikum immer noch wie wild tobte. Er hatte etwas Halsschmerzen und seine Kleidung war komplett durchschwitzt.

„Komm, ich bringe dich in deine Garderobe", sagte eine Assistentin und führte ihn Backstage. Dillon dankte ihr und schloss die Tür hinter sich. Er schmiss sich auf einen Stuhl, streckte seine Beine aus und kickte seine Schuhe von sich. Bevor er irgendetwas anderes tun konnte, eilte sein Manager Leon hinein.

„Das war unglaublich. Wir haben spezielle WLAN-Verbindungen in der Lobby eingerichtet, und hunderte Fans haben deine Musik schon beim Rausgehen heruntergeladen. Du bist wieder mal der Trend auf Twitter, und Instagram ist voll von dir, seit wir erlaubt haben, dass während der Zugaben Bilder gemacht werden dürfen." Er war überglücklich, und Dillon war zufrieden. Leon begeisterte man nicht so schnell.

„Fantastisch." Dillon griff nach der Wasserflasche auf dem Tisch und nahm einen Schluck. Er überlegte kurz, den guten Scotch aufzumachen, aber entschied, das für später aufzuheben.

„Wir müssen dich in den Bus und weg vom Veranstaltungsort bringen. Draußen warten viele Fans, die hoffen, noch einen Blick auf dich zu erhaschen."

„Das ist okay. Ich werde noch ein paar Autogramme geben. Denk an die Fotos dafür." Jetzt, da das Konzert vorbei war – das letzte einer dreimonatigen Tour durchs ganze Land –, konnte er sich endlich entspannen und hoffentlich wieder neue Lieder schreiben.

„Okay." Leon blieb stehen.

„Ich muss mich umziehen." Dillon hatte das Gefühl, als würde er in einer heißen Suppe sitzen. Er musste unbedingt raus aus diesen Kleidern, sich etwas Bequemeres anziehen und ein paar Tage in seiner Wohnung ausruhen. Leon verschwand immer noch nicht, und Dillon war langsam wirklich zu müde für all das hier. „Lass mich bitte allein." Normalerweise war er nicht so unverblümt, aber er brauchte einen Moment für sich.

„Ja ... sorry", sagte Leon und verließ die Umkleidekabine.

Dillon zog sich seine Konzertkleidung aus und eine frische schwarze Hose und ein weißes Hemd an. Er fand saubere Socken an und schlüpfte dann in seine Konzertschuhe. So gerne er auch Jeans und T-Shirt angezogen hätte – er hatte ein Image zu bewahren. Komfort musste warten.

Er trank noch mehr Wasser und öffnete dann die Garderoben-Tür. Ellen eilte herein, um sich um seine Kleidung zu kümmern. Sie war Leons Assistentin, und meistens mochte er sie mehr als seinen Manager. „Das Konzert war wunderbar", sagte sie, während sie seine Kleider aufhängte, um sie später in den Bus zu bringen. Sie würde sie zur Reinigung bringen, damit sie fürs nächste Konzert bereitstünden.

„Vielen Dank. Ich bin froh, dass es dir gefallen hat", sagte er ihr. „Aber ich bin froh, dass jetzt erst mal Konzertpause ist." Er lächelte, als sie zur Tür trat. „Du hast während der gesamten Tour großartige Arbeit geleistet und ich danke dir für alles." Er griff in seine Tasche, zog einen Umschlag heraus und gab ihn ihr. „Das ist für all die Male, in denen du dafür gesorgt hast, dass Schokolade, Cola Light und Chips in meinem Zimmer waren." Das war Nervennahrung, die Leon ihm eigentlich verboten hatte, damit Dillon nicht zunahm.

Sie öffnete den Umschlag und ihre Augen weiteten sich. „Das ist viel zu viel."

Dillon tätschelte ihre Schulter. „Das ist es wirklich nicht", sagte er ihr. Sie drapierte die Kleidung über den Stuhl, steckte den Umschlag in ihre Tasche und umarmte ihn.

„Das ist so toll. So kann ich meiner Schwester bei ihren Unigebühren helfen." Sie lächelte ihn an und küsste seine Wange. „Ich weiß, dass du nicht auf Frauen stehst, aber wenn du es tun würdest ..." Sie seufzte und hob die Kleider wieder auf. Sie eilte aus der Umkleidekabine, als Leon wieder hereinkam.

„Hat sie dich gestört?", fragte Leon.

Dillon schüttelte den Kopf. „Im Gegenteil. Und du musst sie wirklich besser behandeln. Sie ist gut in dem, was sie tut, und ich will sie weiter in meinem Team haben." Er sah Leon böse an. Was auch immer dem gerade auf den Lippen lag, erstarb. „Ich bin jetzt so weit."

„Sicher, dass du dich den Fans noch mal stellen willst?" , fragte Leon.

Dillon lächelte und nickte. „Lass uns gehen." Er wollte seine Fans nicht enttäuschen. Und der Tourbus wartete bereits nicht weit vom Ausgang.

Er folgte Leon. Als er sich dem Meer von Frauen und Blitzgewitter näherte, lächelte er, gab Autogramme und machte ein paar Fotos mit Fans. „Ich muss jetzt leider gehen. Euch alle zu treffen ist wirklich etwas ganz Besonderes für mich, aber es ist schon echt spät und ihr wollt doch alle, dass ich meine Stimme behalte. Ich muss aufhören zu reden und mich ausruhen." Er ging die Stufen hinunter und die Fans machten ihm Platz. Er stieg in den Bus und winkte ihnen nochmals zu. Die Tür schloss sich hinter ihm und der Bus fuhr langsam los.

Zum Glück kannten ihn die Bandmitglieder so gut, dass sie wussten, dass er keine Lust mehr zum Reden hatte. Er machte sich auf den Weg in seinen kleinen Bereich im hinteren Bereich des Busses und schmiss sich dort auf sein Doppelbett. Diese Tour war vorbei. Er hatte es geschafft. Aber schon nächsten Monat sollte er mit neuem Material im Studio stehen, und drei Monate später ging es auf Tour durch Europa.

Wenn er zu viel über seinen engen Zeitplan nachdachte, wurde ihm schwindelig, also versuchte er, sich auf das zu konzentrieren, was als nächstes dran war: neue Lieder zu schreiben. Das Problem war, dass er keine Ahnung hatte, was er schreiben sollte. Aber er hatte ja noch etwas Zeit. Die Tour war geschafft und erst einmal konnte er durchatmen. Er würde schon den richtigen Sound finden.

„Wir müssen darüber reden, was als nächstes ansteht."

Dillon hielt die Augen geschlossen. „Nein. Was wir tun müssen: mir eine Chance zu geben, mich zu erholen. Ich bin müde und ich kann nicht mehr klar denken. Die Tour ist vorbei und ich brauche etwas Zeit für mich."

„Na ja", sagte Leon, der sich auf die Bettkante setzte, „es kam eine Anfrage rein. In drei Wochen gibt ein Benefizkonzert für die Ukraine und du sollst daran teilnehmen. Ein großer Sender wird es live im Fernsehen übertragen. Ich denke, wir sollten mitmachen."

„Okay. Das ist ja nur ein Abend. Das können wir machen. Aber ich brauche den Rest der nächsten Wochen frei. Du weißt, dass ich fürs Schreiben und Komponieren Konzentration brauche. Ich brauche diese Zeit." Die brauchte er wirklich.

Es FÜHLTE sich so gut an, in seinem eigenen Bett aufzuwachen. Noch besser war, dass ihn keine Agenten, Manager oder Haushälterinnen störten. Er war zu Hause, und die Morgensonne erhellte den Raum. Er liebte seine Wohnung im dreißigsten Stock eines Wolkenkratzers in der Innenstadt Chicagos. Er hatte einen Blick über den Grant Park und bis hin zum See. An sonnigen Tagen wie diesem funkelte das Wasser, und an regnerischen Tagen schien er den Wolken ganz nah zu sein. Auch dieses Gefühl liebte er.

Dillon stand auf, zog einen dünnen Bademantel an und machte sich auf den Weg in die Küche, wo er sich einen Cappuccino machte und die Morgenzeitung las, die in seiner geräumigen Küche auf dem Tisch lag.

„Da bist du ja schon", sagte sein Freund Tio, der hereinkam und die Schlüssel zu Dillons Wohnung wieder einsteckte. „Ich dachte, du würdest erst mal ewig schlafen." Horatio Smythe-Barrett – oder einfach nur Tio – war seit der achten Klasse sein Freund. Sie hatten sich damals gemeinsam gegen den Klassentyrann gewehrt, der Tio immer mit seinem ganzen Vornamen ansprach. Am Ende hatte er eine blutige Nase, ein zerrissenes Hemd und einen Mund voll Erde. Danach legte er sich nie wieder mit ihnen an.

„Und warum sollte ich?" Er stellte seine Tasse mit einem Seufzer ab.

„Wenn ich gerade eine Konzerttournee hinter mir hätte, würde ich als Erstes in einen Club gehen und nach jemandem Ausschau halten, der mich in den kalten Nächten in Chicago wärmt." Tio machte sich einen Kaffee und setzte sich auf einen Stuhl. Er drehte ihn so, dass er Dillon gegenüber saß. Dillion durchfuhr dabei stets ein Schauer.

Dillon hatte schon vor langer Zeit herausgefunden, dass er Gefühle für seinen Freund hatte. Tio verbrachte viele Stunden im Fitnessstudio und sah entsprechend aus. Er hatte braune Augen, in denen man sich verlieren konnte. Und seine gewellten Haare, die ihm bis zu den Schultern gingen, machten jedem Schmonzetten-Covermodell Konkurrenz. Vor vielen Jahren, mit vielen Martinis intus, hatte Tio zugegeben, dass er glaubte, bisexuell zu sein. Aber soweit es Dillon wusste, war er immer nur mit Frauen zusammen gewesen – leider.

Unabhängig von Tios sexuellen Neigungen würde Dillon sich sowieso nie an ihn ranmachen. Seit Dillon berühmt geworden war, stellte er fest, dass er nur wenige echte Freunde hatte und viele sich einfach etwas von seinem Ruhm erhofften. Tio war keiner davon, er war absolut loyal. Dillon war diese Freundschaft unglaublich wichtig.

„Das ist wahrscheinlich eher dein als mein Ding", sagte Dillon, bevor er seinen Kaffee austrank. „Vielleicht können wir bald mal zu Abend essen, da ich doch jetzt erst mal eine Weile zu Hause bin."

Tio setzte seine Tasse mit einem Ruck ab. „Klar. Jederzeit. Ich bin so frei wie ein Vogel." Er seufzte unzufrieden.

„Ich nehme an, mit Carole ist es vorbei?" Tios Beziehungen dauerten nie sehr lange.

„Da kannst du Gift drauf nehmen. Nicht nur, dass sie mich betrogen hat … sie hat auch mein Geburtstagsgeschenk verscherbelt." Er seufzte. „Sie war nur hinter meinem Geld her." Er hob den Blick. „Ich hätte mich nie von Corey trennen sollen. Sie hat mich manchmal verrückt gemacht, aber ich wusste, dass sie wirklich mich mochte und nicht nur mein Geld." Tio war Finanzmanager und verdiente in einem Jahr mehr Geld als die meisten Menschen in ihrem ganzen Leben zusammen.

„Das tut mir echt leid. Ich fand sie nett." Dillon hatte Corey nur zweimal kurz getroffen. Sein Freund tat ihm meistens leid – er verdiente jemanden, der ihn mochte, so wie er war, und nicht nur wegen seines Geldes. „Aber du weißt, dass es besser ist, diese Sachen über sie zu wissen und dann einen Schlussstrich zu ziehen."

„Ich weiß." Er zuckte mit den Schultern und trank den letzten Schluck seines Cappuccinos. „Ich muss ins Büro. Ich habe den ganzen Tag Meetings. Ich wollte eigentlich nächste Woche mit Carole in den Urlaub fahren. Es ist zu spät, um abzusagen, aber vielleicht kann mir die Kreuzfahrtgesellschaft eine Gutschrift geben oder so."

„Fahr doch einfach allein. Da gibt es sicher viele Frauen, mit denen du Spaß haben könntest." Tio blieb nie lang allein.

„Alleine eine Kreuzfahrt machen? Das macht doch keinen Spaß!", erwiderte Tio. „Da ist man die ganze Zeit allein." Er verzog sein Gesicht und schüttelte sich. „Und es ist auch noch so eine tolle Kreuzfahrt! Sie startet in Lauderdale und dann geht es nach Aruba und so. Der Winter hier ist so lang und kalt. Ich könnte die Wärme und Sonne wirklich gebrauchen, sonst werde ich noch so blass wie du." Er stand auf und ging auf und ab. Dillon kannte das. Tio musste sich immer bewegen, wenn er nachdachte. Tio sah einfach unglaublich aus in seiner Hose und seinem Button-down-Hemd, das wie angegossen saß.

Dillon hatte Tio zwar ein paar Mal nackt im Fitnessstudio gesehen, aber die Art und Weise, wie der Mann Kleidung trug, machte Dillon ganz verrückt. Nicht, dass irgendetwas davon im Geringsten von Bedeutung wäre. Anfangs hatte er sich lange gewünscht, Tio würde seine Gefühle erwidern. Aber jetzt schätzte er ihre Freundschaft viel zu sehr, um irgendwas daran zu ändern. Auf Tio zu stehen war eine ganz schlechte Idee, und Dillon musste endlich aufhören, *so* über ihn zu denken.

„Dillon", sagte Tio und zog ihn damit zurück ins Hier und Jetzt, „hörst du mir überhaupt zu? Du hast gerade Zeit und bist nicht auf Tour und in einer Woche geht es los. *Du* solltest mitkommen." Er sah aus, als habe er eben einen Geistesblitz gehabt.

„Wohin?", fragte Dillon. Er kam nicht hinterher.

„Auf die Kreuzfahrt. Hast du nicht zugehört? Ich habe eine Suite mit viel Platz. Wir können sicher ein zweites Bett arrangieren. Deine Tour ist vorbei und du hast etwas Zeit, bevor du ins Studio zurückgehen musst." Er eilte durch den Raum, weg von der Fensterfront, an der er gestanden hatte. „Urlaub würde dir wirklich guttun."

Das war so was von wahr. Er brauchte eine Auszeit, musste sich auszuruhen. „Wie soll das denn gehen? Sind diese Schiffe nicht voller

Menschen? Wie soll ich mich erholen, wenn die Hälfte der Leute an Bord mich erkennt?"

Tio lachte. „Sieh mal einer an. So berühmt, dass er nicht einmal in die Öffentlichkeit gehen kann. Und du hältst *mich* für eingebildet!"

„Zumindest heule ich im Fitnessstudio nicht rum, weil die Spiegel nicht so hängen, dass ich mir beim Work-out zusehen kann. Du bist einer der eitelsten Menschen, die ich je getroffen habe. Aber darum geht es nicht. Ich meine es ernst! Mich erkennen dauernd Leute. Erinner dich an die Meute vor ein paar Monaten im Supermarkt." Er brauchte ernsthaft eine Auszeit, aber ein Urlaub war einfach nicht möglich – zumindest nicht so eine Art von Urlaub.

„Die Leute interessieren sich nicht die ganze Zeit für dich. Lasse dir einen Bart und einen Schnurrbart wachsen und poste in der Zeit keine Bilder in den sozialen Medien. Du bist immer so ordentlich und adrett – anders erkennt dich niemand. Du kannst alle deine dunklen Anzüge zu Hause lassen. Zieh dich anders an, seh anders aus, und niemand wird dich erkennen."

„Ich kann nicht", sagte Dillon. „Ich habe vielleicht noch einen Monat Zeit, bevor ich auf Tour gehe, aber ich habe noch viel zu tun, bevor ich ins Studio gehe. Ich kann nicht einfach eine ganze Woche abhauen, so spaßig das auch klingt." Er sah auf die Uhr und stellte fest, dass er sich anziehen und beeilen musste. „Du kommst noch zu spät ins Büro."

Tio ging zur Tür. In diesem Anzug sah er zum Anbeißen aus. Dillon seufzte, als er Tio herausließ und die Tür hinter sich schloss. Es war Zeit, sich an die Arbeit zu machen.

DILLON SAß am Flügel im Wohnzimmer und versuchte, sich etwas Neues auszudenken. Aber alles, was ihm einfiel, waren nur Kopien von Liedern, die er früher schon geschrieben hatte. Er wollte etwas Helles und Handfestes, eine Melodie und Worte, in die er seine Zähne versenken konnte. Es musste mal richtig intensiv sein, nicht leicht und fluffig. Seine Stimme konnte seelenvoll und dramatisch rüberkommen. Das war es, was seine Zuhörer liebten, und er musste abliefern … irgendwie.

Es war erst der erste Tag und er hatte noch Zeit, aber es wäre trotzdem toll, wenn ihm irgendeine Art Inspiration käme. Dann wüsste er zumindest, in welche Richtung es gehen würde. Aber ihm fiel einfach gar nichts ein.

Er schloss die Augen und beschloss, seine Finger einfach über die Tastatur wandern zu lassen.

„Dillon, ich muss mit dir reden", sagte Leon, der plötzlich hereinkam, ohne anzuklopfen.

Dillon erschrak sich und schloss das Klavier mit mehr Druck, als er es beabsichtigt hatte. „Ich muss diese verdammten Schlösser auswechseln lassen", schwor er sich. „Glaubt eigentlich niemand, dass ich ein Recht auf Privatsphäre habe?" Er drehte sich um und starrte Leon an.

„Ich habe dreimal versucht anzurufen, aber du hast nicht abgehoben." Leon trat ans Klavier. „In New York ist was frei geworden und das Plattenlabel will unbedingt, dass du das machst. Zwei Tage in der Carnegie Hall. Nächste Woche. Es ist die Chance deines Lebens. Nur du und ein Begleitmusiker. Es wäre intim und wirklich etwas Besonderes, und …" Seine Augen tanzten vor Aufregung.

„Und: nächste Woche. Das würde bedeuten, mich mit einem Begleitmusiker einzuarbeiten, und all das, was zu einem Konzert dazugehört. Und ich habe nur eine Woche Zeit dafür. Plus … eine Million anderer Dinge, die ich noch tun muss." Sein Herz schlug so laut, dass er es hören konnte.

„Du hast mir gesagt, dass du schon immer in der Carnegie Hall spielen wolltest", sagte Leon.

„Das stimmt auch. Aber ich will kein Last-Minute-Ersatz für jemand anderen sein. Außerdem, was wird das Publikum dann denken, wenn ich auf der Bühne auftauche als Ersatz?" Er schüttelte den Kopf.

„Es ist die Carnegie Hall! Das wäre eine so gute Publicity für dich. Dein Gesicht und Name überall in New York." Leon hielt inne. „Denk einfach noch mal darüber nach. Ich muss ihnen bis morgen eine Antwort geben." Er eilte aus der Wohnung und Dillon wusste, dass er nicht aufgeben würde. Leon konnte sehr penetrant sein und er würde Dillon bestimmt keinen Moment Ruhe geben, bis er endlich zustimmte.

Vielleicht war er dumm, so eine Chance abzulehnen, aber er war so müde, so unglaublich müde. Wenn er nächste Woche das Konzert geben würde, würde er wahrscheinlich nicht so gut singen, weil er so erschöpft war. Und das Letzte, was er wollte, war ein schlechtes Konzert in der Carnegie Hall geben. Nein, die Gelegenheit würde wieder kommen – er wusste es einfach. Aber jetzt war nicht der richtige Zeitpunkt dafür.

Dillon setzte sich wieder ans Klavier, aber er konnte sich einfach nicht konzentrieren. Warum begriff niemand, dass er kein Roboter war und seine Kreativität nicht wie einen Lichtschalter einschalten konnte?

Nachdem er eine Weile am Klavier gesessen hatte, begann er, wieder zu spielen und seine Gedanken schweifen zu lassen. Er spielte einige der Lieder, die er vor Jahren für Konzerte gelernt hatte – alte, vertraute Musik, die ihn beruhigte. Aber es hielt nicht lange an. Der Hunger überkam ihn und er stand auf und bemerkte, dass sein Handy immer noch im anderen Raum war. Er holte es, als es gerade klingelte.

„Was ist denn noch, Leon?", sagte er, als er abnahm. Er versuchte, seine Stimme unter Kontrolle zu halten. Leon war ein guter Manager und hatte gute Instinkte, auch wenn er manchmal zu aggressiv war.

„Ich habe gerade einen Anruf bekommen und ... na ja, sie brauchen eine Antwort, aber es scheint, dass diese Konzerte Teil einer Veranstaltungsserie sind und nur einige von ihnen sind in der Carnegie Hall. Deine wären zwar in Manhattan, aber nicht in der Hall. Ich denke trotzdem, dass wir es tun sollten. Ich kann mich um alles kümmern." Verdammt, manchmal wusste er wirklich nicht, wann es genug war.

„Also dieses Konzert, das wirklich sehr viel Arbeit für mich wäre, ist also nicht mal in der Carnegie Hall", stellte Dillon klar. „Sondern ganz woanders in der Stadt."

„Ja. Aber sie werden trotzdem stark beworben und es wäre eine tolle Chance für dich. Aber sie brauchen eine schnelle Antwort. Wenn wir es nicht machen, müssen die Konzerte ganz abgesagt werden." Plötzlich fühlte sich Dillon sehr müde. Die Energie, die er am Klavier verspürt hatte, war wieder verpufft. „Nimm dir eine Stunde Zeit und schreibe mir dann deine Antwort." Leon legte auf und Dillon warf sein Handy aufs Bett, bevor er sich aufs zerknitterte Laken fallen ließ.

Er wusste, er wollte dieses Konzert nicht geben, und es war Zeit für eine Pause. Er fischte nach seinem Telefon und tätigte einen Anruf. „Smythe-Barrett und Sohn", sagte die Stimme am anderen Ende.

„Bitte verbinden Sie mich mit Tio. Aaron Fisher hier." Er benutzte seinen echten Namen und seufzte, während er darauf wartete, durchgestellt zu werden.

„Hey, was ist los?", fragte Tio. „Gibt es ein Problem?" Er klang niedergeschlagen und hatte scheinbar einen miesen Tag.

„Steht das Angebot mit der Kreuzfahrt noch?", fragte Dillon. „Du hast noch nicht storniert, oder?"

„Meinst du das ernst?", fragte Tio. „Ich wollte da gerade anrufen, um zu stornieren."

Dillon wusste, dass Leon sauer sein würde, aber er brauchte Urlaub. „Ich meine es ernst. Benutz meinen echten Namen bei der Umbuchung, aber sag niemandem, dass ich mitkomme. Keine sozialen Medien, genau, wie du gesagt hast. Und ja, ich komme mit. Buch mein Flugticket und so. Ich gebe dir natürlich das Geld zurück."

„Soll das ein Witz sein? Das wird fantastisch." Plötzlich klang Tio total glücklich. „Ich organisiere alles und rufe dich heute Abend an."

„Wunderbar. Sag einfach, wann es los geht." Das würde sicher Spaß machen. Sich zu verkleiden und so zu tun, als wäre man jemand ganz Normales. Dillon legte auf und war froh, dass Tio sich um alles kümmerte. Er oder zumindest seine Assistentin.

Er wagte nicht anzurufen, also schrieb er Leon eine Nachricht. *Bedanke dich bei den Konzertleuten für die Anfrage, aber ich habe keine Zeit. Ich werde nächste Woche nicht da und auch nicht erreichbar sein.* Verdammt, er würde tatsächlich in den Urlaub fahren! Er freute sich darauf, egal, wie sauer Leon sein würde.

2

„ANNE!", RIEF Tio, sobald er aufgelegt hatte, „ich brauche deine Hilfe."
Sie war es gewohnt, sich um Tios seltsame Anfragen zu kümmern.

„Ja, Mr. Smythe-Barrett", sagte sie ruhig. Tio fragte sich, was er getan
hatte, um sie zu verärgern. Sie nannte ihn nur beim Nachnamen, wenn sie
fand, er sei herrisch. „Was kann ich für dich tun, O Mächtiger?"

„Hör auf mit dem Mist", erwiderte er lächelnd, als sein Telefon wieder
klingelte. Die Märkte gingen heute auf und ab und er war fast ständig am
Telefonieren. Er musste Leute beruhigen, die Finanznachrichten ansahen
oder auf ihre App starrten, die ihnen sagte, dass die Kurse gerade um
fünfzig Punkte eingefallen seien. Das Geld seiner Kunden zu verwalten und
zu vermehren war sein Job, und er war sehr gut darin, aber die ängstlichen
Kunden machten ihn fertig. „Es war ein harter Tag und mein Vater möchte
sich mit mir treffen." Vom Regen in die Traufe. Sein Vater hatte immer
irgendwas zu meckern.

Ihr Gesichtsausdruck wurde weicher. „Wie kann ich helfen? Ich
sitze noch an den Projektionen, nach denen du vor einer halben Stunde
gefragt hast."

Anne war ein Geschenk des Himmels und ohne sie wäre er absolut
aufgeschmissen. Sie kümmerte sich nicht nur um sein Arbeitsleben, sondern
teilweise auch um sein Privatleben. „Kannst du die Kreuzfahrtfirma für
mich anrufen und Carole aus meiner Buchung entfernen?"

„Oh, Gott sei Dank", atmete Anne aus. „Ich hatte gehofft, dass ihr
euch bald trennen würdet. Die war doch nur hinter deinem Geld her." Sie
setzte sich. „Machst du die Kreuzfahrt jetzt alleine?"

„Nein. Stattdessen kommt Aaron Fisher mit. Hier sind seine Daten
für die Umbuchung. Und kümmere dich auch um einen Flug für ihn. Um
den Rest kümmern wir uns heute Abend." Er drehte sich um, als sein Handy
klingelte – ein weiterer Kunde, mit dem er sprechen musste. „Vielen, vielen
Dank. Ich weiß es zu schätzen."

Tio nahm den Anruf an und war erleichtert, dass es kein ängstlicher
Kunde war, sondern nur jemand, der eine große Überweisung tätigen
wollte. Tio half ihm bei der Überweisung und bestätigte, dass das Geld

angekommen war, bevor er sich bedankte und den Anruf beendete. Das war einer der positiven Momente des Tages. Schade nur, dass der nicht von Dauer war.

Tio hatte den ganzen Nachmittag kaum die Möglichkeit, von seinem Schreibtisch aufzustehen. Am Ende des Tages würde er wahrscheinlich dauerhaft mit seinem Stuhl verschmolzen sein. Als er aufstand, um ins Badezimmer zu gehen, verkrampften sich seine Beine vom stundenlangen Sitzen.

Auf dem Weg zurück zum Schreibtisch spähte er durch die Bürofenster hinaus zur Rezeption und stöhnte auf. Carole stand an der Rezeption. Ihr Gesicht sah verärgert aus. Das war genau das, was er jetzt noch brauchte. Er öffnete die Tür zur Rezeption und ging hindurch. Er konnte sie nicht James, dem Pförtner, überlassen.

„Was willst du, Carole?", fragte Tio so trocken, wie er nur konnte.

„Oh, Baby", sagte sie und fing an zu weinen. Er hatte diese Krokodilstränen schon öfter gesehen. Beim ersten Mal hatten sie zugegebenermaßen noch auf ihn gewirkt, aber jetzt nicht mehr. „Ich weiß nicht, was ich machen soll."

„Wegen was?", fragte Tio in neutralem Ton. „Dein Weinen wirkt nicht mehr auf mich. Wenn du mit mir reden willst, warum kommst du dann extra her?" Er blieb bei seinem neutralen Ton. „Du bist die, die mich betrogen hat, nicht andersherum."

Sie blinzelte ihn mit ihren riesigen, tränengefüllten Augen an. „Ich hatte vor, mit ihm Schluss zu machen. Deinetwegen." Sie blinzelte wieder und eine Träne lief über ihre Wange. Für eine Sekunde spürte Tio, wie er unsicherer wurde. „Du und ich wollten doch wegfahren, und ich wollte davor mit Steven Schluss machen." Sie schniefte und Tio hatte genug.

Er deutete nach innen und führte sie zu einem der kleinen Konferenzräume, dann schloss er die Tür. „Ich bitte dich. Ich weiß genau, was du getan hast, und dein lächerlicher Versuch, es anders darzustellen als es war, ändert daran nichts." Sein Kopf schmerzte und er sah Carole zum ersten Mal wirklich an. Er schüttelte den Kopf. Sie war wunderschön, mit perfekten Haaren und dem Körper eines Models – die Art von Körper, von der Männer ihr Leben lang träumten. Aber dahinter steckte eine Intrigantin, die ihn nur wegen seines Geldes mochte und ausgenutzt hatte.

Sie trat näher an ihn heran. „Komm schon, Tio. Du und ich werden im Urlaub ganz viel Spaß haben. Ich habe Steven gesagt, dass es vorbei ist und ich nur mit dir zusammen sein will." Sie legte ihre Arme um seine Schultern, aber ihre Berührung ließ ihn kalt. Da war nichts mehr. Und wahrscheinlich war zwischen ihnen nie etwas Echtes gewesen.

Ein sanftes Klopfen an der Tür ließ ihn aus ihren Armen gleiten. Tio öffnete die Tür und sah Anne vor sich stehen. „Ich habe die Umbuchungen für die Kreuzfahrt vorgenommen, um die du gebeten hast. Carole ist draußen und dein Freund mit dabei. Und ich nahm mir die Freiheit, ihr Flugticket zurückzugeben. Das Geld wurde dir auf deine Kreditkarte zurückerstattet." Sie lächelte und Tio hörte Carole hinter sich jammern. Anne kehrte zu ihrem Schreibtisch zurück und Tio ließ die Tür offen.

„Du Bastard", fluchte Carole. Alle Anzeichen von Traurigkeit waren verschwunden. Tio hatte mehr als genug von ihr. „Du bist wirklich ein Scheißkerl."

„Nein, bin ich nicht. Nicht von dir auf andere schließen", sagte Tio ruhig. „Und jetzt schlage ich vor, dass du gehst, bevor ich den Sicherheitsdienst rufe und du hinausbegleitet wirst." Er verschränkte die Arme vor seiner Brust und sie rannte wütend aus dem Raum. Dabei wackelte sie mit den Hüften, als wollte sie ihm zeigen, was ihm entging.

Oh Mann, er war plötzlich so müde. Er fragte sich, was er je an ihr gefunden hatte, außer einem tollen Körper. Er musste wirklich aufhören, nur mit seinem Schwanz zu denken, wenn es um Frauen ging. Etwas musste sich definitiv ändern.

Tio hatte längst akzeptiert, dass er sich nicht nur zu Frauen, sondern auch zu Männern hingezogen fühlte. Aber er hatte seine Neugierde noch nie befriedigt. Es hatte immer nur Frauen in seinem Leben gegeben. Tio wusste, dass er gut aussah. Das bestätigte der morgendliche Blick in den Spiegel und die viele Aufmerksamkeit, die ihm andere schenkten. Es war einfach, Frauen kennenzulernen und mit ihnen zu schlafen, also hatte er sich nie anderweitig umgesehen.

Nachdem er zu seinem Schreibtisch zurückgekehrt war, sah er sich die Nachrichten an, die er bekommen hatte, und checkte, wer versucht hatte, ihn anzurufen. Die letzte Person war Dillon. „Es ist alles geklärt", sagte ihm Tio bei seinem Rückruf und lehnte sich in seinem Stuhl zurück. Nach Caroles Abgang konnte er sich endlich entspannen, als er die Stimme seines Freundes jetzt hörte.

„Wunderbar. Was muss ich noch tun?" Dillon klang aufgeregt und Tio lächelte vor sich hin. Ein kleines Kribbeln der Vorfreude durchströmte ihn. Es war lange her, dass sie beide zusammen unterwegs gewesen waren. Wahrscheinlich nicht mehr seit dem College, was über zehn Jahre her war.

„Lad dir die App für Crown Cruises herunter." Er gab Dillon die Buchungsnummer durch. „Erstelle ein Konto und füge dann diese Buchung hinzu. Dann gibst du deinen Reisepass und deine Reisedaten ein und es kann losgehen und wir können dieses Winterwetter für eine Weile hinter uns lassen." Sie würden zusammen wegfahren! Er freute sich sehr darauf.

„Leon ist sauer auf mich, weil ich wegfahre. Er wollte, dass ich nächste Woche ein Konzert in New York gebe. Ich habe ihm abgesagt und mitgeteilt, dass ich nicht in der Stadt sein werde." Dillon schien viel weniger gestresst als gestern. Das war schön zu hören. Dillon arbeitete zu hart und war eh immer viel zu lange auf Tour, fand Tio.

„Na ja, wie gut, dass du der Chef bist und nicht er", sagte Tio und brachte Dillon damit zum Lachen.

„Lass ihn das nicht hören", erwiderte Dillon. „Er denkt gerne, dass sich die ganze Welt um ihn dreht."

Tio schnaubte. „Nein, die ganze Welt dreht sich um mich!"

„Was du nicht sagst", sagte Dillon. „Du bist eine größere Diva als Cher und verbringst mehr Zeit damit, deine Haare zu machen, als jede Frau, mit der du je zusammen warst."

Tio hielt inne. „Woher willst du das wissen?"

„Weil die, die ich getroffen habe, mir davon erzählt haben." Er lachte. Dieser schöne Klang beruhigte Tio. Dillon zu bitten, mit ihm mitzukommen, war die beste Idee gewesen, die er seit langem gehabt hatte.

Ein Türknallen ließ ihn aufschrecken. „Ich muss gehen, aber ich rufe dich heute Abend an, damit wir sicherstellen können, dass alles klar geht." Er legte auf und sah in die kalten, blauen Augen seines Vaters.

„Du und ich müssen uns unterhalten." Sein Vater hielt sich für irgendwas zwischen einem König und einem Gott, da war sich Tio sicher.

„Worüber denn?", fragte Tio. „Ich habe heute Morgen fünf Millionen eingebracht, und ich habe den Rest der Woche noch viele Kunden, die ich treffen muss." Was um alles in der Welt konnte seinen Vater so aufregen? Das Einzige, was ihm wichtig war, war Geld, und Tio war bei weitem der beste Geldmacher in der Firma. Und das hatte nichts damit zu tun, dass sein Vater der Firmenchef war. Tio hatte hart daran gearbeitet, ein gutes Investmentprogramm aufzubauen. Er hatte vor acht Jahren bei null angefangen und verwaltete nun eine halbe Milliarde Dollar, Tendenz steigend.

„Das habe ich gesehen." Er schloss die Tür. „Du musst endlich etwas gegen deinen Frauenverschleiß tun. Ich dachte, du würdest Corey eine echte Chance geben. Aber nein, du hast sie gehen lassen. Jetzt hast du jeden Monat eine andere Frau und das ist wirklich schlecht fürs Image. Vor einer Woche ist irgendeine davon hier aufgetaucht und hat nach dir gesucht. Ich glaube, sie hieß Sheila. Anscheinend brauchte sie Geld." Er setzte sich. „Du musst jemanden Solides finden. Keins dieser Mädchen zum Vergnügen." Manchmal klang sein Vater wie aus einem anderen Jahrhundert.

„Mir geht es gut", sagte Tio mit fester Stimme.

„Ja. So gut, dass heute schon wieder eine dieser Frauen auftauchte und eine riesige Szene machte. Das ist eine Firma und kein Ort für dein persönliches Drama. Es ist an der Zeit, dass du dich mit einem netten Mädchen niederlässt und ein Leben beginnst, das mehr als nur schnelle Autos und noch schnellere Frauen umfasst. Vielleicht kannst du sogar eine Familie gründen. Das ist nun mal, was man so macht, und Menschen wollen Stabilität, wenn es um ihr Geld geht. Sie wollen jemanden mit einer Familie. Menschen, die ihr Leben verstehen."

„Was sie wollen, ist jemand, der sich um ihr Geld kümmert und ihnen eine gute Rendite einbringt. Es ist ihnen scheißegal, mit wem ich ins Bett gehe. Nur dir nicht." Er erwiderte den harten Blick seines Vaters.

„Es gibt keinen Grund, vulgär zu werden. Und ich stimme dir nicht zu."

Tio schüttelte den Kopf. „Okay. Wie wäre es dann, wenn ich stattdessen für eine der anderen großen Firmen in Chicago arbeiten würde? Ich würde selbstverständlich die meisten meiner Kunden mitnehmen. Wie fändest du das?" Er und sein Vater hatten dieses Gespräch schon einmal geführt. Es war Tios einziges wirkliches Gegenargument und traf seinen Vater da, wo es wehtat: beim Geld.

„Deine Mutter veranstaltet nächste Woche eine ihrer großen Wohltätigkeitsgalas und wir erwarten, dass du erscheinst. Viele ihrer Freunde werden da sein, und es gibt einige Leute, die sie dir gerne vorstellen möchte. Frauen, die dir eine gute Ehefrau sein könnten. Frauen, die selbst Geld haben und dich nicht ausnehmen würden." Das war mal was Neues.

„Erstens bin ich in der Lage, mir meine Partner selbst auszusuchen, und zweitens bin ich nächste Woche im Urlaub. Das steht seit Monaten im Kalender." Er lehnte sich zurück.

„Du bist doch nicht immer noch mit der Verrückten von heute zusammen? Ich dachte, du würdest den Urlaub absagen, da du ganz sicher nicht alleine wegfährst." Sein Vater klang fast ein wenig neugierig, aber trotzdem streng.

15

Tio legte seine Hände auf seinen Schreibtisch. „Ich fahre trotzdem weg. Statt mit Carole fahr ich mit Dillion. Erinnerst du dich an ihn? Vom College."

„Der Sänger?", fragte sein Vater. „Du fährst also mit einem Freund weg." Sein Gesichtsausdruck wurde sanfter. „Na ja, vielleicht kann er dich vor Ärger bewahren." Es würde seinem Vater niemals in den Sinn kommen, dass Tio mit Dillon genauso viel anstellen könnte wie mit einer Frau. Das würde sein Vater sowieso niemals akzeptieren. Seine Eltern waren evangelikal und streng gläubig, besonders sein Vater. Natürlich hatte Tio sowieso nicht die Absicht, dass irgendetwas zwischen Dillon und ihm laufen würde, nur weil sie sich eine Kabine teilten. Dillon war sein ältester Freund. Niemals würde er diese Freundschaft riskieren, nur wegen Sex. „Ich werde deiner Mutter sagen, dass du nächste Woche nicht zu Hause bist, aber sie wird dir trotzdem bei der Suche nach der richtigen Partnerin helfen wollen. Du weißt ja, wie sie ist."

Tio musste lächeln. Damit konnte er umgehen. „Mom spinnt, wenn sie wirklich denkt, dass ich mir von ihr meine Partner auswählen lasse. Das würde ich schon aus Prinzip nicht zulassen. Und das wisst ihr beide auch." Er beugte sich vor. „Was ich stattdessen tun werde, ist die unpassendste Person, die ich finden kann, zu ihrer nächsten Veranstaltung mitzubringen. Ich habe da ein Mädchen im Auge, das gerne an Straßenecken steht. Ich bin in der Lage, mir die Menschen in meinem Leben selbst auszuwählen."

Sein Vater stand auf. „Wir sind es einfach leid, enttäuscht zu werden." Er verließ das Büro und das selbstgefällige Lächeln glitt von Tios Lippen. So war das mit Familien – sie wussten immer, wie man die wunde Stelle traf. Zum Glück klingelte sein Telefon erneut und er wurde wieder abgelenkt.

„DABEI WÜRDE man doch erwarten, dass dein Vater sich freuen würde, dass Carole weg vom Fenster ist", sagte Dillon am Abend. Tio hatte auf dem Heimweg noch bei ihm vorbeigeschaut. Sie wohnten im selben Gebäude. Tios Condo befand sich drei Etagen über Dillons und war geräumiger. Auf Dillons Etage befanden sich vier Wohnungen, auf Tios nur drei. Dillon hatte dennoch den besseren Blick über den See.

„Er könnte sich auch einfach freuen, dass er durch mich eine Menge Geld verdient, und mich in Ruhe arbeiten lassen." Er stellte das fast leere Whiskyglas auf die Arbeitsplatte aus Granit.

Dillon schüttelte den Kopf. „Es gibt mehr im Leben als nur Arbeit und Geld." Er beugte sich vor. „Und jetzt komm mir nicht mit deiner üblich zynischen Antwort, denn ich weiß es besser. Das weißt du so gut wie jeder andere. Warum sonst verabredest du dich immer wieder mit einer Frau nach der anderen in der Hoffnung, eine zu finden, die *besonders* ist?"

„Und werde dabei jedes Mal enttäuscht", murmelte Tio.

Dillon lächelte und schaltete die Musikanlage ein. „Spiel *Looking for Love*", sagte er. Sofort startete die alte Country-Ballade. Der Text über die vergebliche Suche nach Liebe war einfach extrem passend.

„Echt lustig."

„Es ist wahr", neckte Dillon ihn. „Du musst aufhören, den Frauen hinterherzurennen, und dir die Chance geben, mal durchzuatmen, um herauszufinden, was du wirklich willst."

Tio verdrehte die Augen. „Was ich will, ist eine Menge heißen Sex. Was soll ich denn tun, wenn ich niemanden habe? Herumsitzen und mir wie ein Loser einen runterholen?" Er fühlte sich wirklich ein bisschen aggressiv. „Ich mag Sex und es macht mir Spaß und ich kann ihn im Grunde immer bekommen, egal, wann ich will. Alles dank des Geldes und meinem Aussehen."

„Und am Ende landest du dann immer bei Frauen wie Carole."

Dillon hatte recht, aber Tio wollte es nicht hören. Als Kind hatte er sich in seiner Zukunft immer mit tollem Job, einer heißen Frau und zwei Kinder gesehen, die wie aus einem Katalog aussahen. Oh Mann, selbst damals war er so oberflächlich gewesen.

„Also … Was soll ich bitte machen?", fragte Tio.

„Also, erstens darfst du auf keinen Fall die Kreuzfahrt dazu verwenden, um nach Frauen zu suchen. Und sie mit in die Kabine zu bringen, kannst du sowieso sofort vergessen! Kein: *Krawatte an die Tür hängen*, wie du es in der Unizeit getan hast. Wenn du es dennoch machst, komm ich einfach rein und versohl dich, bis du nicht mehr so einen Lärm machst."

„Ich? Und was war mit dir und wie hieß er noch mal gleich: Teddy? Der war vielleicht laut", neckte Tio ihn. In ihrem letzten Jahr an der University of Chicago hatten sie sich ein Zimmer geteilt. Und was für ein Jahr das gewesen war!

„Wenn ich mich richtig erinnere, hast du gegen die Tür geschlagen und gedroht, Teddy nächstes Mal so richtig ranzunehmen, wenn er nicht die Klappe halten würde." Dillon war es damals schrecklich peinlich gewesen, aber nach der ganzen Zeit konnte er jetzt darüber lachen. „Soweit ich mich erinnere, habe ich ihn danach nie wieder gesehen."

„Das liegt daran, dass er nicht gut genug für dich war. Keiner der Jungs, mit denen du auf dem College zusammen warst, war das. Die waren nur an dir interessiert, weil du süß aussahst." Tio nahm sein Glas in die Hand und trank einen weiteren Schluck Whisky, obwohl der wahrscheinlich der Grund war, warum er so in Plauderstimmung war. „Das waren alles Idioten. Du hast jemanden viel Besseren verdient. Das hast du schon immer."

Dillon beugte sich näher zu ihm, sein Blick traf Tios. Er sah ihn intensiv an. Sein Blick schien sich tief in Tio hineinzubohren. Tio wunderte sich, dass es ihm nicht unangenehm war. „Sagt gerade der Richtige. Es gab nur ein einziges Mädchen, das gut genug für dich war, und sie hatte ihre eigenen Probleme."

„Corey war ein guter Mensch und ich vermisse sie manchmal, aber sie und ich wollten ganz andere Dinge im Leben. Du warst zu der Zeit auf Tour und hast es nicht so mitbekommen, aber am Ende haben wir uns die ganze Zeit über dumme Sachen gestritten. Aber das deutete nur auf tiefere Probleme hin."

„Wie die Tatsache, dass du wolltest, dass sich alles um dich dreht", sagte Dillon und füllte ihm Scotch nach.

„Das stimmt nicht."

Dillon schüttelte den Kopf. „Doch, das willst du immer." Er sah ihn wieder durchdringend an. Tio fühlte ein Flattern in seinem Bauch. „Was wollte Corey denn?"

„Sie wollte all diese Marathons und Halbmarathons laufen." Tio wusste, dass das sehr schwammig war.

„Und sie wollte, dass du mit ihr hinfährst", sagte Dillon. „So wie man das eben macht, wenn man jemanden liebt. Ihr war es wichtig, aber du wolltest lieber zu Hause bleiben oder mit deinen Freunden ausgehen. Aber wenn du etwas vorhattest, hast du immer von ihr erwartet, dass sie mit dabei war."

„Hast du überhaupt eine Ahnung, wie langweilig es ist, drei Stunden neben einer Ziellinie zu warten?", fragte Tio.

Dillon stellte sein Glas ab. „Und hast du eine Ahnung, wie spannend es ist, neben dir zu sitzen, während du im Urlaub den ganzen Tag in der Sonne liegst und Sudoku-Rätsel löst? Sie war eine aktive, vitale Frau mit viel Energie, und du wolltest, dass alles in deinem Tempo abläuft. Das war ihr gegenüber nicht fair und ich verstehe gut, warum sie darauf keine

Lust mehr hatte." Er beugte sich näher. „An ihrer Stelle hätte ich dir eine geknallt, damit du es begreifst. In einer echten, langandauernden Beziehung macht man auch mal Dinge für die andere Person. Und idealerweise gibt es immer auch Aktivitäten, die beide mögen. So funktioniert dieser Scheiß."

„Und du bist so ein Experte darin?", fragte Tio bissig. Es war frustrierend, dass Dillon so recht hatte. Dabei wollte er doch einfach nur dessen Unterstützung haben, egal, ob er recht hatte oder nicht. *War das nicht die Aufgabe eines besten Freunds?*

„Ganz bestimmt nicht. Ich bin viel zu viel unterwegs für eine feste Beziehung. Erinnerst du dich an den letzten Kerl, mit dem ich zusammen war?"

„Phillip." Tio seufzte. „Er sah unglaublich gut aus." Mist. So was sollte Tio lieber für sich behalten. Obwohl Dillon wusste, dass Tio auch auf Männer stand, war es nichts, was er normalerweise ansprach.

„Und ein netter Kerl. Aber er war immer gern zu Hause und ich war die ganze Zeit auf Tour. Manchmal ist er mitgekommen, aber meistens war er allein. Und irgendwann wurde es ihm zu viel. Er und ich haben uns zwar auch gestritten, aber vor allem haben wir lange darüber geredet. Da wir wussten, dass sich mein Leben nicht ändern würde, hat er mich verlassen. Wir waren nicht sauer aufeinander. Es ging einfach nicht anders."

Tio schüttelte den Kopf und nahm einen weiteren Schluck aus seinem Glas. „Das passt zu dir. Eine vernünftige und friedliche Trennung. Weißt du, manchmal denke ich, dass dein Leben einfach viel zu friedlich ist. Du brauchst etwas oder jemanden, der dich am Arsch packt und dir einen Ritt gibt, den du so schnell nicht mehr vergisst. Jemand, der dich komplett durchschüttelt. Damit du den ganzen Beziehungsmist mal vergisst."

Dillon hustete in sein Glas. „Na danke auch." Er beugte sich wieder näher. „Meldest du dich gerade freiwillig?"

Tio schluckte. Er hatte schon immer eine Schwäche für seinen Freund gehabt und sich schon manches Mal gefragt, wie es mit ihm wäre. Dillon war heiß: Das war nicht zu leugnen. Aber ihre Freundschaft war ihm zu wichtig. Außerdem würde sein Vater durchdrehen, wenn er jemals etwas mit einem Mann anfinge. Sich zu Männern hingezogen zu fühlen, das war das Eine. Aber diese Anziehung auch auszuleben, war etwas ganz anderes.

Die einzige Person außer Dillon, mit der er über sein Interesse an Männern gesprochen hatte, war seine Mutter. Sie war verständnisvoll gewesen, hatte ihn aber auch vor seinem Vater gewarnt und darauf hingewiesen, dass auch seine Kunden vielleicht etwas dagegen haben könnten.

„Komm schon, ich mache nur Witze. Du musst mich nicht so ansehen, als wäre ich dir gerade auf den Fuß getreten", sagte Dillon, und Tio merkte, dass er in seinen Gedanken abgedriftet war. „Möchtest du etwas essen? Ich könnte uns etwas bestellen. Entweder das oder du erträgst, was ich uns zaubere."

Tio wurde blass. „Oh Gott, alles, nur das nicht. Ich erinnere mich an das letzte Mal, als du gekocht hast. Ich wäre fast mit einer Lebensmittelvergiftung im Krankenhaus gelandet."

„Das stimmt doch gar nicht. Das kam von den Austern, die du damals zum Mittag hattest – dabei bleibe ich. Die haben sogar schon schlecht gerochen." Er nahm das Handy aus seiner Tasche. „Also, was willst du essen?"

„Morton's", antwortete Tio. Er war in der Stimmung für ein Steak mit allem Drum und Dran. Dillon bestellte das Essen. Während sie darauf warteten, half Tio Dillon dabei, bei der Kreuzfahrt einzuchecken. „Hast du einen Flug bekommen?"

„Ja. Es war nur noch ein Platz in der ersten Klasse übrig, also habe ich den genommen."

„Du Arsch", fluchte Tio. „Ich habe keinen Platz in der ersten Klasse bekommen, als ich gebucht habe." Er hasste es, in der Holz-Klasse zu fliegen, aber als er die Tickets für sich und Carole gekauft hatte, gab es keine anderen mehr.

„Dann versuche doch jetzt, ein Upgrade zu bekommen", sagte Dillon. „Oder reiß dich einfach zusammen. Es sind nur ein paar Stunden Flug nach Ft. Lauderdale, und wenn wir dort angekommen sind, gehen wir sofort an Bord unseres Schiffes und lassen unsere Probleme für neun ganze Tage hinter uns." Dillon gähnte und überprüfte den Status ihrer Essensbestellung. „Das Abendessen ist unterwegs."

„Dann gehe ich schon mal runter in die Lobby, um es zu holen." Tio verließ die Wohnung und ging zum Aufzug. Während er wartete, las er seine Textnachrichten durch.

Eine von Carole war dabei. *So leicht wirst du mich nicht los. Ich habe das Geld, das ich für mein Geburtstagsgeschenk bekommen habe, verwendet, um mir eine Kabine auf der Regal Crown zu buchen. Wir sehen uns in Ft. Lauderdale.* Die Nachricht endete mit einem Smiley-Gesicht. Es fiel Tio schwer, sein Handy nicht auf den Boden zu pfeffern.

3

WEGEN DES schlechten Wetters landete ihr Flugzeug mit einer Stunde Verspätung in Chicago. Irgendwann aber saßen Dillon und Tio auf ihren Sitzen und die Kabinentüren schlossen sich. Dillon war aufgeregt und freute sich, endlich die Stadt hinter sich zu lassen. Er schaute aus dem Fenster und kratzte sich über seinen neuen Bart. Es fühlte sich ungewohnt an, genau wie der gelegentliche Juckreiz, den der Bart auslöste. Er mochte seinen neuen roten Bart, auch wenn er Leon hatte versprechen müssen, ihn abzurasieren, sobald er aus dem Urlaub zurückkehrte. Noch war der Bart nicht allzu lang, aber er wurde jeden Tag länger und selbst Dillon fand, dass er schon etwas anders aussah – hoffentlich anders genug, um nicht erkannt zu werden.

Tio saß ein paar Reihen hinter ihm, irgendwo in der Holz-Klasse, und war wahrscheinlich immer noch wütend, dass er kein Upgrade bekommen hatte. Zumindest war ihnen Carole nicht am Flughafen begegnet. Darüber waren sie beide sehr erleichtert. Als Tio ihm ihre Nachricht gezeigt hatte, meinte Dillon, dass sie wahrscheinlich nur versuchen würde, Tio aufzuregen.

„Wie wahrscheinlich ist es bitte, dass sie sich wirklich eine Einzelkabine und ein Last-Minute-Flugticket leisten kann?", hatte Dillon gefragt. Hoffentlich hatte er recht. Dass sie ihnen bisher nicht begegnet war, war hoffentlich ein gutes Zeichen.

Das Flugzeug setzte sich in Bewegung und wurde immer schneller, bis es sich in die Lüfte erhob. Dillon setzte seine Kopfhörer mit Rauschunterdrückung auf, startete Musik und lehnte sich in seinem Sitz zurück, um sich auf die Klänge zu konzentrieren. Er hoffte immer noch, Inspiration für sein nächstes Album zu finden. Er hatte sich schon ein paar Ideen notiert, aber bisher war noch nichts Richtiges dabei, nichts, was ihn wirklich überzeugte. Er hörte gerade Prokofiev, als die Stewardess vorbeikam und ihm Getränke und Snacks anbot. Es war zu früh für einen Scotch, also entschied er sich für Orangensaft und schloss erneut die Augen. *Peter und der Wolf* transportierten ihn in eine andere Zeit und Welt. Das war das Gefühl, das er sich für sein neues Album wünschte: etwas, das den Hörer an einen glücklicheren, romantischeren Ort brachte, an dem alles möglich war. Das Problem war, dass Dillon wusste, wo er war und wo er hinwollte, aber keine Ahnung hatte, wie er dorthin gelangen sollte.

Schließlich entspannte er sich und machte es sich bequem. Er aß ein wenig und hörte weiter Musik. Er ging viele Jahrzehnte der Musikgeschichte in seinem Kopf durch, aber es brachte ihn nicht weiter.

Als das Flugzeug landete, war Dillon nicht schlauer als zuvor und noch müder als beim Abflug. Als sie das Gate erreichten, schnappte er sich seine Tasche aus dem Gepäckfach und verließ das Flugzeug. Er verabschiedete sich von der Crew und wartete dann im Gate-Bereich auf Tio.

„Oh Gott, meine Beine und mein Hintern bringen mich noch um", murmelte Tio, als er sich näherte. „Diese Sitze waren höllisch. Kaum Polsterung. Fast so wie Plastikstühle in Hörsälen."

Dillon konnte nicht anders, als ihm einen ironischen Blick zuzuwerfen. „Das muss ja wirklich schlimm sein, so groß, wie dein Hintern ist." Er musste ihn einfach veräppeln. Tio hatte breite Schultern, einen starken Rücken und einen muskulösen Oberkörper. Er sah gut aus, aber er hatte die Oberschenkel und den Hintern seiner Mutter geerbt. Sie waren zwar nur etwas kräftiger, aber manchmal machte es Dillon einfach Spaß, seinen Freund zu ärgern.

„Zumindest habe ich einen Hintern", antwortete Tio. „Trägst du bei deinen Konzerten eine Einlage?"

Dillon lachte. „Nein, das tue ich nicht. Aber wenn *du* auf der Bühne stehen würdest, könnte man deinen Hintern noch bis in die nächste Stadt sehen." Er stupste gegen Tios Schulter und traf dort auf harte, unnachgiebige Muskeln. Verdammt, dieser Mann war wirklich muskulös. Für einen Moment fragte sich Dillon, wie es wäre, diesen Körper zu erkunden. Sobald der Gedanke aufkam, riss er sich zusammen. Sie würden sich neun Tage ein Zimmer teilen. Tio war ein guter Freund, und das war's. Punkt. Er schimpfte mit sich selbst, während sie die Rolltreppe hinunter zur Gepäckausgabe nahmen und ihr Gepäck holten.

Normalerweise machte das jemand für Dillon. Jetzt stand er da, wartete auf sein Gepäck und blickte sich um, um zu sehen, ob er erkannt wurde. Glücklicherweise schenkte ihm niemand Aufmerksamkeit, und er holte sein Gepäck und ließ Tio den Transport zum Hafen organisieren. Er hatte gefragt, warum sie nicht schon gestern hergekommen waren, aber Tio hatte arbeiten müssen, also hatten sie an diesem Morgen den erst möglichen Flug von Chicago aus genommen.

„Wir haben Glück, dass die Verspätung nicht noch länger war", sagte Dillon zu Tio, der mit den Schultern zuckte.

„Manchmal läuft es eben blöd", war seine einzige Antwort, gerade als ein großer SUV neben ihnen hielt. Tio kümmerte sich um das Gepäck und Dillon stieg ein. Die Fahrt zum Hafen war überraschend kurz. Das Schiff war so gigantisch, dass Dillon den Kopf in den Nacken legen musste, um es komplett zu sehen.

„Das ist ja riesig", sagte Dillon.

„Es gibt größere Schiffe", sagte Tio. „Ich war schon einmal auf diesem Schiff und es ist wirklich sehr schön. Es wird dir gefallen." Sie hielten hinter einer Reihe von Autos und Taxis an. Dillon wurde nervös, während sie warteten, aber schließlich kamen sie an die Stelle, wo das Gepäck ausgeladen wurde. Sie stiegen aus, gaben ihr Gepäck zusammen mit einem Trinkgeld ab und machten sich dann mit ihrem Handgepäck auf den Weg zum Terminal.

„Glaubst du, sie ist hier irgendwo?", fragte Tio.

Dillon wünschte, er hätte eine Antwort auf diese Frage. „Ist das wirklich so wichtig? Es wäre ja nicht so, dass du wieder mit ihr zusammenkommen würdest, nur weil sie beschlossen hat, dir den ganzen Weg hierher zu folgen. Außerdem ist es ein riesiges Schiff voller Menschen." Sie stellten sich an und zeigten der Mitarbeiterin ihre Papiere.

Eine Unmenge Menschen stand in verschiedenen Reihen an. „Oh Mann", flüsterte Dillon, „das wird ja ewig dauern."

„Nö", sagte Tio, als er ihre Pässe vorzeigte. Die Mitarbeiterin lächelte und deutete zur Seite.

„Zu den Suiten geht es gleich da drüben", sagte sie freundlich. Sie gingen an allen anderen vorbei und kamen zu einer Schlange, die direkt zu einer anderen lächelnden Dame führte, die ihre Ausweise überprüfte, ihre Pässe scannte und ihre Kreditkarten überprüfte, bevor jeder von ihnen eine Gesundheitserklärung unterschrieb. Weiterhin lächelnd gab sie ihnen ihre Papiere zurück, wünschte ihnen eine gute Kreuzfahrt und zeigte auf den Eingang.

Sobald sie das Deck des Schiffes erreicht hatten, gingen sie tiefer hinein. Alles glitzerte und glänzte. Es war wie Las Vegas auf See. Gott sei Dank wusste Tio, wohin er musste. Er brachte sie zum Aufzug und zum Buffet, wo ein Mann ihnen half, einen Tisch zu finden.

„Es hat schon Vorteile, wenn man eine Suite bucht", sagte Tio mit einem Lächeln.

„Sieht so aus." Dillon sank tiefer in den Stuhl und konnte zum ersten Mal seit der Landung des Flugzeugs wieder richtig durchatmen. Er lehnte sich zurück, während Tio aufstand, um etwas zu essen zu holen. Das würde ein toller Urlaub werden – er wusste es einfach. Neun Tage Sonne, Entspannung, Ruhe und vielleicht sogar die Möglichkeit, die Musik in seinem Kopf wiederzufinden.

„Ich sehe, du und Tio habt es an Bord geschafft", sagte eine hübsche Blondine, die sich mit einem Mal auf dem Stuhl ihm gegenüber niederließ. „Dieser Bereich ist ziemlich voll. Es macht dir doch nichts aus, wenn ich mich zu dir setze?" Sie lächelte und Dillon hustete, als er das große Namensschild an ihrem Handgepäck sah. Das Letzte, was er brauchte, war, dass Carole sich zu ihnen gesellte. Er hatte Bilder von ihr gesehen, aber er hatte sie noch nie persönlich getroffen. Dillon hoffte, dass er nicht erkannt wurde.

„Ich glaube leider nicht, dass du hier sitzen kannst", sagte er freundlich und gab dem Mann, der ihnen geholfen hatte, den Tisch zu finden, ein Zeichen. Der Mitarbeiter kam und fragte, ob Dillon etwas brauche.

„Ich weiß nicht, ob diese Dame hier richtig ist", antwortete Dillon und tat so, als habe er keine Ahnung, wer die Frau war. Dillon war sich nicht sicher, welches Spiel Carole zu spielen glaubte, aber er wusste, wie man solche Leute loswurde.

„Ma'am, darf ich einmal Ihre Bordkarte sehen?", fragte der Steward freundlich und Carole reichte sie ihm. „Es tut mir leid. Dieser Bereich ist für nur für Gäste der Suiten. Sie müssen leider in den anderen Bereich wechseln. Vielen Dank." Er zog ihren Stuhl für sie zurück und Dillon musste sich zusammenreißen, um ihr nicht zuzuwinken, als sie ging.

„War das, wer ich denke, dass sie es war?", fragte Tio.

„Ja. Da haben wir wohl doch Pech gehabt." Dillon stand auf, um die Aufmerksamkeit des Mitarbeiters zu erregen. „Ich habe veranlasst, dass sie gehen musste."

„Danke." Tio setzte sich zum Essen hin, aber Dillon sah, wie er die anderen Tische checkte, als erwartete er, dass Carole jeden Moment wieder auftauchte. „Hat sie dich erkannt?"

„Nein. Ich hatte sie noch nie zuvor getroffen, aber ich sah den Namen auf ihrem Gepäck. Sie muss gesehen haben, wie du vom Tisch aufgestanden bist." Dillon tätschelte Tios Schulter. Verdammt, er war so sexy. Er zog seine Hand weg, weil es sich zu gut anfühlte, sie dort liegen zu lassen. Er sagte sich noch mal, dass er sich nicht zu seinem besten Freund hingezogen fühlen sollte. „Ich hole mir etwas zu essen."

Er verließ den Tisch und ging zum Büffet. Er nahm etwas Salat und Hühnchen und verzichtete auf die Pommes und das Kartoffelpüree, das so verlockend aussah. Aber beides würde er später wieder abtrainieren müssen. Auf der Bühne war es wichtig, fit zu sein. Er überlegte trotzdem, sich zumindest ein paar Pommes zu nehmen, aber einmal angefangen, war es immer schwer aufzuhören. Also blieb er beim Hühnchen, Salat und einem Reisgericht, das auch ziemlich gut aussah.

„Wann können wir in unsere Kabine?", fragte Dillon, als er an den Tisch zurückkehrte. Tio war bereits mit dem Essen fertig und überlegte wahrscheinlich, ob er sich noch etwas holen sollte.

„In etwa einer Stunde. Das sagen sie dann durch. Heute Nachmittag wird unser Gepäck dann vor unsere Kabine gestellt. Also iss auf und dann können wir uns umziehen. Du hast doch deine Badehose im Handgepäck, oder? Wir sind nämlich im Urlaub." Er grinste. Dillon aß sein Mittagessen und war aufgeregt auf das, was gleich beginnen würde.

DAS HAUPTPOOLDECK wimmelte von Menschen, als Dillon aus der Umkleidekabine kam. Er trug eine enge, rote Schwimmhose und ein T-Shirt, um seine Haut vor der Sonne zu schützen.

„Ich schnappe uns ein paar Liegestühle im *Solarium*", sagte Tio. „Dort sind keine Kinder erlaubt und es ist ruhiger."

„Planst du, nur wie ein Faultier rumzuliegen, oder wollen wir auch irgendwas unternehmen?", fragte Dillon, wohlwissend, dass Tio im Urlaub dazu neigte, vor sich hin zu vegetieren.

„Wie wäre es mit einem Kompromiss? An den Tagen, an denen wir auf See sind, kann ich es ruhig angehen lassen. An den Tagen, an denen wir anlegen, kannst du entscheiden, was wir machen. Guck einfach, was es für Aktivitäten an den Landtagen gibt, und dann machen wir das. Buch es einfach direkt. In Ordnung?"

Dillon nickte. „Cool." Er holte sich ein Poolhandtuch von einem Mitarbeiter und warf es sich über seine Schulter. „Auf geht's!"

Er folgte Tio und sie fanden zwei große und bequeme Liegestühle im Bereich für die Gäste der Suiten. Oh Mann, wie traumhaft das alles war! Dillon wählte einen Liegestuhl im Schatten und Tio einen Liegestuhl direkt vor ihm in der Sonne. Dillon beobachtete, wie Tio sein Hemd auszog und die Muskeln tanzten, während er sich bewegte. Ja, er wusste, dass er nicht hinsehen sollte, aber er war ein schwuler Mann und Tio war atemberaubend gut aussehend. Und Gucken schadete ja nicht.

„Ich komme gleich wieder", sagte Dillon zu Tio.

„Wo gehst du hin?", fragte Tio, während er sich hinlegte. Tio war so ein Sonnenanbeter. Dillon hingegen konnte nicht so viel Sonne vertragen, sonst sah er schnell aus wie ein Krebs.

„Zum Sportdeck. Sie haben einen Wellenreiter. Den würde ich gern mal ausprobieren." Leon würde einen Schreianfall bekommen, wenn er wüsste, was Dillon vorhatte. Er hatte mal ein Video von Stand-up-Surfern gesehen und wollte es gerne mal selbst ausprobieren.

Tio setzte sich auf und griff nach seinen Sachen. „Auf geht's", sagte er.

„Du musst nicht mitkommen. Bleib ruhig hier, wenn du willst", sagte Dillon, während Tio nach ihren Taschen griff.

„So ganz alleine?" Tio konnte einfach keine Minute allein sein. Das war wahrscheinlich der Grund, warum er immer mit jemandem zusammen sein musste. Und warum er, wenn er mal Single war, nie lange einer blieb. Tio aß auch nie allein. Er aß fast jeden Abend mit Kunden zu Mittag und zu Abend. Und jetzt konnte er es nicht ertragen, sich einfach allein in seinem Liegestuhl zurückzulehnen. Er brauchte immer jemanden in seiner Nähe. „Ich kann auch da hinten in der Sonne sitzen."

„Ich komme wieder, weißt du. Ich werde nicht vom Schiff springen und dich verlassen." Dillon wollte nicht, dass Tio unglücklich war, aber die Vorstellung, stundenlang in einem Liegestuhl zu verbringen, war für ihn ungefähr so spannend, wie Gras beim Wachsen zuzusehen.

„Ist schon ok. Vielleicht probiere ich es auch mal aus", sagte Tio und sie verließen ihren Bereich und gingen zu der großen Wellenmaschine auf der Rückseite des Schiffes.

„Hast du das schon mal gemacht?", fragte Dillon, als er einen Platz im Schatten fand, um die anderen zu beobachten. „Es sieht ganz einfach aus. Ich hatte mal Surfunterricht, als ich vor ein paar Jahren auf Hawaii war." Er liebte die Idee, auf dem Wasser zu stehen. „Willst du es ausprobieren?"

„Ich werde zusehen und Fotos machen. Mach du mal", ermutigte Tio ihn und streckte sich in der Sonne aus. Als Dillon sich anstellte, setzten sich zwei Mädchen zu Tio und begannen, mit ihm zu reden. Dillon versuchte, die aufkommende Eifersucht zu unterdrücken – es gab dafür keinen Grund. Wenn Tio mit Mädchen sprechen wollte, war das seine Sache.

Während er wartete, beobachtete Dillon Tio, wie er mit den Frauen in ihren Bikinis sprach. Sie sahen gut aus und ihre Absichten gegenüber Tio waren eindeutig.

Als er an der Reihe war, erklärte ihm ein Mitarbeiter alles und half ihm dann aufs Surfbrett. „Halten Sie Ihr Gewicht gleichmäßig verteilt, so gut Sie können. Ein ganz bisschen mehr Gewicht auf das Bein hinten verlagern. Das hilft der Stabilität."

„Alles klar", sagte Dillon und der Mann half ihm ins Wasser. Sofort fühlte er das Wasser um sich herum. Der Mitarbeiter hielt ihn noch kurz am Arm und ließ dann los. Dillon surfte. Das Wasser zog ihn leicht nach oben. Indem er sein Gewicht verlagerte, konnte er sich von einer Seite zur anderen bewegen. „Das ist so großartig", rief Dillon Tio zu, der winkte und lächelte. Es war nicht schwierig, sich durchs Wasser zu bewegen, und Dillon liebte das Gefühl. Aber irgendwann trat er falsch auf und fiel vom Brett. Er verließ grinsend das Wasser und reichte das Brett an den nächsten Wartenden weiter.

„Hast du das schon mal gemacht?", fragte der Mitarbeiter.

„Nicht genau so was, nein. Aber ich surfe, wenn ich an der Westküste oder auf Hawaii bin", antwortete er, bevor er sich wieder anstellte.

Als er wieder an der Reihe war, zeigte ihm der Mitarbeiter, wie er eigenständig aufs Brett klettern konnte. Er fiel die ersten Male runter, beim dritten Mal aber klappte es. Es machte ihm sehr viel Spaß – bis er sah, wie Carole auftauchte und direkt auf Tio zulief. Sofort fiel er ins Wasser und knallte mit dem Kopf gegen das Brett.

Er kam gerade aus dem Wasser, als Tio ihr den Rücken zudrehte. Dillon reichte das Brett weiter und ging zu seinem Freund.

„Du und ich müssen wirklich reden", sagte Carole und sah Tio dabei an.

„Nein, das müsst ihr nicht", sagte Dillon an sie gewandt. „Ihn zu stalken wird dir auch nichts bringen. Komm schon." Er nahm Tio am Arm. „Es gibt Liegen im *Solarium* nur für Suite-Gäste." Er trat vom Sitzbereich auf das Deck.

„Was zum Teufel stimmt mit ihr nicht?", fragte Tio, immer noch in Hörweite.

„Keine Ahnung", antwortete Dillon und sah ihr direkt in die schwarzen Augen. „Aber sie kann uns dorthin nicht nachlaufen." Er grinste und sie kehrten in den Suite-Gästebereich zurück. Sie fanden eine Sitzecke und ließen sich dort nieder.

„Was zum Teufel habe ich ihr bitte angetan?", fragte Tio, sobald sie sich gesetzt hatten. „Ich meine, ich war doch immer gut zu ihr. Sie war diejenige, die gelogen hat und immer noch mit ihrem alten Freund zusammen war." Er war wütend und Dillon verstand ihn gut.

„Ich weiß nicht. Was erwartet sie sich bitte von dieser Aktion? Sie muss doch wissen, dass du nicht mehr mit ihr zusammenkommen wirst." Gerade als er sich ein Handtuch untergelegt hatte, kam die Durchsage, dass die Kabinen bereitstünden. Tio schien die Durchsage egal zu sein. Da von Carole keine Spur zu sehen war, schloss Dillon die Augen, saugte eine Weile lang die Wärme in sich auf und fragte sich, was er tun konnte, damit Carole ihren Urlaub nicht ruinieren würde.

„DAS IST ja noch größer, als ich erwartet hatte", sagte Dillon, als sie ihre Kabine betraten. Es gab zwei Zimmer und ein großes Badezimmer und sogar einen kleinen Wet-Bar-Bereich, mit einem Waschbecken und einen Kühlschrank. Im Schlafzimmer standen zwei Queen-Size-Betten. Zum Glück. Dillon hatte schon Angst gehabt, dass es nur ein Doppelbett geben würde.

„Es gibt noch größere. Ein paar Suiten auf diesem Schiff erstrecken sich über ein ganzes Deck, aber wir haben hier ja genug Platz." Tio legte seine Tasche auf einen der eingebauten Stühle und ließ sie dort stehen. Dillon begann, seine Sachen auszupacken und in Schubladen zu sortieren. Dann schob er seine Tasche unters Bett.

„Tio", sagte Dillon.

„Ich kenne diesen Blick." Tio ließ sich aufs Bett fallen. „Was ist?"

„Ich werde auf dieser Reise nicht dein Dienstmädchen spielen. Ich schlage vor, du packst aus und räumst deine Sachen weg." Zu Hause hatte Tio eine Haushälterin, die seine Unterkunft makellos sauber hielt. Dillon wusste, dass er auf Ordnung wert legte, aber selbst nie dafür sorgen musste.

„Na gut", schnaubte Tio, aber er tat, wie ihm geheißen, und schob am Ende sein leeres Handgepäck unter das Bett. „Ist das ordentlich genug für dich?"

„Ja. Vielen Dank." Wenn Tio allein war, war er nicht besonders ordentlich. Im College war das ihr einziger Streitpunkt gewesen. Dillon wollte ihn deswegen nicht nerven, aber er wollte auch nicht hinter ihm herräumen. Er war hier im Urlaub, genau wie Tio.

28

„Das ist dein Seepass", sagte Tio und händigte ihm eine goldfarbene Karte aus. „So kommst du in die Kabine, und es ist auch dein Pass für alles an Bord. Wenn du etwas kaufen willst, kannst du ihn wie eine Kreditkarte verwenden. Es ist mit der Kreditkarte, die du hinterlegt hast, verknüpft." Er setzte sich auf die Bettkante.

„Also, wenn ich einen Drink will …?"

„Du könntest dir auch ein Getränkepaket kaufen. Bezahl dann einfach mit der Karte. Genauso machst du es auch mit den Landausflügen."

„Cool." Dillon schnappte sich seine Kleidung und ging ins Badezimmer, um seine nassen Sachen auszuziehen. Als er zurückkehrte, stand Tio in der Mitte des Schlafzimmers, nackt, wie Gott ihn erschaffen hatte, und zog seine Unterwäsche und dann seine Hose an. Verdammt. Er hatte echt viel abgenommen und sah unglaublich gut aus. Dillon musste aufhören, Tio wegen seines Hintern zu ärgern. Es war offensichtlich, wie viel muskulöser er geworden war. Dillon schluckte, wandte sich ab und schloss die Badezimmertür.

„Wann werden die das Gepäck bringen?"

„Bald. Wir bekommen unseres sicher schnell. Wir sind schließlich in einer Suite. Es gibt auch eine Lounge für uns im Crow's Nest Barbereich."

„Okay. Und was machen wir jetzt?"

„Es fehlt noch der Check-in für unseren Sammelplatz, und dann können wir machen, was wir wollen." Tio seufzte. „Und natürlich müssen wir meine Ex-Freundin in Schach halten."

„Wunderbar." Das erinnerte Dillon daran, dass er noch eine Aufgabe zu erledigen hatte. „Ich werde mal nach den Ausflugsmöglichkeiten gucken. Willst du mitkommen?" Er öffnete die Kabinentür und schloss sie wieder. „Carole läuft gerade den Gang entlang. Wie ist sie überhaupt hier reingekommen?" Um zu den Suites zu gelangen, gab es einen extra Eingangsbereich. Anscheinend wurden die Pässe nicht sonderlich gut kontrolliert. Das musste jetzt anders werden. Diese Frau war eine Bedrohung.

Er sprang auf, als ein Klopfen ertönte. Er spähte durch das Guckloch und sah Caroles lächelndes Gesicht auf der anderen Seite. Dillon riss die Tür auf.

„Ich weiß, in welchem Zimmer er ist – ich habe noch die alte Buchung." Dillon hätte ihr gerne den selbstgefälligen Blick aus dem Gesicht gefegt.

„Das wird dir nur leider nichts bringen", entgegnete Dillon. Er griff zum Telefon und stellte sicher, dass sie mithören konnte. „Hallo, hier ist Mr. Smith aus der Suite 10456. Hier steht eine Frau vor unserer Kabine, die nicht in diesem Bereich des Schiffes sein sollte. Können Sie bitte kommen und sie weg begleiten? Sie belästigt uns." Er lächelte, als ihm geantwortet wurde, dass sich sofort jemand darum kümmern würde.

„Du bist genauso schlimm wie er", rief sie. „Hat er mich etwa für dich verlassen?", lachte Carole und Dillon machte einen Schritt nach hinten und zog die Augenbrauen hoch.

„Ganz bestimmt nicht", sagte Dillon, gerade als ein Mitarbeiter den Gang entlangkam. Er schloss die Tür und überließ Carole dem Mitarbeiter.

Tio saß mit ausgestreckten Beinen auf dem Sofa. „Scheint, als seiest du ihr gewachsen."

Dillon grinste. „Soll das ein Witz sein? Ich spreche normalerweise zwar Englisch, aber ihre Miststück-Sprache spreche ich schon, seit ich ein Baby war." Er setzte sich auf den Stuhl gegenüber von Tio. „Kannst du mir vielleicht erklären, warum Carole denkt, du wärst mit mir zusammen?" Er starrte Tio an, der sich plötzlich sehr unwohl zu fühlen schien.

Tio biss sich auf die Unterlippe. „Na ja, Carole hat eine ungewöhnliche Vorliebe."

Dillon holte tief Luft und beugte sich ein wenig vor. „Die wäre?"

„Sie mag es gerne von hinten", sagte Tio im sachlichen Ton.

Dillon starrte ihn an. Er wusste, dass er einen Witz machen sollte, aber er war so überrascht, dass er erst mal nichts sagen konnte und dann lachen musste. Tio hatte es so lustig gesagt, und so fies, wie Carole war, war es wahrscheinlich okay, so über sie zu reden. „Müssen wir ein ernstes Wort mit dir über solche Sachen reden?"

„Ach, komm schon. Sie mag es halt gerne. Und so sehr, wie sie an mir hängt, muss ich ja wirklich toll gewesen sein." Er setzte sich aufrecht hin, als habe ihm gerade jemand eine Medaille umgehängt.

„Entweder das oder sie hatte nicht so viel Vergleichsmöglichkeiten", neckte Dillon und beugte sich dann näher vor. „Weißt du, du sprichst mit der falschen Person über dieses spezielle Thema."

„Oder vielleicht bist du genau die richtige Person. Geht es dir denn wie ihr?", fragte Tio nach. Seinem Lächeln nach zu urteilen, dachte er wohl, er könne Dillon schockieren.

Der aber beugte sich noch näher zu ihm und Tios Pupillen weiteten sich leicht. „Schatz, in meinen Beziehungen bin *immer* ich derjenige, der es den anderen besorgt. Und glaub mir: Ich bin ein absoluter Meister darin, meine Partner total verrückt zu machen vor Lust." Er hielt inne und beobachtete, wie Tio schwer schluckte und seine Haut sich leicht errötete.

„Oh, Mann."

„Du hast gefragt." Er grinste hämisch und wusste, dass er Tio durcheinandergebracht hatte. Etwas, was ihm nur selten gelang. „Vielleicht müsstest du ja mal so richtig rangenommen werden." Oh Mann, es machte Spaß zu sehen, wie Tios Augen noch größer wurden. Konnte es sein, dass er neugierig war?

„Wer von uns ist jetzt der Fiese?" Tio stand mit einem leicht nervösen Lachen auf. „Lass uns hier verschwinden. Wir sollten an Deck sein, wenn wir ablegen."

Dillon registrierte den Themenwechsel sofort. Er fragte sich, ob Tio das Thema unangenehm war … und ob er immer derjenige war, der die aktive Rolle übernahm. Oh je, er musste seine Fantasie unter Kontrolle kriegen.

4

TIO MUSSTE dringend raus aus dieser Kabine. Er fühlte sich eingeengt. Egal, wo er hinsah, überall war Dillon, der ihn anblickte, als wüsste er genau, was Tio dachte. Das konnte er im Moment absolut nicht gebrauchen. Seine Gedanken waren ihm zu unangenehm und Dillon war ihnen zu nah gekommen. „Lass uns hier verschwinden. Wir sollten an Deck sein, wenn wir ablegen." Er brauchte unbedingt frische Luft und musste den Kopf freibekommen.

„Du weißt, dass Carole da draußen sein könnte", sagte Dillon. „Warum gehen wir nicht in die Suite-Lounge? Hier steht, dass sie sich auf Deck fünfzehn befindet. Da darf sie nicht hin. Ich muss noch zum Ausflugsschalter, aber komme dann nach."

Tio nickte. Das war keine schlechte Idee. Wenigstens würde sie ihn da in Ruhe lassen und er konnte überlegen, wie er sich gegen sie wehren konnte. Sie verließen ihre Kabine. Er musste nach oben und Dillon nahm den Aufzug nach unten zum fünften Deck.

Tio stieg in einen der gläsernen Aufzüge und beobachtete, wie die Decks an ihm vorbeiglitten. Die Türen öffneten sich im zwölften Deck und zwei Frauen, die er zuvor schon getroffen hatte, stiegen ein. Sie lächelten ihn an. Ihr Interesse an ihm war offensichtlich und für einen Moment dachte er darüber nach, darauf einzugehen. Aber die Türen schlossen sich und sie fuhren weiter nach oben. Die Frauen stiegen im vierzehnten Deck aus, er lächelte und fuhr fast bis ganz nach oben.

Er scannte seine Karte und betrat die Suite-Lounge, wo ein Kellner ihn fragte, ob er etwas trinken wolle. „Scotch und Soda", antwortete er und suchte sich einen Tisch. Es war noch ein Stuhl für Dillon frei.

Ein Paar im Alter seiner Eltern saß ihm gegenüber. „Ich bin Jack und das ist meine Frau Claudia", sagte der Mann. Tio stellte sich vor und schüttelte beiden die Hand. „Bist Du öfter auf Kreuzfahrten?"

„Ein paar Mal im Jahr, um rauszukommen. Ich liebe es, auf dem Schiff zu sein, weil ich mir um nichts Sorgen machen muss." Das Paar lächelte und erhob ihre Gläser.

„Jack und ich machen seit zwanzig Jahren Kreuzfahrten mit. Davor haben wir uns immer gestritten, wohin es in den Urlaub geht. Nachdem ich unsere Kinder großgezogen und mein eigenes Geschäft aufgebaut hatte, wollte ich lieber etwas Ruhiges machen. Jack hingegen wollte immer Aufregung und Aktivitäten." Sie stieß sanft gegen Jacks Schulter. „Er geht immer noch bei jeder Kreuzfahrt in den Wellenreiter, und ich bringe meine Bücher und Strickwaren mit." Selbst während sie redete, hörten ihre Stricknadeln nie auf, sich zu bewegen. Es war, als würden ihre Hände ohne ihr Zutun agieren. „Ist deine Frau mit dir hier?"

„Ich bin nicht verheiratet. Eigentlich sollte meine Ex-Freundin mitkommen, aber sie hat mich betrogen. Deshalb bin ich jetzt mit einem alten Uni-Freund hier." Er nippte an seinem Drink und hielt inne, um nicht Dillons Namen zu nennen. „Er bucht gerade Landausflüge. Ich habe ihm versprochen, alle Ausflüge mitzumachen, die er machen will, wenn er mir ansonsten im Gegenzug meine Ruhezeiten in der Sonne gönnt."

„Es tut mir leid, dass sich deine Ex so schlecht benommen hat", sagte Claudia sanft. „Wenigstens bist du im Urlaub und weg von ihr."

Im Urlaub, ja, aber leider war er nicht weg von ihr. Aber er musste die Leute ja nicht mit seinen Problemen behelligen.

Dillon trat in die Lounge und nahm neben Tio Platz, als das Schiffshorn dreimal erklang. „Es sieht so aus, als würden wir losfahren", sagte Jack. Dillon stellte sich kurz vor und sie schüttelten sich die Hand. „Die Kreuzfahrt ist gestartet." Er schien richtig aufgeregt zu sein.

„Ich weiß, wie Sie sich fühlen. Es ist, als würde man ein Abenteuer beginnen."

„Hast du gute Ausflüge gebucht?"

„Ja, habe ich. Wir schnorcheln auf Aruba zu einem Schiffswrack und unternehmen eine Inseltour auf Curaçao, die an einem Strand endet, damit du dich da entspannen kannst. Auf Bonaire schnorcheln wir an einem Riff. Mir wurde gesagt, das sei dort sehr beeindruckend." Dillon holte sich einen Drink und Tio beobachte ihn dabei, wie er zur Fensterwand hinüberging. Währenddessen bewegte sich das Schiff langsam durch den Kanal und hinaus in Richtung des offenen Atlantiks. Dann kam Dillon wieder an den Tisch und setzte sich.

Tio sah, dass Claudia ihn über den Rand ihres Glases beobachtete, und sie lächelte. „Es klingt, als hättest du richtig gut ausgewählt. Ich glaube, Jack macht den gleichen Schnorchelgang auf Bonaire. Den macht er immer, wenn wir dort sind."

„Und du willst nicht mit?", fragte Dillon. Tio erinnerte sich daran, dass er ihn *Aaron* nennen musste. Seitdem Dillon berühmt geworden war, musste er ihn in der Öffentlichkeit so nennen.

„Meine Lunge schafft so was nicht mehr. Also werde ich etwas Zeit in der Stadt verbringen und T-Shirts und Souvenirs für die Enkelkinder besorgen." In ihren Händen bewegten sich die Stricknadeln unentwegt. Tio war überrascht, wie sehr er das Paar mochte, das sie gerade erst kennengelernt hatten. Er und Dillon saßen da und unterhielten sich eine weitere Stunde mit dem Paar. Tio erzählte, was er arbeitete. Jack war ein pensionierter Elektroingenieur, der bei Boeing gearbeitet hatte, und Claudia war früher Lehrerin, hatte aber vor Jahren eine Bildungsberatung aufgebaut, die sie dann verkauft hatte.

„Was arbeitest du, Aaron?", fragte sie.

„Ich bin in der Kunst", antwortete er und wirkte dabei überhaupt nicht so, als würde er etwas verheimlichen. Dennoch sah Tio, dass sich die Haut um seine Augen verspannte.

„Das ist schön. Sind Sie Lehrer?", fragte Claudia.

Dillon schüttelte den Kopf. „Ich arbeite manchmal mit Musikern und im Theater. Solche Sachen. Ich verbringe viel Zeit auf Reisen, daher ist es schön, mal an einem Ort zu bleiben."

„Auch wenn wir gerade auf Reisen sind", bemerkte Jack. „Das ist eines der Dinge, die wir an Kreuzfahrten lieben: wir kommen von Ort zu Ort, aber wir können unser Hotel mitnehmen." Er trank seinen Drink aus und dann standen er und Claudia auf. „Wir schauen mal nach, ob sie unser Gepäck schon gebracht haben." Sie schüttelten sich wieder die Hände und dann waren sie weg und ließen ihn und Dillon allein. Es waren noch ein paar andere Leute im Raum, aber insgesamt war es ziemlich ruhig.

„Carole war unten auf der Promenade, als ich da war. Ich habe sichergestellt, dass sie nicht mitbekommt, welche Ausflüge ich buche, damit sie nicht auch mitkommt. Und ich habe mit dem Gästeservice gesprochen. Wenn du in einer Suite bist, helfen sie dir schneller."

„Stimmt. Was haben sie gesagt?" Tio trank sein Glas aus und lehnte sich vor.

„Dass sie sich das notieren und wir ihnen sagen sollen, wenn sie uns weiterhin belästigt. Außerdem sollten wir uns beim Abendessen an den Kellner wenden, damit sie nicht in unserer Nähe sitzt." Er lehnte sich zurück, gähnte leicht und hielt sich die Hand vor seinen schönen Mund.

Tio musste wirklich aufpassen. Er wollte Dillon nur als Kumpel sehen, aber seit ihrem seltsamen Gespräch in der Kabine bemerkte er Dinge an Dillon, die ihm vorher nie aufgefallen waren. Dillon war ein viel beschäftigter Mann und gewohnt, dass sich Menschen um ihn kümmerten. Aber er schien nicht davon auszugehen, dass es immer so sein würde. Nicht, dass Tio diese Rolle übernehmen würde. Viele seiner Freundinnen hatten ihm im Laufe der Jahre gesagt, dass er eine regelrechte Diva sei. Tio war sich bewusst, dass er nicht einfach war. Aber Dillon war da ganz anders. Er war total umgänglich und stand trotzdem für sich selbst ein.

Tio stellte sein Glas auf den Tisch. „Komm. Jetzt, wo wir auf See sind, sollten das Casino und die Geschäfte bald öffnen. Ich habe Geld an das Schiff überwiesen und muss überprüfen, ob es auf meinem Reisekonto angekommen ist."

Dillon seufzte. „Na schön." Er stellte seinen letzten Drink beiseite und sie verließen die Lounge. „Bekommen wir ständig solche Gratisgetränke?"

„Nein. Du bekommst sie nur in der Lounge und nur abends vor dem Abendessen. Aufgrund meines Status habe ich jeden Tag eine paar auf meinem Konto. Du kannst dir ein Paket bestellen, wenn du willst."

„Nein, lieber nicht. Ich trinke nicht so viel." Dillon holte einen Aufzug, der sehr voll war, und sie fuhren zum vierten Deck. Dillon rückte näher an ihn heran und stand halb hinter Tio. Als sich die Türen öffneten, stiegen alle aus, wobei Tio mit Dillon die anderen Gäste etwas vorweg gehen ließen.

„Diese Frauen da haben mich angesehen, als würden sie überlegen, woher sie mich kennen", sagte Dillon leise und Tio betrachtete die Frauen. Sie standen zum Essen an und unterhielten sich.

„Komm schon", sagte Tio und führte Dillon ins Casino.

Hier fühlte er sich an Bord immer wohl. Das Rauchen war mit Ausnahme einiger weniger Bereiche verboten und die Luft daher gut. Es dauerte nicht lange, bis Tio seine Einzahlung verifiziert hatte. Als er gerade gehen wollte, kam der Casino-Manager heraus und bot ihm ein paar kostenlose Abendessen in den Bordrestaurants an. Tio buchte für sich und Dillon ein Abendessen im Steakhaus.

„Passiert das hier häufiger?"

„Fast auf jeder Kreuzfahrt", sagte Tio. Er spielte gerne ein paar Glücksspiele zum Spaß. Es waren zwar nie sehr hohe Einsätze, aber doch hoch genug, dass es jemandem auffiel, und das Casino bedankte sich dann gerne mal mit ein paar Aufmerksamkeiten. „Sie bauen gerade erst auf. Wir können nach dem Abendessen wiederkommen und ein bisschen spielen."

Dillon schüttelte den Kopf. „Solange du nicht erwartest, dass ich mitspiele." Er ging durch das Casino und dehnte seine langen Beine, bevor er die Treppe hinaufstieg. Tio fand ihn auf der Promenade. Es lief Musik und es herrschte Partystimmung.

„Wo ist das Problem?", fragte Tio. „Es ist doch nur Spaß. Ich setze nie mehr Geld ein, als ich mir leisten kann zu verlieren."

Dillon schüttelte den Kopf. „Alles gut. Wenn du spielen willst, dann mach das. Ich kann dir auch zusehen, wenn du willst, aber ich selbst will nicht spielen. Bitte mich nicht darum, okay?" Die Ernsthaftigkeit in Dillons Stimme ließ Tio schlucken.

„Kein Problem", erwiderte er und fragte sich, was da wohl vorgefallen war. Dillon schien nicht darüber reden zu wollen, also hakte Tio nicht weiter nach. „Was möchtest du jetzt machen? Die Sonne scheint noch, es ist warm und es gibt viel, was wir machen könnten." Er wollte Dillon gerne aus seiner ernsten Stimmung herausholen.

„Was ist mit dem Gepäck?", fragte Dillon.

Tio lächelte und zuckte mit den Schultern. „Es wird immer noch da sein, wenn wir zurückkommen." Er führte Dillon zu einem der Aufzüge und sie fuhren zum Sonnendeck. Als sie ausstiegen, war die sinkende Sonne im Westen zu sehen. Die Wolken, die am Himmel hingen, leuchteten hell.

„Wow", sagte Dillon leise, als sie sich gegen die Reling lehnten. Würde Tio noch näherkommen, würden sie sich berühren. Manchmal vernahm er einen Hauch von Dillons Geruch, vermischt mit dem Salz des Meeres. „Es ist so wunderschön."

„Ich bin sicher, du hast so was schon einmal gesehen", sagte Tio. Dillon war schließlich oft auf Reisen gewesen.

„Nicht wirklich. Ich verbringe meine Tage entweder in einem Reisebus oder im Flugzeug. Und dann sind Proben und Set-up. Danach sind die Konzerte, manchmal zwei oder drei in derselben Stadt. Zu dieser Uhrzeit bin ich immer in Hotelzimmern und telefoniere oder arbeite mit Leon an seinen Ideen für die nächsten Konzerte oder die nächste Tour … So was halt. Manchmal schaffe ich es, ein paar Stunden Zeit für mich zu haben, aber eher selten. Als ich das letzte Mal in New York war, hat mich eine Frau in der Drogerie erkannt, als ich gerade am Einkaufen war. Ich habe es geschafft, schnell zu bezahlen und rauszurennen, bevor sie anfing, zu schreien und auf und ab zu hüpfen." Er seufzte laut auf. „Nein, ich habe eigentlich nie Zeit, mir den Sonnenuntergang anzusehen oder das Meer zu genießen wie jetzt hier. Meine Reisen bestehen fast nur aus Arbeit." Er verstummte. „Neun Tage. Daran könnte ich mich echt gewöhnen."

Tio legte seinen Arm so um Dillons Schulter, wie er es schon vorher oft getan hatte – während des Colleges oder manchmal im Fitnessstudio. Es war eine Kumpelsache und bedeutete nichts. Dillon lehnte sich leicht gegen ihn und Tio bewegte sich nicht. Er fühlte sich zufrieden. Er hatte nicht bemerkt, wie hektisch und ermüdend das Leben seines Freundes geworden war. Sonst sah er nur die Seite der Fernsehauftritte, Konzertankündigungen und all das in den sozialen Medien. Er hatte sich kurz gefragt, ob er Dillon zu diesem Urlaub gedrängt hatte, aber jetzt wurde ihm klar, wie nötig Dillon Urlaub hatte.

„Na sieh mal einer an." Tio verspannte sich sofort, zog seinen Arm weg und drehte sich zu Carole um. Ihre Stimme erkannte er sofort. Als sie zusammen gewesen waren, fand er sie hübsch, aber jetzt wurde ihm bei ihrem Anblick übel.

„Was willst du?", fragte Tio mit Nachdruck. „Ich werde dir nicht verzeihen, und mit deinem Verhalten tust du dir wirklich keinen Gefallen. Du scheinst dich selbst zu einem Problem machen zu wollen … und das gelingt dir prima."

„Na klar."

„Du bist die, die mich betrogen hat, nicht andersherum. Und ich habe mich getrennt, weil ich so was nicht mit mir machen lasse. Es ist deine eigene Schuld, dass es so geendet hat." Er hatte absolut keinen Nerv mehr für diesen Mist.

„Das sollte meine Kreuzfahrt sein", sagte sie.

„Und du bist hier, weil du mein Geschenk zurückgegeben und dadurch das Geld hierfür bekommen hast – lass es damit endlich gut sein! Wenn du uns weiter belästigst, rufen wir noch mal das Sicherheitspersonal und sie werden sich um dich kümmern."

„Aaron, Tio."

„Hey, Claudia", sagte Dillon. „Genießt ihr auch grad den Sonnenuntergang?"

„Absolut." Claudia und Jack schlossen sich ihrer kleinen Gruppe an.

„Das ist meine Ex-Freundin Carole", sagte Tio. Claudia hielt ihr nicht die Hand hin. Sie räusperte sich und warf Carole einen kalten Blick zu. Oh Mann, diese Frau sollte man wirklich niemals verärgern! „Sie wollte gerade gehen." Tio lenkte seine Aufmerksamkeit auf Carole. „Mach dir eine schöne Zeit und finde irgendetwas, das dir Spaß macht." Er lächelte, als Carole sich umdrehte und davon stürmte.

„Glaubst du, das hat sie abgeschreckt?", fragte Claudia. „Diese Frau hat es wirklich auf dich abgesehen." Sie tätschelte Tios Arm. „Hast du in einem früheren Leben mal ein Hündchen von ihr getreten oder so was?"

„Nein, ich glaube nicht. Ich liebe Hunde", erwiderte Tio und Claudia lachte.

„Offensichtlich ist das eine Frau, die nicht mag, dass du gegen sie gewonnen hast. Hat sie euch noch mehr Kummer beschert?"

„Ja", antwortete Dillon, bevor Tio etwas sagen konnte. „Aber wir kümmern uns darum."

Sie alle drehten sich zurück zur Reling und lehnten sich dagegen. Das Schiff bewegte sich sanft im Wind und die Sonne war gerade am Untergehen. „Habt ihr all euer Gepäck bekommen?"

„Oh ja! Und Claudia hat dann alles genauso verstaut, wie sie es mag", sagte Jack, legte einen Arm um die Taille seiner Frau und zog sie an sich. Sie lächelte ihn nur kurz an, aber Tio bemerkte es. Er wand sich ab, damit die beiden ihren kleinen Moment für sich haben konnten. Tio wünschte sich, er hätte jemanden, mit dem er solche Momente teilen könnte. Nicht immer vermisste er einen Partner, aber in solchen Momenten schon. Er seufzte und ließ seine Gedanken schweifen.

Tio war sich bewusst, dass er ein Problem damit hatte, allein zu sein. Seine Eltern hatten ihn zum Kindermädchen abgeschoben und dann im Alter von gerade mal 10 Jahren aufs Internat geschickt. Von da an war er nie mehr allein gewesen. Es gab immer Mitbewohner, Klassenkameraden, Freundinnen … Er war immer von Menschen umgeben gewesen, und Tio war das wichtig. Tio lernte schnell, dass Menschen ihn mochten, wenn er unterhaltsam und freundlich war. Nach dem College war sein Leben immer voller Freundinnen und anderer Menschen gewesen. Er war sich aber manchmal nicht sicher, wie erfüllt sein Leben wirklich war.

Ohne die intensive tropische Sonne wurde es nun kühler. Dennoch wollte er hier nicht weg, vor allem dann nicht, als Dillon näher an ihn heranrückte. Aber irgendwann wurde es zu dunkel und zu kalt und sie gingen hinein.

„Wir gönnen uns noch einen Drink. Scheinbar haben wir ein spätes Abendessen", sagte Jack. „Ich dachte, ich hätte eigentlich das frühe Abendessen gebucht, aber ich muss mich vertan haben."

„Vielleicht sehen wir uns ja später wieder", sagte Dillon, als sie den Aufzug erreicht hatten. Sie fuhren gemeinsam hinunter und stiegen am zehnten Deck aus. Dann gingen sie zusammen den Gang entlang und fanden ihre Kabinen. Sie lagen nur ein paar Türen voneinander entfernt.

„Das hoffe ich", sagte Claudia, bevor Tio die Tür öffnete und die Koffer hineinzog.

„SOLLEN WIR uns zum Abendessen fertig machen?", fragte Dillon etwa eine Stunde vor Beginn des Abendessens um acht Uhr. Sie hatten alles ausgepackt. Tio hatte nichts dazu gesagt, als Dillon ihm genau erklärte, wo er was zu verstauen habe. Widerwillig hatte er akzeptieren müssen, dass er nicht alle Regale im Schrank bekommen konnte.

„Wir müssen uns heute Abend nicht fein anziehen zum Abendessen, weil es Boarding-Tag ist. Wir könnten in eine der Bars gehen, uns etwas Musik anhören und vor dem Abendessen etwas trinken. Oder wenn du magst, kannst du auch durch die Geschäfte schlendern."

Dillon zuckte mit den Schultern. „Vielleicht wäre es gut, irgendwo einen ruhigen Ort zum Entspannen zu finden." Er war immer noch etwas nervös und angespannt. Tio brauchte auch immer ein paar Tage, um sich wirklich entspannen zu können, und er vermutete, dass es Dillon ähnlich erging.

„Dann lass uns gehen. Hast du alles dabei?" Er freute sich auf einen tollen Abend. Es gab immer viele Entertainmentmöglichkeiten auf dem Schiff, dementsprechend viele Leute waren unterwegs. Normalerweise würde er auf einer Kreuzfahrt jetzt Ausschau nach jemandem halten. Nicht, dass er das jetzt komplett ausschließen wollte – man wusste ja nie, wer einem so begegnete.

Die Bars waren so voll, dass fast alle Sitzplätze vergeben waren. Mithilfe von Tios Goldpass bekamen sie dennoch einen Tisch für zwei.

„Ist es hier immer so voll?"

„Es sind fast viertausend Menschen auf dem Schiff, also ja. Vor allem am Abend. Die Leute stolzieren hier rum, damit sie gesehen werden." Er lächelte zwei Frauen an, die ihm gefielen.

„Macht es euch etwas aus, wenn wir uns euch anschließen?", fragte eine der beiden und setzte sich auf einen der leeren Stühle an ihrem Tisch. Die andere setzte sich ebenfalls und drehte sich zu Dillon. Tio wurde etwas nervös und hoffte, dass sie Dillon nicht erkannt hatte.

„Wo kommt ihr Mädels her?"

„Aus Paris. Ich bin Helena und das hier ist Luisette." Sie lächelten beide. „Gebt ihr uns einen Drink aus?"

Tio sah Dillon an, der die Augen verdrehte. „Euch ist schon klar, dass das hier keine Single-Bar ist, oder?" Er erwiderte ihren Blick und Helenas Blick wurde kühl. Verdammt, Dillon hatte ja sehr schnell kapiert, was die Frauen vorhatten. Nicht, dass Tio es nicht auch verstanden hatte. Dillon drehte sich zum nächsten Tisch um und unterhielt sich mit dem Paar, das dort saß. Er unterhielt sich nett, und irgendwann beteiligte sich auch Tio an dem Gespräch.

Die beiden Frauen schienen zu verstehen, dass das hier nichts bringen würde, und gingen woanders hin, um ihr Glück zu versuchen. „Seid ihr beide zusammen unterwegs?", fragte Violet, nachdem sie sich und Donald vorgestellt hatte. Tio nickte. „Ihr zwei gebt ein sehr hübsches Paar ab."

„Oh, Tio und ich sind nur Freunde, schon seit Jahren, aber wir sind kein Paar", erklärte Dillon.

Violet sah sie beide an. „Schade", sagte sie und schüttelte leicht den Kopf. „Wie ich schon sagte, ihr gebt ein gutes Paar ab."

Dillon beugte sich näher. „Das denk ich mir auch immer. Aber Tio steht eher auf Frauen." Er lächelte und Tio verdrehte die Augen.

„Manchmal glaub ich, du denkst, es gehört zum Schwulsein dazu, mich zu ärgern."

Dillon legte ihm seine Hände auf die Hüften. „Schwuler als ich geht es gar nicht. Ich bin *schwul mit Auszeichnung*."

Violet begann zu lachen. „Ihr klingt sogar wie ein Ehepaar." Sie beugte sich näher zu Dillon und flüsterte: „Was bedeutet *schwul mit Auszeichnung?*"

„Dass ich durch Kaiserschnitt geboren wurde", witzelte Dillon. „Das heißt, dass ich noch nie etwas mit einer Frau hatte", flüsterte er ihr dann zu. Tio hatte das Bedürfnis, unter den Tisch zu kriechen und sich zu verstecken, aber Violet schien sich zu amüsieren.

„Kommt. Sie öffnen die Türen zum Speisesaal. Und lass uns aufhören, über so was zu reden."

Dillon kicherte. „Warum denn? Du kennst dich doch mit den Frauen aus." Er stand auf. Violet sah höchst belustigt aus. „Na gut. Hol dir etwas zu essen, bevor dir deine zarten Ohren abfallen." Er wartete, bis Tio seinen Drink ausgetrunken hatte.

„Seht ihr? Ihr zankt euch auch wie ein altes Ehepaar", sagte Violet, als sie den Tisch verließen und zum Speisesaal gingen.

„ICH BIN nur froh, dass Carole beim Abendessen nicht an unserem Tisch saß", sagte Tio, als sie nach dem Essen den Speisesaal verließen. „Die Leute an unserem Tisch waren alle so extrem alt und super langweilig."

„Ich weiß", sagte Dillon. „Die konnten über nichts anderes reden als Knieprothesen, Gallenblasenoperationen und Arthritis. Ich hatte das Gefühl, ich wurde von Sekunde zu Sekunde älter."

„Geht ihr Jungs noch ins Casino?", fragte Claudia, als sie und Jack aus dem Speisesaal auf sie zu kamen.

„Ja. Ich habe das Gefühl, dass es das Glück heute wohl mit mir meint."

Claudia rieb sich die Hände. „Ich liebe Craps." Sie grinste. Sie gingen zu viert ins Casino und suchten sich dort einen Tisch. „Wie war euer Abendessen?", fragte sie, während sie darauf warteten, dass ein Tisch frei wurde.

Nicht so gut", sagte Dillon leise. „Es war, als würde man mit einem Haufen Leichen zu Abend essen." Er erzählt von den Dinner-Gesprächen an ihrem Tisch.

„Dann kommt doch an unseren Tisch. Da war es lebhaft und es waren noch zwei Plätze frei." Sie gab Dillon die Tischnummer und er versprach, herauszufinden, ob sie sich umsetzen konnten. Wenn er jedes Abendessen mit solchen Leuten wie heute Abend verbringen müsste, würde er sich jedes Mal davor betrinken müssen. „Komm schon, lass uns sehen, ob uns das Glück heute hold ist." Sie nahm Tios Arm und führte ihn an einen Tisch.

„DU UND Claudia schient viel Spaß zu haben", sagte Dillon, als er die Kabinentür aufschloss.

„Ja, hatten wir, und ich habe gut gewonnen. Hast du mitbekommen, dass Claudia dreißig Mal gewürfelt hat, bevor sie draußen war? Ich habe heute Abend genug gewonnen, um die gesamte Kreuzfahrt zu bezahlen, und das alles in rund zwanzig Minuten." Er zog seine Schuhe aus und setzte sich auf die Bettkante. Dann zog er seine Socken aus und legte sich auf die Matratze.

„Das freut mich", sagte Dillon sanft, als er anfing, sich auszuziehen.

Tio hatte sich oft mit anderen Männern im Sportstudio zusammen umgezogen. Nackte Männer waren nichts Ungewöhnliches. Irgendwo sah man eigentlich immer irgendeinen. Aber mit Dillon war es anders. Tio hatte das Gefühl, dass es in der Kabine wärmer wurde, als er Dillons glatte Brust und seine honigfarbene Haut betrachtete.

Er wandte sich ab und atmete erleichtert auf, als Dillon ins Badezimmer ging und ihn allein ließ. Gott, es war so schwer, seine Fantasie in den Griff zu bekommen. Vielleicht hätte er einer dieser Frauen doch einen Drink spendieren sollen. So oft, wie er an Dillon dachte, fehlte ihm offensichtlich Sex. Wenn er mit irgendeiner der Frauen ins Bett steigen würde, würde er hoffentlich aufhören, sich zu fragen, wie es wohl mit Dillon wäre.

Dillon trug Shorts und T-Shirt, als er aus dem Badezimmer zurückkam. Er drehte die Heizung runter und kletterte in sein Bett. „Gute Nacht", sagte Dillon leise. Tio machte das Licht aus und ging dann selbst ins Bad. Nachdem er dort fertig war, machte er das Badezimmerlicht aus und trat in die weitgehend dunkle Kabine – nur durch die Vorhänge an der Balkontür kam etwas Licht hinein. Er zog sich aus und schlüpfte zwischen die frischen Laken.

Normalerweise fiel es Tio leicht, einzuschlafen, aber diesmal konnte er nur Dillons Atem zuhören und die Decke anstarren. Hin und wieder bewegte sich Dillon im Bett und Tio konnte seinen Duft riechen. Er drehte sich um und seufzte. Er hatte einen Steifen. Wie sollte er jetzt bitte einschlafen?

5

TIO SCHLIEF noch, als Dillon aufwachte. Die Sonne schien leicht durch die Vorhänge. Er stand leise auf und schnappte sich die Kleidung, die er heute anziehen wollte. Dillon fand den Lichtschalter fürs Badezimmer. Als er die Tür öffnete, fiel ein wenig Licht ins Zimmer.

Tio lag im Bett, die Decke um seine Taille gewickelt. Die braune Haut bildete einen Kontrast auf der weißen Bettwäsche. Dillon zwang sich dazu wegzuschauen, sonst würde er noch anfangen zu sabbern. Er musste sich Tio wirklich aus dem Kopf schlagen. Er schloss die Tür vom Badezimmer und ging zur Toilette. Dann rasierte er sich und zog sich an. So wie er Tio kannte, würden sie später sicher eh ins Fitnessstudio gehen, und Tio hatte ihm bereits gesagt, dass man dort gut duschen könne. Als er fertig war, trat Dillon aus dem Badezimmer und machte das Licht aus, um Tio nicht zu wecken. Er zog sich Schuhe an und schnappte sich seinen Bord-Pass, bevor er die Kabine verließ. Er versprach sich, nicht noch einmal einen Blick auf Tio zu werfen, tat es aber doch. Es war Zeit, hier mal zu verschwinden, also zog er die Kabinentür hinter sich zu und ging zu den Aufzügen.

Es war noch nicht ganz acht Uhr morgens und auf dem Schiff war es noch ziemlich ruhig. Anscheinend blieben die Gäste lange wach und schliefen dann aus. Immerhin waren sie im Urlaub. Dank der vielen Jahre des Tourens und frühen Aufstehens für Proben konnte er nicht mehr ausschlafen. Er lief die Promenade entlang und sah dem Schiffspersonal dabei zu, wie sie die Geschäfte für den Verkauf bereit machten. Dillon holte sich eine Tasse Kaffee im Café und wanderte dann weiter, um Bereiche des Schiffes zu erkunden, die er noch nicht kannte.

Hinter dem Casino befand sich die Fregattenbar, komplett nautisch gestaltet und mit einem Klavier bestückt. Dillon ging hin und stellte erstaunt fest, dass es sich öffnen ließ. Er setzte sich.

„Sir, Sie dürfen nicht …"

Dillons Finger waren offensichtlich anderer Meinung und er begann zu spielen. Genau wie zu Hause kamen ihm als Erstes die Stücke, die er als Teenager gelernt hatte, in den Kopf. Erst als er das erste Lied beendet hatte, realisierte er, was der Barkeeper zu ihm gesagt hatte. „Tut mir leid, ich …" Er schickte sich an aufzustehen.

„Du kannst ruhig weitermachen", sagte der Barkeeper und trat hinter die Bar. „Normalerweise kommen hier Kinder her, die so was wie den Walzer *Chopsticks* spielen wollen."

Dillon nickte. Er vertiefte sich in die Musik und ließ sich von den Melodien davontragen. Er war sich nicht sicher, wie lange er spielte, aber plötzlich stoppte er und seine Finger schwebten über den Tasten. Irgendwann hatte er anscheinend begonnen, einfach drauflos zu spielen. Er schnappte sich sein Telefon, stellte es neben sich auf einen Tisch und drückte die Aufnahmetaste. Er begann von neuem.

Als er fertig war und die Aufnahme ausschaltete, klatschte der Barkeeper. Auch die Leute, die zwischenzeitlich in die Bar gekommen waren und sich hingesetzt hatten, applaudierten. „Bitte hör nicht auf zu spielen", bat ihn eine der Frauen. „Das war wunderschön."

Dillon nickte und begann erneut. Jetzt aber war er sich bewusst, dass er ein Publikum hatte. Es kamen ihm wieder nur alte Lieder und Melodien in den Kopf und enttäuscht realisierte er, dass der Moment der Kreativität vorbei war. Stattdessen wurde sein Spiel extravagant. Offensichtlich war er in eine Art Aufführung-Modus gewechselt, anstatt kreativ zu sein. Nach einem letzten Song schloss Dillon das Klavier und trank den letzten Schluck seines Kaffees.

Die Leute an der Bar sahen ihm zu, als er aufstand, sein Handy in die Hand nahm und hinausging. Vielleicht war es unhöflich, ohne ein Wort zu verschwinden, aber die Erinnerung an diese wenigen Minuten purer kreativer Freude war noch frisch in seinem Kopf. Er fand einen ruhigen Ort, hörte sich die Aufnahme an und lächelte vor sich hin. Die Musik war da. Dillon gab einen kleinen Seufzer der Erleichterung von sich, bevor er zur Kabine zurückkehrte.

„TRÄGST DU eigentlich nie Kleidung?", fragte Dillon, als er hereinkam und sah, wie Tio sich nackt nach etwas unter dem Bett bückte. Verdammt, was für ein Anblick! Tio stand auf und Dillon verdrehte die Augen. Tio schien sich nicht zu schämen, seinen steifen Penis zu präsentieren. „Zieh dich an, bevor du dich noch verletzt." Dillon musste sich zusammenreißen, um Tio nicht aufs Bett zu werfen und zu überprüfen, was er glaubte, in Tios Augen zu sehen.

„Du hättest ja anklopfen können."

„Es ist auch meine Kabine, Ihre Hoheit. Und da drüben ist ein Badezimmer. Da drin kannst du dich aus- und anziehen." Er schüttelte den Kopf.

Tio zog sich Boxershorts und eine lockere Shorts an. „Wo warst du?"

„Ich bin nur ein bisschen herumspaziert." Er legte sein Handy beiseite. „Möchtest du zuerst essen oder ins Fitnessstudio gehen?"

„Essen", sagte Tio und verschwand dann im Badezimmer. Dillon saß auf dem Sofa, streckte die Füße aus, schloss die Augen und ließ seine Gedanken schweifen. Dann streckte Tio den Kopf durch die Badezimmertür. „Übrigens haben wir Internet. Für ein Gerät. Ich hab den Code auf den Schreibtisch gelegt. Wenn du magst, kannst du ja schauen, ob du Mails bekommen hast oder so."

Er schloss die Tür wieder. Dillon wählte sich ins Netz ein, um seine E-Mails herunterzuladen. Er nahm sich ein paar Minuten Zeit, um ein paar Mails zu beantworten und die anderen an Leon weiterzuleiten. Zum Glück war nichts Dringendes dabei. Er schickte eine Nachricht an Leon und ließ ihn wissen, dass es ihm gut ging. Er nutzte auch die Gelegenheit, die Sounddatei von vorhin an ihn zu senden. Es dauerte eine Weile, bis es schließlich klappte.

„Fertig?", fragte Tio. Dillon sah von seinem Handy hoch.

„Ja. Musst du auch ins Internet?", fragte er und Tio schüttelte den Kopf, also blieb Dillon online, als sie zum Frühstücksbuffet gingen.

Dillon hatte gerade seinen Teller gefüllt, als sein Telefon vibrierte. Er lächelte über Leons Nachricht. *Klingt toll. Ich liebe es. Hast du auch einen Text?*

Nein, antwortete Dillon.

Ich werde jemanden suchen, der dir einen schreibt, antwortete Leon. Dillon antwortete mit einem Smiley und begann mit seinem Frühstück.

„Wo ist Tio?", fragte Carole plötzlich leise über seine Schulter.

„Er holt sich Essen. Aber ich glaube nicht, dass er mit dir reden will." Dillon tupfte sich den Mund mit seiner Serviette ab. „Geh einfach und vergnüg dich. Du bist im Urlaub. Lerne ein paar Leute kennen. Du musst doch endlich mal begreifen, dass Tio sich nicht noch mal mit dir einlassen wird. So ist er nicht. Du musst loslassen." Er schenkte seine Aufmerksamkeit wieder seinem Teller und hoffte, dass sie es jetzt endlich begreifen und verschwinden würde.

„Ich muss mich ihm wirklich erklären", sagte Carole mit verzweifelter Stimme.

„Was ihn betrifft, glaube ich nicht, dass es irgendetwas zu erklären gibt. Du hast ihn betrogen. Was gibt es da noch zu sagen? Lass los. Das musst du genauso tun wie Tio." Er versuchte, ruhig zu bleiben, aber sie wurde immer nervöser und das konnte Dillon gerade echt nicht gebrauchen.

Schließlich wandte sie sich ab und verschwand aus seinem Sichtfeld. Dillon hoffte, dass sie aufgegeben hatte. Der gleiche Mitarbeiter wie vom Vortag kam zu ihm. „Hat die Dame Sie gestört?"

„Ich glaube, ich habe sie allein dazu gebracht zu gehen. Danke", sagte Dillon mit einem strahlenden Lächeln auf den Lippen.

Der Mitarbeiter kehrte zu seinem Posten zurück, als Tio sich setzte. „Macht es euch etwas aus, wenn wir uns euch anschließen?", fragte Violet. „Donald holt gerade Frühstück und hier ist alles so voll."

„Natürlich nicht." Tio zog einen Stuhl für sie hervor. Sie setzte sich, als Dillon gerade mit dem Essen fertig wurde. Er wollte vor dem Sport nicht so viel essen. Und da es an Bord so viel zu essen gab, musste er sowieso aufpassen, nicht zuzunehmen. „Hattest du eine gute Nacht?"

Sie nickte. „Hattet ihr Jungs Spaß?", fragte sie neckend.

Dillon kicherte. „Das hatten wir, obwohl Tios Ex gerade hier war, während er am Buffet war. Ich hoffe, sie hat aufgegeben, aber irgendwie bezweifle ich es." Er nippte an seinem Saft und lehnte sich zurück, als Donald sich ihnen anschloss. Violet war am Buffet an der Reihe.

„Was arbeitest du?", fragte Donald Tio, der seinen Job erklärte und was er versuchte, für seine Kunden zu erreichen. Dillon hatte das alles schon öfter gehört, aber Tio schaffte es immer wieder, dass es spannend klang.

„Letztes Jahr haben wir den Markt um drei Punkte geschlagen."

„Entscheidest du, in was investiert wird?", fragte Donald.

„Oh nein. Wir haben dafür professionelle Vermögensverwalter. Die sind wirklich gut in dem, was sie tun. Ich helfe bei der Einrichtung von Konten und arbeite mit unseren Kunden zusammen, um die richtigen Investitionsmodelle für sie zu finden." Er beugte sich vor, mit diesem Funkeln in seinen Augen, von dem sich Dillon manches Mal wünschte, Tio würde ihn damit ansehen. „Ich hatte vor zwei Monaten eine Kundin, die ihr ganzes Geld in nur drei Sorten von Biotech-Aktien investiert hatte. Bisher war sie damit gut gefahren. Nachdem sie zu mir gekommen war, haben wir all ihr Geld auf ihr Depotkonto überwiesen und in ein breites Portfolio investiert. Einen Monat danach sank eine ihrer Biotech-Aktien wegen schlechter Nachrichten. Sie hätte ein Drittel ihres Geldes verloren, hätten wir ihr Geld nicht umverteilt. Stattdessen hat sie jetzt weiterhin genug Geld, um bequem zu leben und ihre Enkel zu besuchen."

„Tio verwaltet auch mein Geld und macht das wirklich super", sagte Dillon.

„Glaubst du, du könntest mir auch helfen? Violet und ich haben nicht viel, aber das meiste davon ist auf einem Sparbuch, weil das sicher ist", sagte Donald.

Tio reichte ihm eine Karte. „Ruf mich nach der Kreuzfahrt an. Dann erklär ich dir gerne, was deine Möglichkeiten sind. Jeder verdient jemanden, der sich genauso um sein Geld sorgt, wie man es selbst auch tut."

Es war beeindruckend, ihn so selbstbewusst zu sehen. Das war der Tio, den er schon immer kannte. Der, der Dillon so leicht in seine Umlaufbahn gezogen hatte, ohne sich dafür anstrengen zu müssen. Kein Wunder, dass ihm Menschen Millionen ihrer Dollars anvertrauten. Dillon konnte nicht anders: Er sah Tio an und ließ sich von seiner Aufregung und seinem Enthusiasmus anstecken.

„Vielen Dank. Das mache ich", sagte Donald, als Violet zurückkehrte. Tio beendete sein Frühstück, und nachdem sie noch wenig geredet hatten, verabschiedeten sie sich. Es war Zeit fürs Fitnessstudio.

„DIESE GEWICHTE sind ziemlich leicht", murmelte Tio leise, während er mit den Hanteln arbeitete.

„Dann brauchst du meine Hilfe nicht."

„Nein. Geh ruhig auf dein Laufband." Tio trainierte weiter, also ging Dillon zum einzigen freien Laufband, stellte es an, steckte seine Ohrhörer ein und startete die Musik auf seinem Handy. Das Fitnessstudio befand sich auf einem der oberen Decks vorne. Die Aussicht war fantastisch. Die Sonne funkelte auf dem Wasser, das sich so weit erstreckte, wie das Auge sehen konnte. Es war wunderschön hier, und die Musik in seinen Ohren ebenso.

Jemand tippte auf seine Schulter und riss ihn aus seiner Musik. „Du bist mit ihm unterwegs, nicht wahr?", fragte der Mann auf dem Laufband neben ihm. Er war fit und groß. Er hatte tolle Beine und seine engen Shorts verdeckten wenig.

„Ja. Wir reisen zusammen." Dillon joggte weiter.

„Ist er Single?"

Dillon lächelte. „Im Moment ja." Die Augen des Mannes leuchteten, als er sich zu Tio umdrehte, der gerade auf der Hantelbank lag. „Aber er steht nur auf Frauen." Der Gesichtsausdruck des Kerls veränderte sich schlagartig. „Tut mir leid." Dillon packte seine Ohrhörer wieder ins Ohr und setzte sein Training fort. Er wollte nicht, dass der Typ seine Aufmerksamkeit jetzt auf ihn richtete. Er und Tio waren Freunde, aber er wollte keine zweite Wahl sein.

Dillon trainierte eine halbe Stunde lang, ging dann in den Cool-down und stoppte die Maschine am Ende des Trainings. Die Laufbänder rechts und links von ihm waren leer, aber um Tio herum stand eine Traube von Menschen, einschließlich des Mannes, der Dillon angesprochen hatte. Drei Typen trainierten um Tio herum und achteten dabei weniger auf ihr Training als auf Tio. Nicht, dass Dillon es nicht nachvollziehen konnte: Tios Haut glänzte vom Schweiß, seine Arme wölbten sich und diese verdammten Shorts legten sich wie eine zweite Haut über seine Hüften und seinen Hintern. Wer konnte es einem schwulen Mann mit Augen im Kopf übelnehmen, dass er da hinsah?

„Tio", rief Dillon, als er näherkam, „bist du fertig?"

„Ja", antwortete Tio und beendete sein Set, bevor er die Gewichte weglegte und sein Handtuch packte. „Willst du in die Sauna?"

„Können wir. Obwohl ich dich warnen muss: Du scheinst einen Fanclub zu haben."

„Ich weiß", antwortete er mit einem Achselzucken. „Ich überlege, mich draußen etwas hinzulegen. Etwas Sonne tanken."

„Mach das", sagte Dillon. „Ich werde dich später schon finden. Besorg mir einen Platz im Schatten in deiner Nähe. Ich hole mir eben ein Buch." Während Tio hinaufging, ging Dillon in die Kabine und zog seine Schwimmkleidung an. Dann kehrte er auf das Deck zurück und fand Tio im *Solarium* mit einem Handtuch auf einem zweiten Liegestuhl, der im Schatten stand.

„Ist der Platz okay?", fragte Tio.

„Perfekt", sagte Dillon und ließ sich mit seinem Buch in der Wärme nieder. Er las und Tio sonnte sich. Irgendwann holte Dillon etwas Sonnenschutzmittel heraus und cremte Tio ein, damit er nicht verbrannte. Dann lag er im Schatten, schloss die Augen und ruhte sich eine Weile aus.

Es fühlte sich gut an, richtig zu entspannen und die Welt einfach an sich vorbeiziehen zu lassen. Meist waren Dillons Tage hektisch. Hier hingegen strich einfach eine kühle Brise über seine Haut und löste seine Verspannungen.

„Willst du was trinken?", fragte Tio irgendwann. Dillon war sich nicht sicher, wie viel Zeit vergangen war, aber er nahm dankend an und schloss noch einmal die Augen. Tio brachte ihm etwas Wasser und ließ sich neben ihm nieder. „Ich habe genug Sonne für heute."

„Ich weiß nicht, wie du das überhaupt aushältst", sagte Dillon. „Ich wäre total verbrannt." Er suchte sich eine bessere Position auf dem Stuhl. „Das war eben schön. Vor allem ohne …" Er wollte nicht einmal ihren Namen sagen, aus abergläubischen Gründen.

„Ist schon okay. Im Moment ist alles gut. Hat Leon bekommen, was er sollte?"

„Ja."

Dillon hörte, dass sich jemand neben ihn setzte. Er wollte im Moment absolut nicht gestört werden – er war herrlich entspannt. „Du bist es wirklich", hörte er eine Frau sagen.

„Wie bitte?", fragte Dillon in einer verstellten Stimmlage. Tio verspannte sich neben ihm, aber Dillon blieb ruhig.

„Warte … oder? Na ja, du siehst ihm auf jeden Fall wirklich ähnlich", sagte die Frau. „Aber vielleicht ja doch nicht. Eine Sekunde lang dachte ich, du siehst aus wie Dillon Fitzgerald. Aber der klingt ganz anders. Außerdem, der würde doch nicht auf so einem Schiff sein, einfach so zwischen allen Leuten…? Er ist ein berühmter Sänger und verbringt wahrscheinlich seine ganze Zeit in New York oder Hollywood. Aber es wäre schon wirklich cool, ihn hier auf dem Schiff zu treffen." Sie seufzte. „Ich liebe ihn einfach. Weißt du, von wem ich spreche?"

Tio räusperte sich und schien jeden Moment bereit, zu Dillons Hilfe zu eilen.

„Eigentlich nicht", sagte Dillon leise und hoffte, dass sie weggehen würde. „Tut mir leid." Er nahm sein Buch wieder in die Hand, froh über den Bart, den Schnurrbart und die Tatsache, dass er sein Haar zu einem Pferdeschwanz gebunden hatte. Ihm war oft gesagt worden, dass nur wenige Dinge an ihm so unverwechselbar waren wie seine Haare. Er hielt sein Buch zwischen sich und der Frau, las weiter und versuchte sich einzureden, dass es nicht so schlimm war. Die Frau war sich jetzt anscheinend sicher, sich getäuscht zu haben, und er würde ihr ganz sicher nicht auf Sprünge helfen. „Hab noch einen schönen Tag." Seine Herzfrequenz normalisierte sich wieder und Tio entspannte sich.

Eine Weile später holte Dillon sein Handtuch und ließ den schlafenden Tio auf dem Pooldeck zurück, um in einen der Whirlpools zu gehen. Tio hatte recht. Die Leute sahen nur, was sie erwarteten. Dillon wollte das Beste aus dieser Situation machen, solange er konnte.

WER HÄTTE gedacht, dass ein Tag auf See, an dem sie nichts anderes zu tun hatten, als sich auf dem Schiff zu amüsieren, so anstrengend sein würde? Nach dem Abendessen an ihrem neuen Tisch mit Jack, Claudia und den anderen Paaren gingen Tio, Dillon und Claudia für eine Stunde ins Casino. Aber schon bald verließ sie der Spaß.

„Ich glaube, ich gehe ins Bett", sagte Tio, als Claudia den Craps-Tisch verließ. Es war noch früh, aber Tio schien genauso müde zu sein, wie Dillon sich fühlte. Sobald Tio seine Chips eingelöst hatte, machten sie sich auf den Weg zur Kabine. Dillon räumte auf, kletterte ins Bett und hörte, wie Tio durch die fast dunkle Kabine tigerte.

„Was ist mit dir los?", fragte Dillon. „Du bist so nervös."

„Ich wünschte, ich wüsste, warum", sagte Tio. „Vielleicht bin ich morgen besser drauf." Er schloss die Badezimmertür und ließ Dillon mit seinen Gedanken allein. Letzte Nacht hatte er sich von Tio abgewandt, um sich selbst mehr Raum zum Atmen zu geben, aber heute Abend lag er ihm zugewandt.

Das einzige Licht kam unter der Badezimmertür hindurch. Der Rest der Kabine war dunkel. Ein Lichtstrahl durchbrach die Dunkelheit, als Tio aus dem Bad kam. Dillon erhaschte einen Blick auf seine Hüften und seine Brust, bevor das Licht ausging. Das Bett knarzte, als Tio sich hinlegte, und dann war er still.

„Ich weiß, dass du nicht schläfst", sagte Tio.

„Nein. Ich bin zwar müde, aber ich weiß nicht, ob ich einschlafen kann." Was er brauchte, war ein wenig Ruhe. Aber das war schwierig, solange Tio so nah war.

„Ich weiß." Tio lag auf dem Rücken und bewegte sich nicht. Dillon fragte sich, was wohl passieren würde, wenn er einfach aufstehen und sich zu Tio legen würde. Er hatte gesehen, wie Tio ihn ansah, und glaubte, dass sein Freund neugierig war. Während des gesamten Abendessens hatte Tio nervös gewirkt, besonders wenn Dillon in der Nähe war. Man musste kein Genie sein, um zu erkennen, dass Tio ihn anziehend fand und versuchte, dagegen anzukämpfen. Wenn er die Initiative ergreifen würde, wüssten sie zumindest, wo sie stünden. Aber was wäre, wenn Dillon sich täuschte? Und damit die Freundschaft ruinierte? Nein, er blieb besser in seinem eigenen Bett.

Wenn Tio Interesse daran hätte, sich auszuprobieren, dann würde das von ihm ausgehen müssen. Das war allein Tios Entscheidung. Es wäre nicht richtig, Tio diese Entscheidung abzunehmen. Er hatte das Gefühl, wenn er ihn drängen würde, würde er sich wahrscheinlich darauf einlassen. Dieser Typ liebte nun mal Sex – das war offensichtlich. Jeder sollte aber die Möglichkeit haben, sein Coming-out selbst zu bestimmen – so beendete Dillon seine Überlegungen. Er schloss die Augen und versuchte einzuschlafen, aber es klappte nicht. Er hörte Tio noch stundenlang beim Schlafen zu, bevor er endlich selbst eindöste.

WIEDER EINMAL war Dillon früh auf und Tio schlief noch. Also zog Dillon sich an und beeilte sich, aus der Kabine zu kommen. Diesmal ging er direkt zur Bar. So wie am Vortag war das Klavier nicht abgesperrt. Er setzte sich daran, machte ein paar Aufwärmübungen und legte sein Handy aufs Klavier, um sich aufzunehmen.

Als der Barkeeper seine Arbeit begann, schien er nicht überrascht, ihn hier spielen zu sehen. Dillon begann mit ein paar alten Standards, bevor er sich der Kreativität überließ. Es dauerte nicht lange, bis er einfach für sich selbst spielte. Eine Melodie setzte sich in ihm fest und er spielte sie immer und immer wieder. Er wandelte sie jedes Mal ein bisschen ab, bis sie perfekt war. Dann machte er sich auf zum nächsten Lied und ließ seine Gedanken durch einen Wald der Musik wandern.

„Das ist wunderschön", sagte Tio, der mit einem Male hinter ihm stand. „Mir gefällt es wirklich sehr."

Dillon lächelte und begann dann, ein altes und bekanntes Lied zu spielen.

„Ich vergesse manchmal, wie gut du spielst."

Dillon beendete das Lied und die Leute in der Lounge klatschten. Er schaute auf und sah, dass fast jeder Sitzplatz besetzt war. Die meisten Gesichter hatte er gestern schon hier gesehen. Dillon lächelte und spielte noch ein Lied, bevor er sein improvisiertes Morgenkonzert beendete.

Wieder klatschten alle. Dillon wollte einfach schnell weg hier. „Lass uns frühstücken gehen."

„Bist du sicher? Das Publikum liebt dich", flüsterte Tio.

„Ich weiß. Aber ich bin fertig." Er hatte nicht vorgehabt, dass diese Sessions zu Auftritten wurden. Für ihn waren sie einfach eine Möglichkeit, die Musik aus seinem Kopf herauszubekommen. Aber jetzt war etwas ganz anderes daraus geworden. Er lächelte. Tio nickte und drehte sich zu den Aufzügen um. Dillon folgte ihm und betrat den Aufzug, als sich die Türen öffneten. Eine der Frauen aus dem Publikum stieg mit ihm in den Aufzug.

„Danke für die Musik", sagte sie leise. „Es war wunderschön."

„Gern geschehen", sagte Dillon zu ihr. „Es war mir nur jetzt einfach genug."

Sie nickte. „Ich habe Klavierunterricht gegeben, als meine Kinder noch jung waren. Früher habe ich mir mal gewünscht, Konzertpianistin zu werden und auf den besten Bühnen der Welt zu spielen." Während sie nach oben fuhren, wurde Dillon immer nervöser. Er wusste selbst nicht genau wieso. Was war denn schon passiert? Er hatte Klavier gespielt und Menschen hatten ihm zugehört. Vielleicht war es die Tatsache, dass er aus der Tiefe seiner Seele und seines Herzens gespielt hatte. Diese Musik war nicht dazu bestimmt, von anderen gehört zu werden. Zumindest nicht, solange sie noch nicht fertig war. Er war einfach zu verletzlich. „Ich war leider nicht gut genug. Das bedaure ich noch immer."

„Das verstehe ich", sagte Dillon sanft.

Sie schüttelte den Kopf. „Ich glaube nicht, dass du das verstehst. Du hast ein Talent, um das man dich nur beneiden kann." Sie trat näher. „Ich weiß, wer du bist. Ich war vor einem Monat auf deinem Konzert in Los Angeles. Du warst atemberaubend. Deine Lieder haben mich in eine Zeit in meinem Leben zurückversetzt, in der alles möglich war." Ihr Lächeln war so echt.

„Ich bin sehr froh, das zu hören." Die Aufzugtüren öffneten sich und Dillon konnte sich nicht bewegen. Er hätte sich darauf vorbereiten müssen, erkannt zu werden, aber das hatte er nicht. Jetzt wusste er nicht weiter. Wahrscheinlich sollte er sich daran gewöhnen, von jetzt an in der Kabine zu bleiben.

6

DILLON VERSPANNTE sich merklich. Tio fragte sich, ob er ihn wohl so schnell wie möglich aus dem Aufzug rausholen sollte. Er hatte schon miterlebt, wie extrem manche von Dillons Fans auf ihn reagierten. So was konnten sie am frühen Morgen echt nicht gebrauchen.

„Mach dir keine Sorgen. Ich werde niemandem verraten, wer du bist." Sie lächelte. „Aber ich kann es kaum erwarten, zu Hause meiner Nachbarin zu erzählen, dass ich mit Dillon Fitzgerald in einem Aufzug stand und ihm beim Klavierspielen zuhören durfte. Das wird sie mir nie glauben." Der Aufzug öffnete sich und sie stieg aus. Sie lächelte. Dann schloss sich die Tür wieder und sie machten sich auf den Weg zum Frühstück.

„Das kam unerwartet", sagte Dillon. „Das letzte Mal, als ich mich öffentlich gezeigt habe, hat mich ein Fan erkannt und meinen Namen durch den ganzen Flughafen geschrien. Ich war da grad auf dem Rückweg von Houston nach Chicago und dachte, es würde eine Massenpanik ausbrechen. Ganz kurz fühlte ich mich so, als wäre ich einer der Beatles." Die Spannung fiel von ihnen ab, als sie das Deck mit dem Buffet erreichten.

Claudia und Jack saßen an einem Tisch, an dem noch Platz war, also schlossen sie sich ihnen an, bevor sie zum Buffet gingen. Tio war regelrecht ausgehungert und auf seinem Teller stapelten sich Eier, Wurst und eine Waffel. Er gönnte sich sogar paar Scheiben Speck.

„Es ist ein wunderschöner Morgen", sagte Claudia, als sie sich hinsetzten. „Oh, und ich habe Neuigkeiten. Ich habe deine Ex hier reinkommen sehen … mit einem Mann. Sie unterhielten sich und sie lächelte dabei, also bist du vielleicht aus dem Schneider. Sozusagen."

„Gott sei Dank", atmete Tio erleichtert aus. „Ich habe mir schon gedacht, dass sie nicht lange brauchen wird, jemand Neuen zu finden."

Claudia kicherte. „Nein. Ich glaube, dieses Mädchen weiß, wie man sich durchschlägt." Sie neigte den Kopf zur Seite. Tio zuckte mit den Schultern, während er Carole und einen älteren Mann dabei beobachtete, wie sie an einem Tisch auf der anderen Seite des Raumes lebhaft miteinander sprachen.

„Abgesehen davon", fügte Dillon hinzu, als er sich näher beugte, als würde er ihr ein Geheimnis anvertrauen, „kann sie Geld schon aus der Ferne riechen."

„Offensichtlich ist das alles, was sie von mir wollte." Vielleicht war es ja auch alles, was er zu bieten hatte. Die Menschen in seinem Leben bleiben meist nicht lange bei ihm. Oder es war so, wie Dillon gesagt hatte, und er war den Menschen zu anstrengend. Egal, was es war, es sagte nichts Gutes über ihn aus.

„Dann war sie eine Idiotin", sagte Dillon mit mehr Inbrunst, als Tio erwartet hatte. „Du bist ein guter Mann und ein guter Freund. Niemand ist perfekt." Dillon trank von seinem Saft, als ein Mitarbeiter ihm das Omelett brachte, das er an der Omelettstation bestellt hatte. Es sah gut aus und Tio wünschte sich, er hätte sich auch eins bestellt. „Außerdem hat sie dir nie wirklich eine Chance gegeben und wollte nur dein Geld."

„Dann vergiss sie", sagte Claudia zu Tio. Sie beugte sich vor und sprach leise. „Außerdem:Ich bin alt und mein Sehvermögen ist vielleicht nicht mehr das, was es einmal war, aber ich sehe doch, wie du deinen Freund ansiehst. Sag mir nicht, dass da nichts zwischen euch ist … oder zumindest sein könnte."

Tio war sprachlos. Etwas, das ihm selten passierte.

„Stimmt etwas nicht?", fragte Dillon. „Möchtest du auch ein Omelett? Ich kann dir eins besorgen."

„Nein, mir geht es gut", log Tio, weil … verdammt … waren seine Gefühle so offensichtlich? Trug er etwa ein riesiges Schild auf seinem Rücken, auf dem stand, dass er etwas für seinen besten Freund empfand?

Dillon aß weiter und unterhielt sich mit Jack über die Insel, die sie morgen besuchen würden.

„Man darf lieben, wen man will", sagte Claudia leise zu ihm. „Mein Enkel hat mir das beigebracht. Er hatte sein Coming-out, als er sechzehn war. Ich bin sehr traditionell aufgewachsen und war damals sehr schockiert. Außerdem hatte ich Angst um ihn. Weißt du, was er zu mir gesagt hat? Jay sagte, dass er weniger Angst davor hatte, was die Kinder in der Schule zu ihm sagen würden, als dass ich ihn nicht mehr lieben würde." Sie setzte ihre Gabel ab. „Es dauerte eine Weile, bis ich begriffen habe, dass er mir wichtiger war als der ganze Mist, der mir so lange vorgebetet worden war. Wenn du Aaron auf *diese* Art magst, dann musst auch du den ganzen Mist loslassen. Was ist, wenn er *Der Eine* für dich ist?" Sie nahm ihre Gabel in die Hand und begann wieder zu essen. Dillon und Jack beendeten ihr

Gespräch über Schnorchelmasken und waren sich einig, dass sie beide keine Ganzgesichtsmasken mochten.

Tio aß und schwieg. Nach einem Moment entschied er sich, die Eier auf seinem Teller links liegen zu lassen und sich ein Omelett zu holen. Er brauchte einen Moment, um ein wenig nachdenken zu können.

„Wir treffen uns auf dem Sportdeck. In einer halben Stunde kann man wieder die Wellenmaschine benutzen. Jack und ich wollen uns das nicht entgehen lassen." Dillon klang so aufgeregt. „Willst du mitkommen?"

„Vielleicht versuch ich es mal", sagte Claudia. Tio wurde nun klar, dass auch er nicht drumherum kommen würde, wollte er nicht als Angsthase dastehen. Sie beendeten ihr Frühstück und verabredeten sich für zehn Uhr im hinteren Ende des Schiffes.

Sie eilten zur Kabine, um sich umzuziehen. Sobald sie fertig waren, folgte Tio Dillon zur Wellenmaschine. Er hörte auf zu zählen, wie oft er dabei auf Dillons perfekten Hintern starrte. Oh Gott, was zum Teufel war nur in ihn gefahren? Das war so eine schlechte Idee … Und doch wanderten seine Augen immer wieder dorthin.

Jack und Claudia waren schon da und standen in der Schlange. Dillon legte seine Sachen neben ihren ab und stellte sich direkt hinter sie. Tio folgte nur widerwillig.

Jack machte sich sehr gut auf dem Surfbrett und auch Claudia hatte die Boogie-Board-Methode ziemlich schnell raus. Aber nichts gegen Dillon: Er schien jetzt wirklich den Dreh rauszuhaben. Er glitt auf eine Art durchs Wasser, als wüsste das Wasser genau, was er von ihm wollte. Der Wind blies durch sein welliges Haar. Das Lächeln auf seinen Lippen und die Aufregung in seinen Augen ließen Tio Schauer den Rücken runterlaufen.

Er lächelte, während er Dillon zusah. Er bemerkte, dass sich eine Traube von Leuten gebildet hatten, die Dillon ebenfalls bewundernd beobachteten. Männer, Frauen – das schien keine Rolle zu spielen. Alle beobachteten Dillon. Tief in sich spürte Tio Wut aufsteigen. Scheiße, er war eifersüchtig darauf, dass diese Leute Dillon zuschauten. Wie dumm war das bitte? Millionen von Menschen sahen Dillon die ganze Zeit zu, wenn er Auftritte hatte. Im Fernsehen, auf Bühnen, sogar in riesigen Amphitheatern.

Vielleicht war der Unterschied, dass Dillon normalerweise mehr als nur kurze Shorts trug, die sich wie eine zweite Haut um ihn legten.

Schließlich fiel Dillon vom Brett. Er war immer schön, mit seinen langen Haaren und leuchtenden Augen. Aber nass war dieser Mann einfach atemberaubend. Das Wasser rann über seine Brust und die Shorts versteckten nur wenig. Aber es war sein Gesichtsausdruck, voller Freude und Aufregung, der Tio verrückt machte.

„Du bist dran, Tio", sagte Jack, der jetzt hinter ihm in der Schlange stand.

Er nickte und wählte das Boogie-Brett. Er liebte jede Sekunde darauf. Er fiel ein paar Mal, aber stellte sich dann wieder in die Schlange und versuchte es immer wieder. Es machte Spaß, auf den Wellen zu reiten. Und Dillon dabei zuzusehen, war faszinierend. Auch weil er jedes Mal besser zu werden schien.

„Ich denke, ich habe genug", sagte Claudia nach ihrer dritten Runde. Sie setzte sich. Jack machte noch eine Runde und schloss sich ihr dann an. Tio stellte sich noch ein paar Mal an, bevor er sich hinsetzte und Dillon zusah. Der schien fürs Surfen geboren.

Da es noch früh war und niemand sonst anstand, beschäftigte sich einer der Mitarbeiter länger mit Dillon und ließ ihn Spins üben. Das war ein Anblick! Zumindest, bis Dillon richtig stürzte. Tio stand auf, als Dillon nicht sofort auftauchte. Der Mitarbeiter schaltete die Maschine aus und Dillon kam hustend hoch.

„Ist alles in Ordnung?" In Windeseile war Tio bei Dillon und zog ihn an der Hand zu einer Bank.

„Ja, alles okay. Ich war nur sehr überrascht. Und dann wurde ich gegen die Wand gedrückt." Er atmete tief ein und aus und stand dann auf.

„Vielleicht solltest du dich ausruhen", bot Tio an.

Dillon schüttelte den Kopf. „Ich will noch eine Runde drehen." Er stellte sich hinter ein paar Kindern an. Nach einer weiteren Runde stieg er mit einem Grinsen auf den Lippen ab. „Okay. Jetzt können wir gehen. Ich bin so weit."

„Ihr jungen Leute habt viel zu viel Energie", sagte Claudia mit einem Lächeln. „Aber dieses alte Mädchen hat immer noch ein paar Asse im Ärmel."

Jack umarmte sie. „Warum hätte ich mich sonst in dich verliebt? Auch nach vierzig Jahren bist du noch für Überraschungen gut."

Sie lächelten und Tio fragte sich, wo er in vierzig Jahren sein würde. Tio hatte über solche Dinge noch nie viel nachgedacht. Er war jung und hatte sein ganzes Leben noch vor sich. Zumindest dachte er das immer. Aber er war jetzt zweiunddreißig und vielleicht war es an der Zeit, dass er nach etwas Ernsterem Ausschau hielt.

Vielleicht musste er jemanden ganz besonderen finden. Tio wusste ehrlich gesagt nicht, was zum Teufel er in seinem Leben wollte oder brauchte. Ein paar Mal hatte er schon geglaubt, die richtige Person gefunden zu haben, aber am Ende waren alle Beziehung nach ein paar Monaten vorbei gewesen. Mit Corey war er am längsten zusammengeblieben, aber auch sie hatte ihn irgendwann verlassen.

Nein, so war es nicht gewesen. Sie hatten sich auseinandergelebt, so wie Dillon gesagt hatte. Es war ebenso seine wie ihre Schuld gewesen. Dillon hatte in vielen Dingen recht gehabt.

„Atemberaubend, nicht wahr?", sagte Claudia neben ihm, während sie sich ein Strandkleid überzog. Sie trocknete ihre nassen Haare mit einem Handtuch. „Weißt du, mein Lieber, man muss die Gelegenheiten beim Schopfe packen, sonst sind sie gerne schnell wieder vorbei." Sie ging zu Jack, der gerade dabei war, sich ein Shirt anzuziehen. Sie half ihm, das Shirt über seinen noch feuchten Rücken zu ziehen.

Genau so etwas – das war es, was er wollte. Jack hatte nicht um ihre Hilfe gebeten, das musste er auch gar nicht. Claudia hatte einfach gewusst, dass er ihre Hilfe brauchte.

„Ich brauche einen Drink", sagte Tio. Er wünschte sich so sehr, dass all diese Angst und Unsicherheit endlich verschwinden würden. Er hasste es. Bei der Arbeit beschäftigte er sich ständig mit verschiedenen Möglichkeiten und Risiken. Aber da ging es um Geld, und darin war er verdammt gut. Natürlich lag er nicht immer richtig, aber meistens machte er Gewinne. Dort kannte er sich aus, aber was schwer zu handhaben war, war diese Art von Risiko – die Art, bei der es, wenn er sich falsch entschied, um viel mehr ging als nur um Geld. Es ging um sein ganzes Leben und sein zukünftiges Glück. Er könnte seinen besten Freund verlieren.

„Wir können uns Mimosas oder Bloody Marys in der Fregattenbar holen", bot Dillon an.

„Ooo, ich könnte auch einen Mimosa vertragen", sagte Claudia. Sie verabredeten sich nach dem Umziehen auf einen Drink. Tio war damit einverstanden, aber er wollte unbedingt neben Jack sitzen. Claudia verstand zu viel und das irritierte ihn.

„STÖRT ES dich, wenn ich eine Weile an Deck gehe?", fragte Tio, als sie wieder in der Kabine waren. Dillon hatte sich hellbraune Shorts und ein T-Shirt angezogen. „Ich glaube, ich brauche etwas Ruhe." Was er wirklich brauchte, war eine Gelegenheit zum Nachdenken, und die würde er nicht bekommen, solange Dillon in der Nähe war. Dieser Mann lenkte ihn einfach zu sehr ab. Er brauchte etwas Zeit für sich, um seine Gedanken zu ordnen.

„Mach nur", antwortete Dillon fröhlich. „Ich treffe mich mit Claudia und Jack und du kannst derweil die Sonne anbeten." Er öffnete eine der Schubladen. „Ich habe dir deine Puzzle-Bücher hier reingelegt." Er legte sie auf den Schreibtisch. „Viel Spaß." Er verließ die Kabine und es kam Tio vor, als könne er zum ersten Mal seit Stunden wieder frei atmen.

Er schnappte sich die Rätsel, schlüpfte in seine Deckschuhe und ging zum Sonnendeck. Dort war es sehr voll. Es dauerte eine Weile, bis er eine ruhige Ecke fand. Er rieb sich mit etwas Lotion ein und legte sich dann auf den Rücken. Er setzte eine Sonnenbrille auf, schloss die Augen und ließ sich einfach von den Geräuschen des Schiffes einlullen. Kinder rannten um ihn herum und irgendwelche Leute riefen einander irgendetwas zu, aber nichts davon störte Tios Ruhe.

Abgesehen von Dillon. Er sah ihn immer wieder vor seinem geistigen Auge: Wie er auf dieser Welle surfte, wie seine Haare im Wind flogen und wie sich dabei sein flacher Bauch bewegte. In seinem kleinen Körper war so viel Kraft. Tio wusste nicht, was er machen sollte. Er war immer nur mit Frauen zusammen gewesen. Ja, er wusste, dass er bisexuell war, aber das war nur Theorie gewesen. Klar, er hatte Dillon gegenüber zugegeben, dass er Männer manchmal attraktiv fand, aber das hieß ja nicht, dass er auch in dieser Richtung handeln musste, oder?

Das Problem war, dass Dillon neuerdings wirkte, als wolle er, dass Tio handelte. Und das machte ihm Angst. Solange er nur mit Frauen ausging, war er hetero und seine Eltern glücklich. Aber sie würden durchdrehen, wenn er Dillon als seinen festen Freund zum Weihnachtsessen nach Hause bringen würde. Seine Mutter wusste vielleicht, dass er bi war, aber das bedeutete nicht, dass sie ihn mit einem Mann zusammen sehen wollte. Nicht, dass seine Eltern grundsätzlich schwulenfeindlich waren. Aber den eigenen Sohn plötzlich mit einem Mann an der Seite zu sehen, war ein ganz anderes Thema.

„Mein Vater würde sich fragen, was zum Teufel in mich geraten ist", murmelte er zu sich selbst. Und dann würde sich sein Vater fragen, wie sich diese Veränderung in Tios Leben auf das Geschäft auswirken würde, denn bei ihm ging es immer nur ums Geschäft. Seine Mutter würde weinen, weil sie keine Enkelkinder bekommen würde, etwas, auf das sie ihn gerne ansprach, seit er zweiundzwanzig geworden war. Er wusste, dass sie bei jeder seiner Freundinnen gehofft hatte, dass sie *die Eine* wäre ... die sie zur Oma machen würde. Vielleicht war es das Beste, wenn er einfach so weiter machte wie bisher.

Als ob er damit bisher so gut gefahren wäre.

Tio seufzte und versuchte, seinen Kopf freizubekommen. Es war unwahrscheinlich, dass er hier und in diesem Moment die Antworten auf diese Fragen finden würde. Er setzte sich auf und lächelte einem Jungen zu, der am Ende seines Liegestuhls stand. Er war um die sieben Jahre alt und grinste Tio an. Dann lief er weg. Eine Frau rannte direkt hinter ihm her und versuchte, ihn einzuholen. Tio blinzelte und sah dem Kind nach. Die Frau erreichte das Kind und hob es in ihre Arme. Die beiden lachten. Tio legte sich wieder hin und zog eines der Puzzle-Bücher hervor. Dann machte er sich ans Lösen eines Sudokus. Er ging dabei wie immer sehr methodisch vor.

So gelang es ihm oft, sich zu entspannen und Sorgen zu vergessen. Man konnte sich die Zeit vertreiben und für eine Weile alles andere vergessen. Nur klappte es diesmal nicht. Er war genauso aufgeregt und angespannt, wie er es auch bei der Arbeit war. Er musste dringend etwas dagegen tun.

„Amüsierst du dich gut?", fragte Dillon. Tio musste nicht aufschauen, um zu wissen, dass er es war. „Du siehst aus, als wärst du gebacken und gebraten."

„Das bin ich, glaube ich, auch. Die Sonne ist heute heftig." Tio setzte sich auf und schwang die Beine über die Liege. „Möchtest du lieber etwas anderes machen?"

„Nicht unbedingt. Ich wollte nur sicherstellen, dass du nichts brauchst. Ich habe mich mit Claudia und Jack nett unterhalten, aber die beiden müssen sich etwas ausruhen, also dachte ich, ich schaue mal nach dir."

„Mir geht es gut."

„Okay." Dillon wandte sich ab und ging das Deck hinunter. Tio beobachtete ihn ein paar Sekunden lang und fluchte dann leise. Hier rumzuliegen, half ihm nicht. Seine Gedanken kreisten nur weiter.

„Hast du denn auf irgendetwas Bestimmtes Lust?", fragte Tio.

„Ich weiß nicht. Wir könnten in einer Stunde oder so zum Mittagessen gehen. Danach gibt es ein Dodgeball-Turnier auf dem Sportdeck. Wir könnten mitspielen, wenn du willst. Wir können sicher mit anderen Leuten ein Team bilden."

„Dodgeball?", fragte Tio.

„Wieso nicht? Man bewegt sich ein bisschen und vielleicht macht es ja Spaß. Aber wir müssen auch nicht, wenn du keine Lust hast."

Tio zuckte mit den Schultern. „Ich geh mal zurück in die Kabine, um mich umzuziehen. Dann können wir ja überlegen, was wir bis zum Mittagessen machen wollen. Und wenn du am Nachmittag Dodgeball spielen willst, warum nicht?"

Dillon lächelte und Tio konnte nicht anders, als zurückzulächeln. Dillon glücklich zu machen, schien jetzt sein neues Ding zu sein. Er mochte es, wenn Dillon ihn anlächelte, und er mochte es noch mehr, wenn er *wegen* ihm lächelte. Tio wusste, dass er wirklich in Schwierigkeiten war. Dillon glücklich zu machen, könnte schnell zur Gewohnheit werden. Und dann stellte die Frage, wie lang es halten würde. Denn für Tio ging Gutes immer zu Ende.

DER TYP, der Dodgeball leitete, hatte genauso eine Pfeife wie Tios Sportlehrer in der Highschool. Zumindest sah er nicht so aus wie Mr. Hutchinson. Zum einen war er etwa zwanzig Jahre jünger und wog bestimmte zwanzig Kilos weniger. „Das ist Dodgeball für Paare", sagte er. Er trug Shorts und ein T-Shirt mit einem Logo. Tio wandte sich zu Dillon. Sie standen alle als große Gruppe rum. „Das bedeutet, dass wir Männer und Frauen brauchen, um die Teams gleichmäßig aufzuteilen."

„Na, bereit dazu?", fragte Tio, halb im Scherz. Er versuchte, sich seine Unruhe nicht ansehen zu lassen.

Der Dodgeball-Leiter rannte zu ihnen, um sie in Gruppen aufzuteilen. „Warum spielst du nicht mit Ingrid hier?", fragte er Dillon und tätschelte dann Tios Schulter. „Und du kannst mit Astrid zusammenspielen." Er lächelte und zwinkerte einer Frau zu, die aussah, als wäre ihr Make-up schon perfekt aufgetragen, sobald sie aus dem Bett aufstand. Sie hatte einen athletischen Körper, der aussah wie etwas aus Tios kühnsten Träumen.

„Ich bin Tio", sagte er sanft und fühlte sich plötzlich unsicher. „Und du bist Astrid?"

Sie lächelte. „Ja." Ihre Pupillen weiteten sich ein wenig. Sie sah nach unten und dann hob sich ihr Blick wieder langsam. Sie lächelte leicht und wurde ein wenig rot, während sich ihre Augen weiteten. Tio konnte ihren Blick förmlich spüren. Sie legte ihre Hand auf seinen Arm und stellte sich direkt neben ihn. Sie standen so nah beieinander, dass ihre Oberkörper sich fast berührten.

Tio warf einen Blick auf Dillon, der sich mit seiner Teamkollegin unterhielt. Dillon wirkte verkrampft, während er mit Ingrid sprach. Auch sein Blick glitt immer wieder zu Tio. Er zuckte mit den Schultern und lächelte Dillon zu. Immerhin war Dillon derjenige gewesen, der Dodgeball spielen wollte.

Der Dodgeball-Leiter betrachtete sie alle und begann dann, Teams zu bilden. Tio und Astrid spielten mit einem Paar zusammen, das wirkte, als wären sie in ihren Flitterwochen. Sie hatten nur Augen füreinander.

„Ich bin Ted", sagte der große, blonde Mann. „Und das ist meine Frau Candi." Er strahlte, als habe er eben gerade im Lotto gewonnen.

Es bildeten sich vier Teams. Der Dodgeball-Leiter bereitete das erste Spiel vor. Im ersten Spiel spielte Dillons Team. Tio sah zu. Dillon flog als Erster raus, aber Ingrid fing den Ball und brachte ihn damit zurück ins Spiel. Danach dauerte es nicht lange, bis das andere Team rausflog. Dillon gab Ingrid ein High Five. Sie hakte sich bei ihm unter, während sie den Platz verließen.

Dann waren Tio und Astrid mit Ted und Candi am Zug. Sie gewannen haushoch. Die Hälfte des anderen Teams schien den größten Teil des Nachmittags getrunken zu haben – sie verloren gnadenlos.

Astrid grinste und umarmte Tio, als sie gewannen. Sie hielt ihn etwas länger als nötig fest. Er verstand sofort, was sie von ihm wollte. Tio spürte, wie seine Aufregung wuchs, während sie den Platz verließen.

Der Dodgeball-Leiter fungierte auch als Schiedsrichter. Er verteilte Wasserflaschen an alle Spieler und blies dann in seine nervige Pfeife. „Wir spielen das Finale in zehn Minuten."

„Bist du mit deinem Freund zusammen auf der Kreuzfahrt?", fragte Astrid und Tio nickte. „Hast du keine Freundin?"

Tio schüttelte den Kopf. „Wir haben uns vor ein paar Wochen getrennt. Aber sie ist auch auf der Kreuzfahrt dabei." Er verdrehte die Augen und seufzte, als er an Carole dachte. „Reist du mit Ingrid zusammen?"

„Ja. Sie und ich sind schon lange befreundet." Ihr Blick wurde noch intensiver und ließ keinen Moment von Tio ab. Sie klimperte mit ihren langen Wimpern und schmiss sich das Haar in den Nacken. Dabei bewegte sich ihr ganzer Körper. Tio fragte sich gerade, wohin er sich mit Astrid zurückziehen könnte, um ein wenig Spaß zu haben, als der Leiter wieder in die Pfeife blies und Tio damit zurück in die Realität holte.

„Das Finale unseres Dodgeball-Turniers kann beginnen." Der Leiter führte sie zurück auf den Platz und ließ Tios Team gegen Dillons antreten.

Tio lächelte, aber Dillon sah ihn wütend an. Die Bälle wurden auf die Linie in der Mitte gelegt, und sobald alle in Position waren, pfiff der Schiedsrichter und sie rannten nach vorne. Dillon erreichte den Ball zuerst und schmiss ihn auf Tio. Tio wich dem Ball aus und rannte zurück, um sich einen anderen Ball zu schnappen. Candi flog raus und dann auch Ted, als er sich nach ihr umdrehte und dabei getroffen wurde. Astrid hatte Ingrid getroffen, aber einer aus Dillons Team traf dann wiederum Astrid am Bein. Tio hatte die Bälle auf seiner Seite des Platzes und zielte auf den Kerl in Dillons Team. Er erwischte ihn an der Hüfte und er war draußen. Dann packte Dillon den Ball und warf ihm mit aller Kraft nach Tio. Es traf die Bretter und der Ball prallte zurück auf Dillons Seite. Er schlug den Ball immer wieder zurück. Sein Gesicht errötete unter seinem Bart. Tio warf einen weiteren Ball nach ihm und Dillon fing ihn in der Luft auf. So verlor Tio und Dillon blieb als Sieger zurück.

Dillon starrte Tio an, verließ den Platz und ging zu seinem Team. Sie erhielten goldfarbene Medaillen in Form einer wehenden Fahne. Tios Team bekam silberne Medaillen. Dann trennten sich die Teams und die meisten Leute machten sich auf den Weg zur nächsten Aktivität oder zum Pooldeck.

„Hast du auch Lust auf einen Snack?", fragte Tio. Er meinte Dillon, aber Astrid antwortete.

„Gerne", sagte sie. Tio wollte nicht unhöflich sein. Er überlegte, wo sie alle zusammen hingehen könnten, aber da sah er auch schon, wie Dillon sich von Ingrid verabschiedete und das Deck verließ. Tio schluckte. Er konnte nicht anders, als ihm hinterher zu sehen.

„Komm, lass uns einen Snack holen. Und danach können wir vielleicht noch ein wenig mehr Energie loswerden", flüsterte Astrid ihm ins Ohr.

7

DILLON VERSUCHTE, höflich zu Ingrid zu sein, und hoffte, dass ihm das auch gelang. Aber es war ihm unmöglich, hier zu bleiben, während Astrid so an Tio hing. Er erreichte die Tür, die nach innen führte, und öffnete sie mit mehr Schwung als nötig. Das junge Paar, das ihm entgegenkam, sah ihn überrascht an.

„Sorry", murmelte er und machte ihnen Platz, bevor er ins Innere des Schiffs ging. Während des verdammten Spiels hätte er Tio umbringen können – zumindest mit dem Dodgeball. Bei jedem Wurf stellte er sich vor, wie der Ball Tio mitten ins Gesicht traf. Astrid hatte er auch nur zu gerne abwerfen wollen, aber das hatte erledigte sein Teamkollege schon für ihn, also kam er nicht dazu. So konnte er seine Frustration nur an Tio auslassen.

Er erreichte die Stufen, die zu ihrer Kabine hinunterführten, und stampfte über den Teppich. Er erreichte ihr Deck, atmete tief durch und stoppte in ihrer Lobby. *Verflucht noch mal!* Er hatte kein Recht, sich so zu verhalten, und er wusste das. Aber Tio so mit Astrid zu sehen, wie sie sich förmlich an ihn schmiss ... Tio würde ihr niemals widerstehen können. Sie hatte offensichtlich Interesse an ihm und Dillon konnte es ihr nicht mal übelnehmen. Tio sah verdammt gut aus und war unglaublich sexy.

Das Problem war, dass Dillon wusste, dass er nicht so fühlen durfte. Er und Tio waren nur Freunde – sonst nichts. Aber Dillon hatte sich von seinen Gefühlen überwältigen lassen. Das Schlimmste war, dass Tio sich das gemerkt hatte, und Dillon musste nun irgendeinen Weg finden, damit umzugehen.

Er wollte auf keinen Fall in der Kabine sein, wenn Tio zurückkam. Also beeilte er sich, schnappte sich frische Kleidung und zog sich schnell um. Er brauchte insgesamt nicht mehr als zwei Minuten. Er glaubte, Tios Stimme hinter sich zu hören, als er den Flur entlang ging, aber er drehte sich nicht um. Dillon brauchte einen Moment allein, um seine Gedanken zu ordnen.

Er ging zur Klavierlounge, in der ein paar Leute saßen und sich in leisen Tönen unterhielten. Dillon öffnete das Klavier. Ohne ein Wort zu verlieren, legte er die Hände auf die Tasten und überlegte, was zum Teufel er spielen sollte.

„Alles okay?", fragte eine Frauenstimme. Er sah zu ihr hoch. Er wollte lügen und sagen, dass es ihm gut ging, aber das wäre falsch. Er wusste einfach nicht, was er tun sollte. Es gab keinen Grund, so verdammt sauer zu sein.

Nachdem das Testosteron verebbte, kam die Scham. Auch damit wusste er nicht umzugehen. Normalerweise würde er jetzt singen, aber das war hier in der Öffentlichkeit keine Option. Bisher hatte ihn nur eine Person erkannt. Jetzt, wo der Bart immer länger würde, erkannte er sich selbst fast nicht mehr im Spiegel.

„Was auch immer es ist: Es wird wieder gut. Ganz sicher", sagte sie in sanfter Stimme.

Dillon nickte. Vor allem, damit sie sich besser fühlte. Er lächelte sein bestes Performance-Lächeln, um ihr zu zeigen, dass es ihm gut ging. „Danke. Mir geht's okay. Ich denke nur nach", sagte er sanft und begann, ein Lied zu spielen, das ihn immer beruhigte. Er konnte nicht mitsingen, aber allein die Melodie zu hören, die er vor ein paar Jahren geschrieben hatte, half ihm, sich zu beruhigen.

Er hatte nicht damit gerechnet, dass andere im Raum anfangen würden, erst zu summen und dann leise mitzusingen.

Dillon hatte das Lied nach einer Trennung geschrieben. Es hatte ihm damals sehr geholfen. Das Lied hatte etwas Souliges an sich. Die Melodie war dicht und hatte sonnige Untertöne – wie die Sonne, die hinter Wolken hervorkam. Er schloss die Augen und spielte weiter, während sich die Nervosität in ihm legte. Als das Lied vorbei war, spielte er ein weiteres. Ein fröhlicheres.

„Kannst du *Unchained Melody* spielen?", fragte ihn jemand.

Nachdem er dieses Lied beendet hatte, begann er sofort das nächste. Seine Finger flogen über die Tasten. Er wurde gebeten, ein anderes Lied zu spielen, und Dillon begann, sich nach dem zu richten, was das Publikum von ihm hören wollte. Er schafft es dadurch, sich von den kreisenden Gedanken zu lösen, und spielte einfach für die Zuhörer.

„Kannst du auch singen?", fragte ihn ein Mann, nachdem er gerade ein Lied beendet hatte.

Dillon lächelte. „Ein bisschen."

„Bezahlt dich das Kreuzfahrtschiff nur fürs Spielen?", fragte er. Er saß auf einem der Stühle in der Nähe des Klaviers.

„Ich arbeite nicht für das Kreuzfahrtschiff. Ich bin ein Passagier, genau wie du. Ich spiele einfach gerne Klavier."

„Du spielst sehr gut." Er nippte an seinem Glas. „Meine Frau spielte Klavier und hat vierzig Jahre lang Unterricht gegeben."

Dillon drehte sich zu ihm um und war überwältigt von der Traurigkeit, die er in den Augen des Mannes sah. Es war eine tiefe, fast unergründliche Trauer. Dillon begriff in diesem Moment einige Dinge. Er fühlte sich dumm und fragte sich, was der Mann wohl so allein auf diesem Schiff tat. „Linda und ich hatten diese Kreuzfahrt gemeinsam gebucht, aber sie starb vor vier Monaten." Das erklärte einiges.

„Ist das deine erste Reise ohne sie?", fragte Dillon. Der Mann mit den weißen Haaren und traurigen Augen nickte. „Was war ihr Lieblingslied?"

„*I Want to Hold Your Hand*", sagte er. „Sie war ein großer Beatles-Fan und sagte immer, dass das Lied viel besser sei, als die meisten Leute begriffen. Wann immer sie es hörte, nahm sie meine Hand und drückte sie."

Dillon begann, das Lied zu spielen. Er spielte die Melodie langsam. Eine Träne lief über die Wange des Mannes und Dillon fragte sich, ob er das Richtige tat. Vielleicht hätte er nicht fragen sollen. Er hatte nicht gewollt, dass sich der Mann noch schlechter fühlte.

„Bitte. Sing das Lied", bat er sanft.

Ohne nachzudenken, begann Dillon zu singen. Er lächelte, als der weißhaarige Mann anfing, sanft mitzusingen. Er nickt ihm zu, um ihn zu ermutigen. Dillon sang etwas lauter, und zum ersten Mal lächelte der Mann, während sie gemeinsam sangen. Schließlich begann Dillon, leiser zu werden, bis das Lied ganz ausklang.

Er fühlte sich besser und der Mann lächelte. Er sah nicht mehr ganz so traurig aus. Man sah seinen Augen an, dass er in Erinnerungen schwelgte. Er stand auf und dankte Dillon mit sanfter Stimme. Das war genug. Dillon schloss den Deckel des Klaviers und überlegte, ob er sich wohl durch das Singen verraten hatte. Deshalb beeilte er sich, die Bar zu verlassen, bevor ihn jemand erkennen konnte.

Dillon war sich nicht sicher, wohin er gehen wollte, aber er wusste, dass die Kabine eine schlechte Idee wäre. Wenn Tio dort mit Astrid zugange war, war dies der letzte Ort, an dem er sein wollte. Er hatte Tios nackten Hintern jetzt oft genug gesehen – das musste er nicht wiederholen, besonders nicht in Aktion. Nein, danke. Er betrachtete einen der Schiffsbildschirme, auf dem die Unterhaltungsangebote angezeigt wurden, und entschied sich für ein Quiz in einer der Lounges. Vielleicht war es nicht schlecht, Zeit mit anderen Leuten zu verbringen.

„ICH BIN froh, dass du in unserem Team warst", sagte eine der Damen eine halbe Stunde später, als jeder von ihnen einen Schlüsselanhänger als Gewinn erhielt. Dank seines Musikwissens war er anscheinend sehr gut darin, Lieder sofort zu erraten. Er hatte jeden Song erkannt und ihr Team hatte haushoch gewonnen.

„Ich auch", sagte ihr Mann. „Ich kannte kaum eines der Lieder."

„Ich liebe Musik", sagte Dillon und bedankte sich bei allen dafür, dass er sich ihrer Gruppe anschließen durfte. Dann sah er auf die Uhr und entschied, dass er jetzt wohl in die Kabine zurückkehren konnte. Er machte sich auf den Weg dorthin. Vor der Tür macht er extra etwas Lärm mit dem Schlüssel, bevor er aufschloss und eine leere Kabine betrat. Soweit er das beurteilen konnte, war niemand hier gewesen. Die Betten waren gemacht und die Kabine ordentlich. Vielleicht waren Tio und Astrid in Astrids Kabine gegangen. Nicht, dass es irgendetwas änderte. Dillon wusste, dass er nicht darüber nachdenken sollte: Wo Tio seine Zeit verbrachte, war ganz allein seine Sache. Er war erwachsen und in der Lage, seine eigenen Entscheidungen zu treffen.

Er setzte sich auf das Sofa, schaltete den Fernseher ein und wünschte sich sofort, er hätte das nicht getan. Die Auswahl war sehr begrenzt, und nichts auf dem Hafen-Shopping-Kanal, dem Landausflugskanal oder dem Kreuzfahrtkanal interessierte ihn, und er wollte auch keine Nachrichten sehen – das würde ihn nur deprimieren. Er schaltete den Fernseher aus, stand auf und zog seine Badehose und ein T-Shirt an. Er musste aufhören, hier nur rumzuhängen. Surfen war eine gute Idee, selbst wenn die Welle nur menschengemacht war.

Als er das hintere Oberdeck erreichte, sah er, dass eine Schlange vor dem Wellenreiter wartete. Er stellte seine Tasche auf einer Bank ab und wartete, bis er an der Reihe war. Die meisten machten Boogie-Boarding, aber als er an der Reihe war, erinnerte sich der Mitarbeiter an ihn und erlaubte ihm den Surfrider-Modus.

Dillon hatte Schwierigkeiten, sein Gleichgewicht zu finden, und fiel sofort vom Brett. Der Mitarbeiter gab ihm direkt eine zweite Chance. Er musste sich wirklich konzentrieren und es noch einmal versuchen. Er gab alles, um seinen Kopf freizubekommen, und versuchte es erneut. Diesmal ging es besser und er glitt über das Wasser. Das Surfbrett gehorchte ihm. Ein Kind, das zusah, zeigte auf ihn und lachte. Dillon bewegte das Brett so, dass das Kind und sein Freund nass gespritzt wurden. Sie versuchten, aus dem Weg zu springen, und lachten, als Dillon in die Welle stürzte. Er stand auf und reichte dem Mitarbeiter das Brett. Er wollte sich gerade wieder anstellen, als er sah, wie Tio sich in die Zuschauerabteilung setzte.

„Ich dachte mir schon, dass ich dich hier finden würde", sagte Tio mit einem breiten Lächeln im Gesicht.

Dillon wollte ihn nach Astrid fragen, aber besann sich. Es ging ihn nichts an, und er hatte kein Recht, danach zu fragen. „Ja, ich dachte, ich würde mich ein bisschen amüsieren." Er stellte sich wieder in die Warteschlange. „Komm. Dreh auch eine Runde."

Tio schüttelte den Kopf. „Mach du mal. Ich werde hier eine Weile in der Sonne sitzen." Er warf ihm ein Lächeln zu, das Dillon schon oft gesehen hatte. Für eine Sekunde war er versucht zu widersprechen, aber stattdessen stellte er sich in die Warteschlange. Als er an der Reihe war, legte er sich für Tio besonders ins Zeug. Was Dillon überraschte, war, dass Tio ihn dabei aufmerksam zu beobachten schien.

Dillon versuchte, nicht so viel darüber nachzudenken und einfach Spaß zu haben. Er lächelte und warf seine Haare zurück, als das Wasser unter seinem Brett her raste. Das war einfach unglaublich. Man brauchte einen guten Gleichgewichtssinn, denn das Wasser hatte seinen ganz eigenen Rhythmus. Während er surfte, begriff sein Körper mehr und mehr, wie dieser Rhythmus funktionierte. Er konnte ihn sowohl fühlen als auch hören – als wäre er ein Teil von ihm.

Er drehte sich in der Luft und landete falsch, weshalb er ins Wasser fiel. Als er wieder hochkam, gab er das Brett ab. Dillon versuchte, den Rhythmus wiederzufinden, den er zuvor gespürt hatte, aber er war weg. Er hätte diesen Rhythmus so gerne gespürt, aber er hatte sich in Luft aufgelöst und er fand ihn nicht wieder.

Er stellte sich wieder an und sprang praktisch auf das Brett, als er an der Reihe war, in der Hoffnung, dass der Rhythmus wieder zurückkehren würde. Diesmal achtete er genauer darauf und ließ das Rauschen des Wassers zu sich sprechen. Und siehe da, der Rhythmus kehrte zurück. Diesmal konzentrierte er sich stärker auf musikalischen Rhythmen, so sehr, dass er die Musik noch immer im Kopf hörte, als er mit dem Surfen fertig war.

„Du hast dich gut auf dem Brett gemacht", sagte Tio.

„Danke", sagte Dillon. „Ich muss sofort zurück in die Kabine." Er schlüpfte in seine Deckschuhe und griff nach seiner Tasche. „Ich muss etwas aufschreiben, bevor es weg ist."

„Okay. Ich komme mit." Tio packte seine Sachen und Dillon eilte in das Schiff zu ihrem Deck. Als er in der Kabine war, warf er sein Handtuch auf den Stuhl, setzte sich an den Schreibtisch und zog etwas Papier heraus. Es war kein Notenpapier, aber das war egal. Alles, was er hoffte aufzuschreiben, war der Rhythmus. Der Rest würde sich schon ergeben. Er schrieb die Noten auf, so schnell er konnte, bis er an den Punkt kam, an dem es sich wiederholte. Er schrieb alles noch einmal auf und dann ein drittes Mal in einer abgewandelten Form und kehrte dann zur ersten Version zurück.

„Was ist das?", fragte Tio und sah ihm über die Schulter.

„Die Wellenmaschine. Aber wenn es nur das wäre, wäre der Rhythmus stabil. Ich denke, es ist auch das Schiff und die verschiedenen Schwingungen, die sich gegenseitig beeinflussen. Ich weiß, es klingt blöd, aber ich denke, ich werde ein Lied daraus machen." Er las, was er aufgeschrieben hatte, und fing an, einige Ideen hinzuzufügen. Als er fertig war, hob er seinen Blick und blickte zu Tio. „Was ist?"

„Dir muss schon ganz kalt sein." Tio wandte sich ab und ging in den anderen Raum. Dillon konzentrierte sich wieder auf die Arbeit, bevor er schließlich aufstand, um sich abzutrocknen und umzuziehen. „Was hast du heute Nachmittag noch so gemacht?", fragte Tio, als Dillon aus dem Badezimmer kam. Er trug Shorts und ein T-Shirt. Seine Badehose und sein Handtuch hatte er zum Trocknen aufgehängt.

„Ich habe eine Weile in der Lounge Klavier gespielt und an einem Quiz teilgenommen, bevor ich zur Wellenmaschine bin." Er fragte absichtlich nicht, was Tio getan hatte, denn das Letzte, was er hören wollte, war, was Tio und Astrid so getrieben hatten. Er setzte sich auf das Sofa.

„Es war also ein guter Nachmittag?", fragte Tio.

„Würde ich so sagen." Er hat ein paar Dinge erledigt, und die Musik schien aus seinem Inneren aufzusteigen. Für so etwas würde er nie undankbar sein. „Wir haben noch ein paar Stunden bis zum Abendessen." Er sagte das Offensichtliche, weil er sich nicht sicher war, worüber sie reden sollten. „Vielleicht geh ich zur Promenade oder so."

Die Kabine kam ihm plötzlich zu eng vor, also schob er seine Notizen in die Außentasche seiner Tasche und verließ die Kabine, so schnell er konnte. Vielleicht war er ein Angsthase, aber mit Tio in der Kabine zu bleiben, war im Moment einfach zu schwer.

Die Hauptpromenade des Schiffes, die den größten Teil des fünften Decks ausmachte, war voller Menschen. Es war drei Decks hoch und sah fast aus wie eine richtige Einkaufsstraße. Es gab sogar ein Auto, mit dem sich die Leute fotografieren lassen konnten. Die Geschäfte waren alle geöffnet, einschließlich des Juweliergeschäfts, in das er nun ging.

„Hey, Claudia", sagte er, als er sah, wie sie mit einem der Mitarbeiter sprach. „Gibst du einen Teil des Erbes deiner Kinder aus?"

Sie kicherte. „Nein. Ich schaue mich einfach gerne um." Sie streckte ihre Hand aus und wackelte mit den Fingern, damit sie den Ring an ihrem Finger betrachten konnte. „Danke, junger Mann. Ich werde noch einmal darüber nachdenken." Sie gab den Ring zurück und drehte sich zu Dillon um, dann nahm sie seinen Arm. „Bring mich hier schnell raus", flüsterte sie und Dillon führte sie zur Tür. „Sie haben immer schöne Dinge in solchen Geschäften, aber die Preise sind absurd. Da kaufe ich lieber etwas zuhause, wenn mal gerade irgendwo ein Angebot ist. Trotzdem, die Sachen sehen hier immer so toll aus, dass ich in Versuchung bin."

„Wo willst du hin?"

„In den Pub", antwortete sie. „Jack guckt gerade paar Dinge für morgen nach und will mich da nachher treffen." Sie fanden einen freien Tisch und setzten sich. Einer der Kellner kam vorbei und Claudia bestellte zwei Bier. „Vergib einer neugierigen alten Dame, aber du siehst aus, als könntest du eins gebrauchen." Sie zog die Augenbrauen hoch. „Willst du mir verraten, was los ist, oder muss ich es dir aus der Nase ziehen?"

„Ich bin so blöd. Tio ist einfach Tio, und ich lasse mich davon enttäuschen und ärgere mich darüber."

Der Kellner kehrte mit ihren Bieren zurück und Dillon trank ein Viertel davon in einem Zug. Okay, vielleicht hatte er es wirklich gebraucht.

„Wir haben Dodgeball gespielt und sie haben uns in Teams aufgeteilt. Ich war mit Ingrid in einem Team, die wirklich nett war. Tio hat mit Astrid gespielt. Alles, was ich wollte, war, ihr die Augen auszukratzen und sie von ihm fernzuhalten." Er hustete und trank noch etwas von dem Bier. „Sie ist komplett sein Typ und ich kann es ihm nicht mal verübeln, dass er mit ihr zusammen weggegangen ist, als das Spiel vorbei war. Er ist mein bester Freund. Und das war's."

„Aber du hast Gefühle für ihn?", fragte Claudia und Dillon nickte.

„Was hast du gemacht?"

„Du meinst, während des Spiels? Ich habe versucht, ihm mit dem Ball den Kopf abzuhauen. Ich dachte kurz daran, ihn zu markieren, aber Tio würde sich wahrscheinlich ärgern, wenn ich auf ihn pinkle."

Claudia kicherte. „Lustig. Lass mich dir etwas sagen, was ich über die Jahre gelernt habe." Sie trank einen Schluck Bier und stellte dann ihr Glas ab. „Es wird dich schockieren, aber Männer sind ziemlich einfach gestrickt. Sie wollen drei Dinge: Fernsehen, Essen und Sex. Vielleicht nicht unbedingt in dieser Reihenfolge … aber: wenn Jack Sex haben könnte, während er einen Burger isst und Football guckt, würde er das tun."

Dillon trank noch einen Schluck Bier. „Du denkst also, alles, was ich tun muss, ist, beim Room Service Essen zu bestellen, den Shoppingkanal einzuschalten und Tio einen Blowjob anzubieten?"

Claudias Augen weiteten sich. „Ihr jungen Leute seid sehr direkt." Sie lächelte. „Das könntest du versuchen. Oder du versuchst einfach mal, mit ihm zu sprechen. Nur ihr beide. Oder du ziehst dich sexy an und wartest einfach auf ihn in der Kabine."

„Aber was ist, wenn er mich nicht will? Was ist, wenn er Astrid will? Ich meine, du hättest sie heute mal sehen sollen …"

Claudia zuckte mit den Schultern. „Na und? Weißt du sicher, dass Tio mit ihr irgendwo hingegangen ist?"

Dillon trank noch etwas von dem Bier und schüttelte den Kopf.

„Nachdem du versucht hast, ihm beim Spiel den Kopf abzuschießen, bist du direkt abgehauen, damit du die beiden nicht sehen musstest …?"

„Wie sie wie zwei läufige Katzen miteinander rummachen, ja."

Claudia verdrehte die Augen. „Du weißt nicht, was passiert ist." Sie wedelte mit der Hand. „Und wo du gerade vom Teufel sprichst …" Sie lächelte, als Tio sich dem Tisch näherte. „Möchtest du ein Bier?", fragte sie, als Tio sich setzte. „Wie war dein Nachmittag?"

„Nett", antwortete Tio. „Er war ziemlich gut."

Dillon warf einen Blick auf Tio, der dem Kellner zuwinkte. Er bestellte sich ein Bier. Dillon nippte an seinem Bier und beobachtete Tio. Claudia warf ihm einen Blick zu und schnaufte dann.

„Mannomann", sagte Claudia und sah zwischen den beiden hin und her. „Hey, Tio, Dillon will wissen, ob du den Nachmittag damit verbracht hast, mit Astrid zu schlafen, oder nicht."

Dillon verschluckte sich und schaffte es gerade noch, sein Glas auf dem Tisch abzustellen, bevor er alles verschüttete. Claudia versuchte, völlig unschuldig auszusehen. Tio hingegen sah stolz aus.

„Wärst du eifersüchtig, wenn es so wäre?" Tio fragte sie auf die Art, wie er es immer tat, wenn er von etwas ablenken wollte. „Ich meine, ich weiß, dass du ein Auge auf mich geworfen hast, aber wäre Jack nicht eifersüchtig?" Er blinzelte sie an und Claudia schlug ihm auf den Arm. Sie lachte. Er beugte sich über den Tisch. „Ich wette, du könntest es mit jeder aufnehmen."

„Tio, du bist echt schlimm", sagte Claudia und schüttelte dann den Kopf, als Jack sich zu ihnen setzte.

„Worüber redet ihr?", fragte Jack.

„Anscheinend ist das Gesprächsthema heute Abend mein Sexleben", neckte Tio und Dillon schüttelte den Kopf. Tio traute sich wirklich einiges. Wenigstens schien Jack nicht besonders geschockt.

„Solange wir nicht über mein Sexleben reden, habe ich kein Problem damit", erwiderte er. Claudia griff nach Jacks Wangen, um ihn zu küssen.

„Vielleicht geht da heute Abend ja noch etwas", sagte Claudia leise und Jack lächelte, als er und Claudia sich sanft küssten. Sie hatten ein Funkeln in ihren Augen, das Dillon ein wenig eifersüchtig machte. Sie waren ein liebevolles Paar, das sich gut kannte.

„Dann sprecht über Tios Sexleben, so viel ihr wollt", sagte Jack, und sie lachten beide. Tio schnaubte und Dillon klopfte ihm leicht auf das Bein.

„Sie ärgern dich nur etwas. Du bist groß genug, um das auszuhalten. Das weiß ich – ich habe dich schließlich im Fitnessstudio gesehen." Er zwinkerte. Tio setzte sich gerader auf. „Trink dein Bier." Dillon lehnte sich im Stuhl zurück. Eine große Last fiel von ihm ab. Tios Reaktion sagte ihm, dass er nicht mit Astrid geschlafen hatte, und das war eine gute Nachricht. Zumindest für den Moment. „Also lief es mit Astrid nicht so gut?" Er versuchte, dabei nicht so glücklich zu klingen.

„Wir kamen gerade vom Sportdeck, als wir Carole begegnet sind. Sie hat uns angesehen und dann zu Astrid gesagt, dass sie hoffentlich nur Sex von mir erwarte, denn mit einer Schlampe wie ihr würde sowieso nichts anderes laufen. Dann begannen die beiden zu streiten und ich habe mich aus dem Staub gemacht."

„Ich verstehe." Nun, das war nicht gerade das, was er hören wollte, aber zumindest hatte Carole ihren Nutzen. Es war aber wohl so, dass Tio sich zu Astrid hingezogen gefühlt hatte: Er durfte sich also nicht vormachen, dass Tio sich wirklich zu ihm hingezogen fühlte und auch entsprechend handelte. Es war egal, was Dillon fühlte. Wenn er ihre Freundschaft bewahren wollte, dann musste er allen Unsinn vergessen und akzeptieren, dass er und Tio nur Freunde waren.

„Habt ihr nach dem Abendessen Lust auf einen Abend im Casino?", fragte Tio. Claudia sagte natürlich ja. Aber Dillon wollte nicht. Er wollte lieber allein in der Kabine sein. Im Moment hatte er keine Lust, darüber zu reden, was er wirklich wollte. Tio, Jack und Claudia verabredeten sich und er lehnte sich einfach zurück und schwieg.

„Kommst du mit?", fragte Claudia und Dillon zuckte die Achseln. Die lauten Geräusche und die hellen Lichter des Casinos waren das Letzte, was er jetzt wollte. Er tat sich gerade selbst ziemlich leid.

8

Tio betrat die dunkle Kabine und schloss die Tür. Sein ganzer Abend war seltsam gewesen. Nicht, dass es keinen Spaß gemacht hatte, mit Claudia Craps zu spielen, aber im Geiste war er woanders gewesen – bei Dillon, um genau zu sein. Er machte das Badezimmerlicht an und lehnte die Tür an. Er nutzte das Licht, das durch den Spalt fiel, um sich durch die Kabine zu navigieren, bis er einen der kleinen Lichtschalter über dem Sofa fand. Der Vorhang zum Schlafbereich war zugezogen. Tio setzte sich hin und zog seine Schuhe aus.

„Ich bin noch wach", sagte Dillon leise.

„Ich wollte dich nicht wecken, falls du schon geschlafen hättest."

Das Bett quietschte leicht. Dillon trat in lockeren Shorts in den Raum. Er legte eine Hand über seinen Mund, wahrscheinlich, um ein Gähnen zu unterdrücken. Er blinzelte. „Ich glaube, ich hatte etwas Ruhe nötig." Er setzte sich auf einen der kleinen Stühle. „Überall waren Leute und ich wollte einfach nur etwas Zeit für mich haben. Ich weiß, dass ich, wenn ich auf der Bühne stehe, vor Tausenden von Menschen singe, aber du kennst mich … Ich brauche immer mal etwas Zeit, in der nicht so viele Leute um mich herum sind." Er blinzelte. „Wenn es okay ist, hole ich mir etwas zu trinken und gehe dann wieder ins Bett." Dillon holte eine Flasche Wasser aus dem Kühlschrank, trank etwas und stellte die Flasche wieder zurück. Dann kehrte er in den Schlafzimmerbereich zurück. Tio zog sich aus, packte seine schmutzige und nach Rauch riechende Kleidung weg und ging ins Bad.

Er stand vor dem Spiegel und putzte sich die Zähne. Den ganzen Abend hatte er an Dillon und ihren seltsamen Nachmittag gedacht. Dillon liebte es, zu spielen und zu gewinnen, aber seine Aggression beim Dodgeball hatte Tio überrascht. Er hatte sich gefragt, was er falsch gemacht hatte, bis Claudia ihm die Erklärung geliefert hatte: Dillon war eifersüchtig auf Astrid gewesen. Zuerst brachte diese Idee Tio zum Lächeln und baute ihn auf, bis er weiter über die Bedeutung dieser Aussage nachdachte. Und je mehr er darüber nachdachte, wie sich Dillon wohlfühlte, desto stärker flatterten die Schmetterlinge in seinem Bauch. Nur mit Mühe überstand er das Abendessen. Das Schlimmste war, dass Tio überhaupt nichts gerafft hatte, bis er sich selbst fragte, wie er sich fühlen würde, wenn Dillon mit Ingrid zusammen verschwunden wäre – oder eher gesagt, mit einem anderen Typen. Allein der Gedanke daran hatte ihn so verwirrt, dass er sich im Casino nicht richtig konzentrieren konnte, weil er nur über Dillon nachdachte. Die Würfel hatten es aber gut mit ihm gemeint und er hatte einiges gewonnen, bevor er gute Nacht gesagt und den Spieltisch verlassen hatte.

Tio war fertig im Bad, machte das Licht aus und ging ins Schlafzimmer, wo er unter die Decke schlüpfte. Dillon rollte sich im Bett herum und Tio streckte sich auf dem Rücken aus. „Zwischen mir und Astrid lief heute nichts."

„Nur weil Carole euch unterbrochen hat", sagte Dillon leise.

Tio rollte den Kopf auf dem Kissen hin und her, bevor er sich auf die Seite drehte. „Carole und ihr Streit mit Astrid haben mich gerettet. Je länger ich mit ihr unterwegs war, desto klarer wurde mir, dass sie wie alle anderen Frauen war, mit denen ich zusammen gewesen war: hübsch, sexy, aber sonst nichts." Er seufzte. „Als Carole auftauchte und sie anfingen, sich gegenseitig anzugehen, konnte ich gar nicht schnell genug abhauen."

„Warum?", fragte Dillon und Tio konnte fast spüren, wie er den Atem anhielt.

Tio seufzte. „Ich weiß es nicht", antwortete er so ehrlich, wie er konnte. „Ich bin gerade etwas verwirrt."

Dillon hob den Kopf. „Denk daran, Tio, ich kenne dich besser als jeder andere." Das war offensichtlich. Es gab sehr wenig über sein Leben und ihn als Person, was Dillon nicht bereits wusste. Dillon hatte gesehen, wie kurz angebunden und schnippisch Tio sein konnte, besonders, wenn er unter Stress stand. Er wusste auch Dinge, die Tio sein ganzes Leben lang verleugnet hatte. Als Tio ihm gestanden hatte, dass er sich sowohl zu Männern als auch zu Frauen hingezogen fühlte, hatte Dillon es akzeptiert, auch wenn Tio weiterhin nur mit Frauen zusammen gewesen war. Er hatte Tio nie zu Dingen gedrängt, zu denen er nicht bereit war. Stattdessen war er immer für ihn da gewesen, wenn eine Beziehung nach der anderen scheiterte.

„Das tust du", stimmte Tio zu und setzte sich auf, wobei sich die Decken um seine Taille bündelten. „Vielleicht kennst du mich zu gut."

„Vielleicht", sagte Dillon. „Aber ich muss dir eine Frage stellen. Wovor hast du Angst?"

Tio spürte, wie er sofort auf Gegenwehr ging. Er sah sich nicht gerne als jemand, der vor irgendetwas Angst hatte. Er wollte leugnen, dass er Angst hatte, aber tat es nicht. Dillon würde ihm nicht glauben, und er hätte recht damit. „Ich glaube ... was ist, wenn ich etwas mache und das dann alles vermasselt?"

Dillon setzte sich ebenfalls auf. „Und was ist, wenn du nichts tust und dir entgeht das Beste?"

Die Spannung zwischen ihnen war so intensiv, dass Tio kaum noch atmen konnte. Er schloss die Augen und wünschte, Dillon würde einfach aufstehen und sich zu ihm legen. Allein diese Geste würde es ihm so viel leichter machen. Dann wüsste er, was Dillon von ihm wollte, und könnte damit umgehen. Aber was, wenn er alles falsch gedeutet hatte?

Tio seufzte und schüttelte den Kopf. Es gab sicher einen guten Grund, warum Dillon nicht aufstand. Vielleicht wartete Dillon auf ihn. Schließlich war Tio derjenige, der eigentlich nur mit Frauen zusammen war. Was wäre, wenn Dillon hoffte, dass er den ersten Schritt machte?

Tio war geneigt, sich einfach im Bett umzudrehen und zu versuchen zu schlafen. Aber er schob die Decken zurück und stieg aus dem Bett. Er merkte, dass Dillon völlig still und es ihm im Zimmer vollkommen ruhig war. Dann bewegte sich Tio und setzte sich auf die Kante des anderen Bettes. „Dillon", sagte er leise, nicht viel mehr als ein Flüstern.

Dillons Hand berührte seine und glitt dann seinen Arm hoch. Aber nicht mehr als das. Diese warme Hand, die eine Hitzewelle durch ihn strömen ließ, bewegte sich nicht weiter. Sie blieb ruhig dort liegen. „Was willst du, Tio?"

Jetzt war er an der Reihe. Ja, was wollte er? Er beugte sich vor und Dillon erhob sich im selben Moment.

Ihre Lippen berührten sich zum ersten Mal.

Tio wusste nicht, was er von einem Kuss mit einem Mann erwartet hatte. Vielleicht, dass es sich ganz anders anfühlen würde. Und das tat es auch irgendwie. Dillons Bart kitzelte ihn leicht, aber es war nicht schlecht. Als Dillon den Kuss intensivierte, erwiderte Tio die Geste. Als Dillon seine Arme um Tios Hals schlang, ihre nackten Oberkörper zusammenpresste und sich genau das nahm, was er wollte, erkannte Tio, dass es etwas gab, was er die meiste Zeit seines Lebens vermisst hatte.

„Ist das okay für dich?", fragte Dillon. „Es ist dunkel, also ..."

Tio hielt inne und zog sich ein wenig zurück. „Ich weiß, mit wem ich hier zusammen bin, und ich schließe nicht einfach meine Augen und tue so, als wäre ich woanders. Das habe ich noch nie getan und ich werde jetzt nicht damit anfangen." Er küsste Dillon und drückte ihn zurück auf das Bett. Er liebte die Energie, die ihm entgegengebracht wurde. Dillon schlang seine Arme um ihn und zog Tio mit sich. „Was ich wissen möchte, ist, ob das eine Art Kampf wird."

Dillon kicherte leise. „Muss es nicht sein. Denke nur daran, dass ich nicht einfach hier liegen werde, während du dich um alles kümmerst." Bevor Tio antworten konnte, rollte Dillon ihn auf den Rücken, drückte ihn in die Matratze und setzte sich auf ihn. Tio sah zu ihm auf und fragte sich eine Sekunde lang, was hier gerade passierte. Es war ein ganz neues Gefühl. Als Dillon seine Handgelenke umfasste und über Tios Kopf festhielt, keuchte dieser auf.

„Warum machst du das?"

„Um dich daran zu erinnern, mit wem du im Bett bist. Erinnerst du dich an das Gespräch, das wir in der ersten Nacht hatten?" Dillons Stimme wurde rau und tief.

Tio schluckte. „Ja."

„Nun, so wird es ablaufen." Er beugte sich näher. „Aber nicht heute Abend. Es gibt viele Möglichkeiten, wie ich dich verrückt machen kann."

Tio holte tief Luft. „Ich bin normalerweise derjenige, der das Steuer übernimmt." Er hatte ihrem Gespräch nicht viel Aufmerksamkeit geschenkt, weil er ehrlich gesagt nie gedacht hatte, dass er jemals in diese Situation kommen würde. Sie hatten sich gegenseitig aufgezogen, aber jetzt war er hier, nackt, und mit Dillon, der auf ihm saß. Es gab keinen Zweifel daran, mit wem er hier zusammen war oder dass Dillon ein Mann war … Und es gab auch keinen Zweifel daran, dass Tio hart wie ein Stein war und seine Beine ein wenig zitterten. Er fühlte eine Aufregung, die er noch nie vorher gespürt hatte.

„In dieser Situation werde ich übernehmen. Erstens weiß ich, was ich tue, und zweitens … erinnerst du dich an die Nebenwirkung deiner Medikamente, von der du mir erzählt hast? Ich kann mich darum kümmern. Du wirst überrascht sein." Dillon küsste ihn mit voller Wucht und Tio reagierte entsprechend. Er liebte Dillon und er liebte ihn schon seit Jahren. Er vertraute ihm auch. Dillon würde ihn niemals verletzen. „Entspann dich. Das wird sich gut anfühlen und wir werden uns gegenseitig glücklich machen." Vielleicht lächelte Dillon, aber es war zu dunkel für Tio, um es wirklich zu sehen.

Dillon ließ seine Handgelenke los und strich mit seinen Fingern über seine Kehle und über seine Schultern. Er nahm sich Zeit für Tios Brust und zwickte seine Brustwarzen. Tio keuchte auf. Dillon drückte sie leicht zusammen und brachte Tio zum Stöhnen. Es war ihm fast peinlich, wie er sich anhörte, aber Dillon wiederholte es und es fühlte sich unglaublich an – so als ob Tios ganzer Körper zum Leben erwachen würde. Er wimmerte, als Dillon nach unten rutschte und seinen Bauch küsste. Dann küsste er eine Stelle knapp über seiner Hüfte, die Tios Beine erzittern ließ.

„Was machst du da?", fragte Tio außer Atem. Ihm wurde schwindelig.

„Ich suche die Stellen, die dich total verrückt machen." Dillon ging zur anderen Seite hinüber und Tio erzitterte. „Wie lange ist es her, dass sich jemand die Zeit genommen hat, dich richtig kennenzulernen?" Er setzte sich auf und bewegte sich im Dunkeln, bis seine Lippen so nahe an Tios waren, dass er seinen heißen Atem auf ihnen spüren konnte. „Du weißt, dass Sex nicht nur das eine ist. Es geht nicht nur darum, dass man sich ein bisschen geil macht vor dem Sex. Es geht darum, jemanden wirklich zu kennen." Während er das sagte, rutschte Dillon von ihm runter.

Er stand an der Seite des Bettes. Im Licht, das durch die Vorhänge trat, sah Tio, wie Dillon seine Shorts auszog. Es war klar, dass Dillon es ernst meinte. „Das weiß ich", antwortete Tio. Es hatte wie eine Vorhaltung geklungen.

„Gut." Dillon drehte ihn auf seinen Bauch.

„Was machst du da?", fragte Tio. Er war kurz davor, sich wieder umzudrehen. Dillons Gewicht verlagerte sich auf seine Beine und seine Hände glitten über seinen Rücken.

„Entspann dich einfach", sagte Dillon sanft, mit dieser Stimme, die Millionen von Fans liebten. Diesmal war sie nur für ihn bestimmt. „Wir werden uns Zeit lassen." Seine Finger gruben sich leicht in Tios Schultern und Tio seufzte, als sich die angespannten Muskeln zu lockern begannen. „Das ist noch besser mit Öl, aber ich glaube nicht, dass ich was dabeihabe." Er beugte sich näher, ließ seine Hände über Tios Rücken gleiten. Tio bekam Gänsehaut. Dann beugte sich Dillon vor, küsste ihn sanft und Tio entspannte sich.

„Okay", atmete er.

„Lass dich einfach gehen. Vergiss die Anspannung und den Druck von der Arbeit und allem anderen. Du kannst alles loslassen." Dillon massierte weiter. Als seine Hände zu Tios unterem Rücken gingen, verspannte sich Tio zuerst, aber Dillon machte einfach weiter. Als seine Finger an Tios

Hintern ankamen, schloss Tio die Augen. Er fühlte sich wie im allerbesten Urlaub seines Lebens.

„Oh Gott", seufzte Tio ins Kissen, als Dillon seine Beine bearbeitete. Die Haut erwärmte sich, während er die Muskeln massierte.

„Ich weiß", sagte er. Er schob Tios Beine auseinander und massierte die Innenseiten seiner Oberschenkel.

Tios wurde etwas schwindelig. Er machte sich so oft Sorgen um alles Mögliche. Diese rasenden Gedanken machten ihn oft ganz verrückt. Das Loslassen war nicht seine Stärke, um es gelinde zu sagen, aber in diesem Moment kamen all diese Hamsterräder zum Stillstand und seine Gedanken wurden still. Dillons Hände schienen überall zu sein und doch bewegten sie sich langsam und vorsichtig. Sie glitten über die Rückseite seiner Beine und dann über seine inneren Oberschenkel. „Dillon …" Er klang in seinem Kopf wie ein ungezogenes Kind, als wären sie dabei erwischt worden, als sie etwas Verbotenes taten. Dillon umfasste seine Hoden.

Ganz automatisch hob Tio seine Hüften an, während Dillon fortfuhr. „Mach einfach, was sich gut anfühlt."

Ja, das war die beste Idee aller Zeiten. Er war sofort wieder hart und Dillon fuhr mit seiner Handfläche über seinen Penis und seine Hoden und machte ihn ganz verrückt. Er war zuvor von vielen Frauen berührt worden, aber in dieser Position zu sein, fühlte sich *ungezogen* an. Das verstärkte seine Lust nur.

Dillon schien das zu wissen und nutzte es. Er legte seine Finger um sein Glied und strich langsam darüber. Es war überwältigend gut und dabei hatte Dillon ihn einfach nur berührt. „Dreh dich um", flüsterte Dillon und seine Hände glitten von ihm.

Tio tat wie befohlen. Er schloss die Augen in dem abgedunkelten Raum und legte sich auf den Rücken. „Ich dachte fast, du würdest versuchen, mich zu ficken."

Dillon beugte sich näher. „Schatz, dafür bist du noch nicht bereit, und es gibt so viele andere Dinge, die ich tun kann, um dich glücklich zu machen." Er küsste ihn hart, und die Energie, die von ihm ausging, zog Tio mit.

„Zum Beispiel?", fragte Tio.

Dillon rutschte nach unten. „Oh, ich könnte zum Beispiel das hier versuchen." Er saugte an einer Brustwarze, bevor er sanft zubiss. Tio keuchte und Dillon wich zurück. „Oder vielleicht das." Er leckte seinen Bauch entlang. Alles, woran Tio denken konnte, war, dass er nicht wollte, dass Dillon aufhörte. Er zitterte vor Erwartung. „Nur damit du es weißt, ich will dich nicht nur heißmachen."

„Das machst du doch gerade", atmete Tio scharf aus und seine Hüften drückten sich nach oben. „Bitte lass das."

„Okay", sagte Dillon. Tio keuchte, als Dillon seinen Penis zwischen seine Lippen nahm und langsam einsog. Er nahm ihn komplett in sich auf und war verdammt gut, wie Tio feststellen musste. Er musste sich am Bett festhalten, während Dillon an ihm saugte, ihn losließ und dann weitermachte.

„Oh mein Gott", war alles, was Tio sagen konnte. Als er nach zusätzlichen Wörtern suchte, kamen nur unverständliche Laute aus ihm heraus. Jede Synapse in seinem Körper lenkte seine Aufmerksamkeit dorthin, wo Dillon ihn gerade beglückte. Er hielt durch, als Dillon ihn auf die Reise seines Lebens mitnahm.

„Ist das alles, was du sagen kannst?", flüsterte Dillon durch den Nebel der Begierde nach diesem Mann.

„Hör nicht auf", wiederholte Tio mehrmals, bis es zu einem Mantra wurde. Aber sobald das vertraute Kribbeln um unteren Ende seiner Wirbelsäule begann und Tio sich verspannte, zog sich Dillon zurück. „Warum hörst du auf?"

„Weil es zu früh ist", flüsterte Dillon. Er brachte ihre Lippen zusammen. Tio hielt ihn fest. Er erzeugte viel Wärme in der Kabine. Er nutzte die Gelegenheit, um ihn zu erkunden, und fuhr mit den Händen über Dillons Rücken. Er hatte erwartet, dass Männer sich anders anfühlen würden, und das tat Dillon auch. Er war muskulöser und stärker als die Frauen, mit denen er zusammen gewesen war, aber ansonsten war es nicht komplett anders mit Dillon. Außer … da war etwas mit Dillon, das sich einfach richtig anfühlte. Er seufzte auf und hielt ihn fester. Er wollte ihn nicht gehen lassen.

„Aber es ist nie zu früh", sagte Tio. Er schmiegte seine Hüfte gegen Dillon.

„Oh doch, das ist es", schimpfte Dillon sanft. Er zog sich zurück und legte seine Hände auf Tios Brust. „Ich hau nicht ab und du auch nicht. Wir haben die ganze Nacht. Also entspann dich und lass dich einfach gehen. Es ist kein Wettbewerb um Schnelligkeit. In dem Tempo wird es dich nicht ganz verrückt machen."

„Mich macht das Warten noch ganz verrückt", neckte Tio, und Dillon lachte und beugte sich zu ihm.

„Wie wäre es, wenn du mich stattdessen etwas verrückt machen würdest?", fragte er und verstummte dann.

Der Gedanke war Tio noch nicht in den Sinn gekommen. Aber er gefiel ihm. Das war schließlich Dillon, und allein sein Duft macht Tio ganz wild.

„Ist es dir gerade zu viel?"

Tio rollte Dillon auf den Rücken. Er hatte seine Partnerinnen immer gerne oral befriedigt, also warum sollte er jetzt damit aufhören? Tio fühlte, wie die Hamsterräder in seinem Kopf wieder anfingen, sich zu drehen. Er versuchte, die rasenden Gedanken zu stoppen. Er machte es Dillon nach. Er saugte an einer seiner Brustwarzen und bewegte sich dann Dillons Bauch hinunter. Er schmeckte gut, warm und sexy, mit einem intensiven Geschmack, von dem Tio nicht genug bekam. Er hatte sich oft gefragt, wie das wohl sein würde, einen anderen Mann zu schmecken. Es war gut. Der Duft verstärkte sich, als er sich Dillons Penis näherte.

Er wusste nicht genau, was er tun sollte, und versuchte auch hier, Dillon nachzumachen. Er nahm ihn zwischen die Lippen, aber er ging dabei zu schnell vor.

„Langsam", sagte Dillon und legte seine Hand sanft auf Tios Haar. „Entspann dich einfach."

Tio versuchte es erneut und Dillon brummte zufrieden.

Tio hatte nicht gewusst, wie ein anderer Mann schmecken würde, aber er genoss den intensiven und leicht bitteren Geschmack auf seiner Zunge. Er bewegte sich hin und her und nahm Dillon langsam auf, genau wie der es ihm gesagt hatte. Er hoffte, dass es Dillon gefiel, und als dieser leise aufstöhnte, gab sich Tio noch mehr Mühe. Er war sich bewusst, dass er kein Experte war, aber er gab sein Bestes, damit es sich für Dillon genauso gut anfühlte wie für ihn. Tio hatte Oralsex immer gemocht und Dillon schien es ebenso zu gehen.

Als Dillon ihn für einen Kuss nach oben zog, war Tio überrascht. Hatte er etwas falsch gemacht? „Ich wollte nicht, dass es zu früh endet", sagte Dillon. Tio drängte sich gegen Dillon und hielt ihn fest, während sie sich intensiv küssten.

„Fühlte es sich gut an?", fragte Tio zwischen den Küssen.

„Ja." Dillon legte seine Hand auf seine Wange. „Du warst gut." Er küsste ihn noch einmal, und sie bewegten sich rhythmisch gegeneinander. Tios Gedanken rasten, sein Penis rieb gegen Dillons und der Druck zwischen ihnen wurde immer stärker. Die Sorge, dass Dillon aufhören würde, ließ seine Lust immer dringlicher werden, und er zog Dillon noch fester an sich heran. Ihre Atmung wurde angestrengter und der Duft im Raum intensiver. Tio wollte nicht, dass er noch einmal unterbrochen würde. Er küsste Dillon intensiv und versuchte, alle vorhandenen Emotionen in den Kuss zu legen.

Es gab Dinge, die er nicht verstand, aber es fühlte sich einfach richtig an, mit Dillon zusammen zu sein. Tio versuchte, nicht so viel darüber nachzudenken. Er schloss die Augen und ließ das Gefühl einfach kommen, und als er Dillon noch einmal küsste, brach der Damm, der ihn zurückgehalten hatte.

Tio ritt auf der Welle, bis er sich erschöpft auf Dillon niederließ. Er hielt ihn immer noch fest und wurde dann langsam müder. „Habe ich dir wehgetan?", fragte Tio.

„Nein", antwortete Dillon mit einem leisen Kichern und Tio rollte von ihm ab. Er wusste in diesem Moment nicht wirklich, was er jetzt tun sollte.

Dillon glitt aus dem Bett. Tio starrte an die Decke und fragte sich, ob sie alles zwischen ihnen vermasselt hatten. Aber Dillon kehrte zurück. Er wischte erst sich und dann Tio ab, bevor er das Handtuch beiseite warf und sich zu ihm ins Bett legte.

„Und wer kümmert sich ums Handtuch, Mr. Clean?", neckte Tio ihn. Dillon war immer so extrem ordentlich und aufgeräumt.

„Das werde ich morgen früh tun." Dillon legte einen Arm um ihn. „Entspann dich einfach und schlaf. Es gibt nichts, was nicht bis zum Morgen warten kann." Er streichelte sanft über Tios Arm. „Ruh dich aus und hör auf zu grübeln." Er seufzte und legte seinen Kopf auf Tios Schulter. „Morgen früh wird alles in Ordnung sein. Das verspreche ich dir." Seine Hand hörte auf, sich zu bewegen, und schon bald wurde seine Atmung ruhig und gleichmäßig. Dillon schlief. Tio schloss die Augen und versuchte, sich von der Müdigkeit mitreißen zu lassen.

Aber es funktionierte nicht.

Tio lag ruhig da und fragte sich, was er und Dillon gerade getan hatten. Er hatte gerade seine ersten Erfahrungen mit einem anderen Mann gemacht. Er war immer noch dieselbe Person, und doch war er anders. Jahrelang hatte er diesen Teil von sich verleugnet, und jetzt gab es kein Zurück mehr. Aber er wusste nicht, was es bedeutete. War er jetzt schwul? Das war unwahrscheinlich, denn er mochte Frauen immer noch und war sich sicher, dass er es immer tun würde. *Bisexuell* war der Begriff, den er für sich selbst verwendet hatte, und eigentlich hatte sich daran nichts geändert.

Aber jetzt fragte er sich, wie Dillon ihn sehen würde. Würde das, was sie getan hatten, ihre Freundschaft verändern?

Oh Mann, er musste dringend versuchen, einzuschlafen, aber jetzt, wo sein Kopf erst einmal angefangen hatte, wurden die Gedanken nur immer schneller und schneller.

„Tio", sagte Dillon leise. „Die Welt wird sich in den nächsten Stunden nicht ändern, und was auch immer dir gerade durch den Kopf geht … lass es einfach los. Wir können uns morgens unterhalten, und ich verspreche, alle Fragen zu beantworten, die du hast." Er tätschelte Tios Brust. „Mach dir keine Sorgen. In Ordnung?"

Tio seufzte. „Woher weißt du das?"

Dillon setzte sich auf. „Ich kenne dich seit Jahren und ich verstehe, dass es schwer für dich ist, Dinge loszulassen." Er seufzte. „Lass mich dir eins sagen:Du bist immer noch die gleiche Person, die du vorher warst. Das ändert nichts an dir als Person. Du und ich werden am Morgen immer noch Freunde sein. Schließ die Augen und schlaf ein."

„Ich weiß nicht, ob ich das kann", sagte Tio leise. „Es gibt so viele Dinge, über die ich nachdenken muss."

„Nein, gibt es nicht. Du und ich werden darüber reden, aber das kann bis morgen warten. Jetzt schlaf und schalte die Sorgen für eine Weile aus." Dillon rückte näher, und Tio legte seinen Arm um ihn und schloss wieder die Augen. Aber sein Kopf weigerte sich, Ruhe zu geben. Schließlich rollte sich Tio langsam auf seine Seite und neben ihm seufzte Dillon auf.

Dillon drückte sich gegen Tios Rücken und legte seine Hand über seine Seite und seinen Bauch. „Oh Mann", sagte Dillon leise.

„Was?", fragte Tio.

Er kicherte, zog sich zurück und zog Tio auf den Rücken. „Ich sehe, du bist schon für eine weitere Runde bereit."

Tio zog Dillon an sich. „Nein. Es ist schon okay." Seine Freundinnen hatten es irritierend gefunden, wie schnell er immer wieder hart geworden war. Er hatte sich daran gewöhnt, es zu ignorieren.

Dillon kicherte und rutschte nach unten. „Mann, das ist eines der großartigen Dinge daran, mit einem anderen Kerl zusammen zu sein. Wir verstehen solche Dinge." Dillon küsste ihn und rutschte dann nach unten. Er nahm ihn tief in den Mund, sodass es Tio den Verstand raubte und er nichts mehr sagen konnte. Dillon war unglaublich, offensichtlich ein Experte. Schließlich konnte Tio endlich erschöpft einschlafen, mit Dillon in seinen Armen.

9

ARUBA WAR atemberaubend – eine einsame Insel mit Palmen, Eidechsen und wunderschönen, weichen Sandstränden, die sich kilometerweit erstreckten. Dillon und Tio schnorchelten über ein dreihundert Fuß langes Schiffswrack aus dem Zweiten Weltkrieg in einem der klarsten Gewässer, das sie je gesehen hatten.

„Das war unglaublich", sagte Dillon, als er wieder auf das gelb-weiße Katamaran kletterte, um zurück zum Dock zu fahren. „Diese riesigen Fische waren atemberaubend und sie haben sich überhaupt nicht für uns interessiert. Wir waren ihnen total egal."

„Es wirkte, als wären sie nah, aber die Fische waren sicher 10 Meter unter uns", sagte Tio und setzte sich neben ihn unters Sonnendach. „Du hast dir keinen Sonnenbrand geholt, oder?"

„Nein, mir geht's gut." Dillon lächelte und Tio stupste gegen seine Schulter. „Ich habe viel Sonnencreme aufgetragen." Er beugte sich näher. „Obwohl es Zeiten gibt, in denen ich mir wünschte, ich bräuchte es nicht." Tio hatte einen mediterranen Hautton und wurde in der Sonne fast kastanienbraun.

Eine Frau saß auf der anderen Seite von ihm und lächelte breit. „Du bist Dillon Fitzgerald, nicht wahr?", fragte sie sehr aufgeregt. „Ich dachte mir schon vorhin, ich hätte dich erkannt. Bist du hier im Urlaub, genau wie wir anderen? Ich war vor zwei Monaten auf deinem Konzert in Los Angeles. Es war so toll! Wirklich so toll! Ich habe das Konzert geliebt." Sie griff in ihre Tasche und zog ein Stück Papier heraus. „Würdest du das für mich unterschreiben?"

Dillon lächelte. „Natürlich." Er nahm den Stift aus ihrer Hand und schrieb ein Autogramm.

„Oh, vielen Dank. Ich bin einer deiner größten Fans." Sie drückte das Papier an ihre Brust und lächelte noch breiter. Ein paar andere auf dem Boot bemerkten sie und schon bald hatte Dillon eine Traube an Leuten um sich. Er gab allen Autogramme und nahm sich für jeden etwas Zeit. Er war in den Arbeitsmodus gewechselt. Er sah sich nach Tio um und hoffte auf seine Hilfe.

Zum Glück erreichten sie das Dock und die Begleiter führten ihn und Tio zuerst weg. „Der Bus wird uns in einer halben Stunde zum Schiff bringen", sagte Tio.

„Lass uns ein Taxi nehmen", erwiderte Dillon, als die Leute anfingen, auf ihn zu zeigen und aufgeregt miteinander zu sprechen. Er kannte diese Situationen und war sich bewusst, dass es nicht mehr lange dauern würde, bevor die Hölle ausbrach.

„Okay", sagte Tio. Er führte ihn den Gehweg hinunter zu einem der Strandparkplätze. Sie stiegen in eins der dort wartenden Taxis. Tio übernahm das Kommando und gab dem Fahrer Anweisungen, während sie sich auf dem Rücksitz mit ihren Taschen niederließen.

Dillon lehnte sich zurück und entspannte sich, als das Taxi losfuhr.

„Du weißt, dass jetzt dein Geheimnis raus ist", sagte Tio.

„Warum?"

„Weil jeder auf diesem Ausflug von unserem Schiff war", antwortete Tio mit einem langen Seufzer. „Ich hatte wirklich gehofft, dass du etwas Zeit für dich haben könntest, aber vielleicht war ich zu naiv."

„Das gilt für uns beide", sagte Dillon. „Und glaube nicht, dass das deine Schuld war. Ich hatte auch auf einen Urlaub gehofft." Aber eine Frau hatte ihn bereits erkannt, also war es nur eine Frage der Zeit gewesen.

„Oh, das glaube ich nicht", witzelte Tio.

„Wirklich? Wer hat mich denn überredet, diesen kleinen Ausflug mitzumachen?" Er tat so, als würde er ihn wütend ansehen. Es machte Spaß, Tio ein wenig zu ärgern.

„Und du hattest eine tolle Zeit."

Dillon lächelte. „Habe ich. Selbst wenn auf jedem Deck Gruppen von kreischenden Fans auf mich warten."

Tio verdrehte die Augen. „Überhaupt nicht eingebildet. Wir sind auf einer Kreuzfahrt. Jeder ist da, um Spaß zu haben, und die Leute wissen, dass das auch für dich gilt. Selbst wenn sie dich erkennen, werden die meisten Leute nett sein und dich wahrscheinlich einfach in Ruhe lassen." Tio tätschelte sanft sein Bein. Dillon entspannte sich ein wenig und hoffte, dass er recht hatte.

Nachdem sie wieder auf dem Schiff angelangt waren, gingen sie direkt zum Fitnesscenter, wo sie duschten und sich saubere Kleidung anzogen. Dann ging Dillon zurück in die Kabine und legte sich aufs Bett. Tio hatte gesagt, dass er nachsehen würde, ob es irgendetwas Interessantes auf dem Schiff zu tun gäbe, aber Dillon war erschöpft. Er drehte sich auf die Seite und schloss die Augen.

Er hörte, wie Tio die Kabine betrat und sich darin bewegte. Dann bewegte sich das Bett und Tio legte sich neben ihn. Er legte einen Arm um seine Taille. „Das hat Spaß gemacht heute."

„Ich bin froh, dass es dir gefallen hat", flüsterte Dillon. „Ich fand es auch wirklich klasse. Aber im Wasser zu sein und zu schwimmen ist auch echt anstrengend." Er schloss die Augen, um sich auszuruhen. Aber mit Tio neben sich war das schwierig.

Tio seufzte. Seine Hand lag auf seinem Bauch. Vielleicht fand er es im Tageslicht eine weniger gute Idee, mit Dillon zusammen zu sein. Dillon hatte erwartet, dass Tio vielleicht Lust auf ihn hätte, aber dessen Hand blieb ruhig und bewegungslos liegen. „Ich habe Carole getroffen, als ich an Deck war. Sie lächelte und erzählte allen, dass Dillon Fitzgerald an Bord ist."

Dillon versteifte sich. „Was sollen wir tun? Sie weiß jetzt sicher, wer ich bin, und diese verrückte Frau weiß auch, in welcher Kabine wir sind."

„Wir werden sehen. Da hier Gäste, die keine Suite haben, grundsätzlich nicht reinkommen, sollten wir vor den meisten Eindringlingen sicher sein. Und sobald wir ablegen, werde ich mich beim Gästeservice erkundigen, wie die uns helfen können." Tio tätschelte seinen Bauch. „Im Moment ist alles gut."

„Wir sind erst ein paar Tage unterwegs. Ich hatte so gehofft, dass ich mehr Zeit haben würde, bevor alle wissen, dass ich an Bord bin und nach mir suchen."

„Hey", sagte Tio sanft. „Die meisten Menschen an Bord wird das überhaupt nicht interessieren. Wenn sie dich erkennen und Fans sind, werden sie dich vielleicht bitten, mit ihnen einen Drink zu nehmen. Auf Kreuzfahrten sind die meisten Leute nett. Vielleicht wird es ein paar Leute geben, die etwas durchdrehen, aber das packen wir schon." Dillon mochte das *Wir* in dieser Aussage. Er drehte sich langsam um, sodass sie sich ansahen. „Du weißt, dass die ganze Welt weiß, dass ich schwul bin. Ich habe es nie geleugnet. Ich war offen mit Männern zusammen und habe sie zu Preisverleihungen und überall hin mitgenommen." Er beugte sich näher. „Du teilst dir eine Kabine mit mir. Es werden also sicher manche Leute denken, dass du und ich … na ja, dass wir irgendwie zusammen sind."

Tio verstummte, was Dillon noch mehr Sorgen bereitete. „Du meinst, die Leute werden denken, dass ich schwul bin."

„Ja."

„Und du denkst, dass ich ein Problem damit habe?", fragte Tio.

Dillon biss sich in die Unterlippe. „Wenn ich ehrlich bin, ja, vielleicht. Letzte Nacht war eine einmalige Sache … oder kann es sein, wenn du das willst." Er hatte sich schon lange zu Tio hingezogen gefühlt, und ihn in seinem Bett zu haben, fühlte sich so verdammt richtig an. Die letzte Nacht war magisch gewesen. So als hätte Dillon etwas gefunden, nach dem er schon ewig gesucht hatte. Aber er wollte Tio zu nichts drängen.

„Ich habe nichts dahingehend gesagt", sagte Tio. „Ich weiß nicht genau, was los ist. Alles ist neu zwischen uns, und auch überhaupt mit einem Mann zusammen sein … Aber ich bin nicht dumm und glaube, ich könne meine Augen verschließen und einfach so weitermachen, als wäre die letzte Nacht nie geschehen." Er kam näher. „Hast du gedacht, ich würde aufwachen, sehen, dass du ein Mann bist, und dann *iiihhh* denken oder so?"

Dillon lachte. „Nein. Aber ich dachte, du würdest vielleicht merken, dass du einen Fehler gemacht hast. Ich meine, bei Tageslicht ist es schwieriger, sich zu verstellen, als in der Dunkelheit."

„Das kann schon sein. Aber ich habe mich gestern nicht verstellt. Ich lebe in keiner Fantasiewelt. Ich sehe die Dinge so, wie sie wirklich sind. Das muss ich. Es ist mein Job und das, was meine Kunden von mir erwarten. Ich bin vielleicht nicht immer der Schlauste, wenn es um romantische Beziehungen geht, aber ich verstelle mich nicht, und das habe ich gestern auch nicht getan."

Dillon seufzte leise auf. „Okay. Aber was wirst du tun, wenn Leute auf dich zukommen und fragen, ob du mein Freund bist? Wie gehst du damit um? Das wird sehr wahrscheinlich passieren." Er legte seine Hand auf Tios Wange. „Was wirst du deinen Eltern sagen?" Es gab so viele Dinge, von denen Dillon wusste, dass Tio noch nicht darüber nachgedacht hatte. Und er fühlte sich schrecklich, dass er die Ursache für Unruhen in Tios Leben sein würde. Es führte kein Weg dran vorbei. Es würde Fragen aufwerfen, dass sie sich eine Kabine teilten. „Bist du auf all das vorbereitet?"

„Nein", antwortete Tio. „Aber ich werde es irgendwie hinbekommen." Er zog Dillon ein wenig näher an sich heran. „Ich weiß, dass das nicht ändert, wer ich bin."

„Stimmt, aber es wird ändern, wie die Leute dich sehen." Er zog sich zurück, um Tio anzusehen. „Wenn du diesen Weg nicht gehen willst, würde ich es verstehen. Das würde ich wirklich. Für mich ist es okay, wenn sich die letzte Nacht nicht wiederholt und du dein Leben so lebst wie bisher. Wenn ich gefragt werde, werde ich sagen, dass du ein guter Freund bist und sonst nichts. Ein paar Leute werden das vielleicht anzweifeln, aber die meisten werden mir glauben. Und das war's dann." Er hoffte innig, dass Tio sich nicht dafür entschied, aber er musste es ihm trotzdem anbieten.

„Ich bin stark genug", sagte Tio. „Und ob es ihnen gefällt oder nicht, mein Vater und meine Mutter werden sich daran gewöhnen müssen, wer ich wirklich bin. Mein Vater denkt gerne, dass er alles und jeden in seiner Umlaufbahn kontrolliert. Das tut er natürlich nicht, aber er bildet es sich gerne ein."

„Das könnte deine Arbeit beeinträchtigen", sagte Dillon.

Tio lachte. „Das Einzige, was sich auf meine Arbeit auswirken wird, ist ein großer Abschwung der Märkte. Ich verdiene Geld für meine Kunden, und den meisten von ihnen ist es egal, ob ich mit einem Mann, einem Schaf oder einer Giraffe schlafe. Alles, was sie interessiert, ist, dass ihre Investitionen sich vermehren." Er kam näher und küsste Dillon, zunächst zaghaft, aber dann mit mehr Intensität. Dillon rückte näher. Er drehte Tio auf den Rücken und küsste ihn voller Inbrunst.

Ein Klopfen an der Tür ließ sie beide auseinanderfahren. Dillon seufzte, kletterte aus dem Bett und richtete seine Hose. Er öffnete die Tür und spähte hinaus.

„Was willst du?" Er starrte Carole an, die im Flur stand. „Muss ich wieder jemanden rufen, der dich wegbegleitet?"

„Ich bin schnell mit hineingehuscht, als jemand anderes den Bereich betrat", sagte sie. „Hör mal, ich muss mit Tio reden."

Dillon schloss die Tür. „Carole ist da draußen. Sie will mir dir sprechen." Er wartete, bis Tio zur Tür kam, bevor er sie wieder öffnete. Dann ging er zurück in die Kabine, zog den Vorhang zum Schlafzimmer zu, schaltete den Fernseher ein und machte es sich auf seinem Bett bequem.

Tio und Carole sprachen leise. Er sah sich eine Show über die Renovierung eines der anderen Schiffe an und versuchte, ihnen nicht zuzuhören.

Nachdem sich die Kabinentür geschlossen hatte, kam Tio herein und setzte sich auf die Seite seines Bettes.

„Was wollte sie?" Dillon war zu neugierig.

„Geld", antwortete Tio. „Sie weiß, wer du bist, und hat anscheinend kein Geld mehr. Sie sagt, wenn ich ihr nicht helfe, wird sie allen an Bord sagen, wer du bist und in welcher Kabine wir uns befinden." Dillon fror mit einem Mal. „Und sie sagte, wenn sie in diesen Bereich des Schiffes gelangen könne, dann könne es jeder."

Dillon stöhnte auf. „Oh, Mann. Was sollen wir machen? Soll ich versuchen, einen Flug von einer der Inseln zu bekommen und einfach nach Hause fliegen?" Vielleicht wäre das das Beste. Leon würde sich sicherlich freuen, ihn zu Hause zu haben und dass er wieder arbeiten würde. „Alles, was ich mir erhofft hatte, war eine Auszeit, um ein wenig Spaß zu haben."

„Und das werden wir haben", sagte Tio. Er nahm das Telefon zwischen ihren Betten in die Hand. „Hallo … Ich muss mit einem Vorgesetzten für den Gästeservice sprechen." Dillon lenkte seine Aufmerksamkeit wieder auf den Fernseher. „Ja, ich brauche ihn jetzt." Er klang so überzeugend. „Ja, genau jetzt!" Tio wurde immer beharrlicher. Endlich schien er die Person an den Apparat zu bekommen, die er wollte. „Danke, dass Sie mir etwas Zeit geben. Ich bin Horatio Smythe-Barrett. Ich habe Diamant-plus-Status und ich habe etwas Heikles mit Ihnen zu besprechen. Mein Mitreisender … Ja, Mr. Fisher … Das ist sein offizieller Name, aber die Welt kennt ihn als Dillon Fitzgerald." Er verdrehte seine Augen. „Ja, *genau dieser* Dillon Fitzgerald", sagte Tio und legte seine Hand über das Telefon. „Ich glaube, er ist ein Fan."

Dillon lächelte. „Gut zu wissen."

„Ja. Hier ist jemand an Bord, der droht zu verbreiten, dass Dillon an Bord dieses Schiffes ist und unsere Kabinennummer preiszugeben." Tio wurde still. „Dies wäre meines Erachtens eine hervorragende Idee. Wir sehen uns in einer halben Stunde." Tio legte auf.

„Was ist los?", fragte Dillon und schaltete den Fernseher aus.

„Er ist praktisch durchs Telefon gesprungen." Tio kicherte. „Er wird sich bei seinem Vorgesetzten erkundigen, was er tun kann, und er wird in einer halben Stunde hier vorbeischauen. Ich vermute, sie werden die Sicherheit in diesem Abschnitt des Schiffes verschärfen. Meistens haben sie jetzt vor allem die Aufgabe, die Menschen daran zu hindern, durch den exklusiveren Bereich des Schiffes zu wandern. Ich gehe auch davon aus, dass Carole ein Besuch abgestattet wird. Das sollte ihr Angst einjagen." Er schien zufrieden zu sein. Nicht, dass Dillon es nicht nachvollziehen konnte: Carole war ein wenig zu besessen von ihm und wirklich gemein.

„Okay. Ich werde bis dahin hier warten." Plötzlich wirkte die Kabine sehr klein und eng. Zugegeben, sie hatten mehr Platz als die meisten Passagiere, aber alles, was er wollte, war, hier rauszukommen, an Deck zu gehen und frische Luft zu schnappen. Stattdessen ging er zu den Balkontüren und zog sie auf, um etwas von der tropischen Luft einzuatmen. „Ich möchte nicht für den Rest der Reise in der Kabine bleiben müssen." Er drehte sich um. „Ich liebe, was ich tue, und die Leute lieben meine Musik. Das weiß ich. Aber manchmal frage ich mich, ob der Preis es wert ist."

Tio trat zu ihm und legte seine Arme um Dillons Schultern. „Alles wird gut."

„Ich weiß nicht. Ich weiß, dass ich deinen Urlaub vermassle. Es war egoistisch zu denken, wir könnten einfach wegfahren und dass es egal wäre, dass ich berühmt bin."

„Die Dinge sind so, wie sie sind", sagte Tio sanft und schien ihn küssen zu wollen, als das Telefon klingelte. Tio ging wieder hinein, um abzuheben.

„Sehr gut. Vielen Dank." Dann legte er wieder auf. „Sie schicken in ein paar Minuten jemanden zur Kabine."

Er sah sich um, und Dillon richtete sich auf, überprüfte das Schlafzimmer und kümmerte sich um die schmutzige Kleidung, die Tio auf dem Boden hatte liegen lassen. Die Kabine war vorzeigbar, als sie ein energisches Klopfen an der Tür vernahmen. Dillon öffnete die Tür. Ein Mann in dunkelblauer Uniform mit drei Streifen an Schultern und Manschetten stand davor.

„Kann ich Ihnen helfen?", fragte Dillon.

„Ich bin hier, um Ihnen zu helfen, Mr. Fitzgerald. Ich bin Eric Svendsen, der Hoteldirektor an Bord des Schiffes. Ich bin für alle Gästeunterkünfte sowie für die Sicherheit der Gäste verantwortlich. Ich habe von einem meiner Manager gehört, dass Sie ein Problem haben."

Dillon deutete nach innen und schloss hinter ihnen die Tür. „Ja. Es gibt eine Passagierin, die mir gedroht hat. Sie ist eine von Tios Ex-Freundinnen, und sie ist nur auf dieser Kreuzfahrt, um ihm das Leben schwer zu machen. Jetzt hat sie mich erkannt und will ihn erpressen." Dillon setzte sich und bot Eric einen Stuhl an.

„Es gibt nicht viel, was ich tun kann. Das Schiff hat eine Reihe von öffentlichen Bereichen, die für jeden zugänglich sind." Er sprach gutes Englisch mit einem leicht norwegischen Akzent.

„Ich weiß, dass mein Fall ungewöhnlich ist, und ich erwarte nicht, dass die Routine des Schiffes auf den Kopf gestellt wird. Ich möchte nur in meiner Kabine sicher sein und vermeiden, dass Leute an die Tür klopfen. Die öffentlichen Bereiche sollten für alle offen sein, und wenn ich dorthin gehe, dann weiß ich, worauf ich mich einlasse, und ich kann damit umgehen. So ist es meistens in meinem Leben. Nur hier in der Kabine erwarte ich, dass ich mich sicher fühlen kann."

„Das ist nur fair. Sie sind in einer Suite, also haben Sie Zugang zur Lounge, und das bietet etwas Privatsphäre. Zutritt haben dort nur unsere allerbesten Gäste sowie die Gäste der Suiten selbst. Was Miss Cordello betrifft, werden wir mit ihr über ihr Verhalten sprechen." Dillon wollte nicht an ihrer Stelle sein.

„Danke", sagte Dillon und stand zusammen mit Eric auf. Er schüttelte seine Hand und begleitete ihn zur Tür. „Ich weiß Ihre Hilfe zu schätzen."

„Wir möchten sicherstellen, dass alle unsere Gäste sicher sind und einen großartigen Kreuzfahrturlaub haben." Er lächelte, verließ die Kabine und schloss die Tür leise hinter sich.

„Mehr werden sie nicht machen können", sagte Tio.

„Ich habe nichts anderes erwartet. Was sollen sie auch machen? Jeden Tag von vier bis fünf Uhr die Promenade schließen, damit ich allein herum schlendern kann? Das wird nicht passieren." Dillon seufzte, ging ins Badezimmer und zog den Rasierer aus seinem Set. Er schnitt Bart und Schnurrbart, bevor er alles abrasierte. Ungeachtet dessen, was an Bord geschah, fühlte er sich jetzt zumindest wieder mehr wie er selbst. Dann wusch er sich das Gesicht und trat aus dem Badezimmer.

„Denkst du, das war eine gute Idee?", fragte Tio.

„Es ist jetzt eh zu spät und ich habe den Bart gehasst. Er juckte, und ich hatte immer Angst, dass Essen hängen bleibt. Zumindest fühle ich mich jetzt wie ich selbst. Wenn die Leute mit mir reden wollen, lass sie. So viele werden es nicht sein, und vielleicht dauert es nicht lange, bis sie sich dran gewöhnt haben."

„Abgesehen davon, wenn die Leute nach dir suchen …"

„Dann spielt es keine Rolle mehr, ob ich einen Bart habe oder nicht." Er lächelte. „Also los. Ich werde nicht den ganzen Tag hier drin hocken und Angst haben, die Kabine zu verlassen." Er näherte sich Tio langsam. „Bist du auf die Fragen vorbereitet, die wahrscheinlich auf dich zukommen werden?" Er machte sich mehr Sorgen um Tio als um sich selbst. Das war sein Leben, und ob es ihm gefiel oder nicht, er musste sich mit seinen Fans und der Öffentlichkeit auseinandersetzen. Tio hingegen war das nicht gewohnt.

„Ich werde mein Bestes geben", sagte dieser. Sie verließen die Kabine, gingen den Flur hinunter und durch die Zugangstür zur Lobby im Vorderteil des Schiffs.

Alles war normal. Die Leute eilten in die Aufzüge hinein und aus ihnen heraus und niemand beachtete sie. Dillon holte den Aufzug und wartete, bis sich die Türen öffneten. Er sagte Hallo und stand so, wie er es immer tat, als der Aufzug nach unten fuhr. Dillon bemerkte, dass sich ein paar Leute gegenseitig anstupsten.

„Mr. Fitzgerald?", fragte eine Dame. „Sie sind es wirklich." Sie fächerte sich Luft zu. „Ich liebe Ihre Lieder. Sie machen mich immer so glücklich."

Er nahm ihre Hand und lächelte, als er sie begrüßte. „Das ist sehr schön zu hören."

Die Aufzugstür öffnete sich zum Promenadendeck und die meisten Leute stiegen aus, während andere eintraten. Er und Tio fuhren ein weiteres Deck hinunter, stiegen dort aus und betraten die Klavierlounge. Dillon hatte beabsichtigt, etwas zu trinken, aber er hielt inne und wandte sich ab. „Wir müssen von hier verschwinden."

„Warum?"

Ein Performer saß am Klavier. Er sang einige alte Standardlieder und das ziemlich schlecht. Niemand anderes schien es zu bemerken, aber Dillon fühlte es sofort. „Geh einfach weiter", sagte er leise und führte Tio zum Casino. Im lauten Raum angekommen lächelte Dillon. Wenigstens konnte er den Sänger nicht mehr hören. „Dieser Sänger war schrecklich."

„Ich verstehe. Nun, da wir schon hier sind, lass uns ein bisschen Spaß haben." Tio arbeitete sich zu einem der Tische vor.

„Claudia, bist du am Gewinnen?", fragte Dillon, als er sie mit Jack neben sich am Tisch sitzen sah.

„Sie haben gerade erst geöffnet und ich brauchte etwas frisches Glück", sagte sie lächelnd und drehte sich zu ihm um. „Nun, sieh mal, wer sich rasiert hat und hinter der Verkleidung hervorgekommen ist." Sie zwinkerte. „Du siehst viel hübscher so aus."

„Wusstest du die ganze Zeit, wer ich bin?" Dillon war neugierig.

„Am Anfang nicht, aber irgendwann habe ich es gerafft", sagte Claudia. „Es war deine Stimme. Bei der war ich mir dann sicher." Sie beugte sich näher zu ihm und senkte ihre Stimme. „Sie ist so verträumt, und als ich mir deine Lieder noch mal angehört habe, wusste ich es einfach." Sie drehte den Hocker zu ihm, um ihn genauer anzusehen. „Ich habe mich gefragt, ob ich dich wohl mal dazu bringen könnte, einmal für mich zu singen. Du hast eine Stimme, bei der selbst Butter dahin schmilzt."

„Ich muss mal drüber nachdenken", sagte Dillon zu ihr. „Warum spielen du und Tio nicht eine Weile? Jack und ich können nach draußen gehen und auf einem der Decks spazieren gehen oder so."

Jack schien erleichtert, aus dem Casino rauszukommen. Sie ließen die beiden Spieler am Tisch und gingen auf das Nebendeck. Dort war es ruhig und schattig. Durch die Meeresbrise war die Luft angenehm.

„Ich liebe die Momente, in denen es ruhig ist", sagte Jack. „Claudia liebt die Shows und die Energie, die im Casino herrscht, oder wenn man von einen Haufen Leuten umgeben ist. Ich mag das nicht so sehr."

„Würdest du mir glauben, wenn ich sage, dass es mir genauso geht?" Dillon drehte sich zu ihm um, während sie gingen. „Ich verdiene meinen Lebensunterhalt damit, vor Tausenden von Menschen zu stehen, und doch sind es die ruhigen Zeiten, nach denen ich mich sehne."

„Natürlich tust du das. Du bekommst all diese Bestätigung von Leuten, wenn du auf der Bühne bist, aber wenn es vorbei ist, hast du genug. Das macht für mich totalen Sinn." Sie gingen weiter auf das Heck zu. „Aber ich wette, es gibt Zeiten, in denen du dich nach Aufmerksamkeit sehnst."

„Das tue ich manchmal. Das ist immer ein unglaublicher Ego-Boost. Die Zustimmung und der absolute ohrenbetäubende Applaus. Manchmal denke ich, dass es süchtig macht. Die Jungs im Orchester, die mit mir reisen, sagen alle, dass sie das auch fühlen. Sie wissen, dass der meiste Applaus mir gilt, aber ich sorge immer dafür, dass auch ihnen applaudiert wird. Die Leute, mit denen ich arbeite, sind etwas ganz Besonderes."

Jack nickte und legte die Hände auf den Rücken, während er ging. „Bist du Tio nähergekommen? Claudia scheint davon überzeugt zu sein, dass das für euch sehr gut wäre. Aber sie mochte es schon immer, Leute zu verkuppeln, also lass dich von ihr nicht einlullen."

Dillon lachte. „Ich glaube, sie bearbeitet wahrscheinlich gerade Tio. Aber um deine Frage zu beantworten:Es kann schon sein, aber ich weiß nicht wirklich, was er will – oder, wenn ich ehrlich bin, was überhaupt realistisch ist. Sobald ich aus dem Urlaub zurück bin, muss ich die Arbeit an den neuen Songs beenden, dann muss ich sie aufnehmen, und wenn das erledigt ist, werden sie gemastert und veröffentlicht und dann beginnen die Tourneen und Konzerte. Diese Phase führt mich monatelang durch das ganze Land und um die Welt. Ist es fair, Tio oder irgendjemandem mit so einem Zeitplan zu belasten?" Er hatte bereits viel darüber nachgedacht.

Sie erreichten das Ende des Bereichs und wandten sich dem Bug zu. „Ich kann diese Frage nicht beantworten, und ehrlich gesagt kannst du das auch nicht. Diese Antwort muss von der betroffenen Person kommen. Du musst ihm diese Entscheidung überlassen."

„Meinst Du? Das ist sehr beängstigend", sagte Dillon und etwas in seinem Bauch verkrampfte sich.

„Das stimmt. Und es braucht Vertrauen. Eines der schwierigsten Dinge, die man in einer Beziehung entwickeln muss." Sie erreichten die Tür, durch die sie ursprünglich gekommen waren. „Lass uns reingehen und schauen, ob Claudia oder Tio die Bank leer gemacht haben oder selbst pleite gegangen sind. Ich hoffe, sie hat nicht unsere ganze Altersvorsorge verloren." Er lächelte, um Dillon wissen zu lassen, dass er scherzte, und sie gingen wieder hinein und fanden die beiden noch immer an den Spieltischen.

10

DREI INSELN innerhalb von drei Tagen forderten ihren Tribut. Zumindest ließ Carole sie in Ruhe. Die wenigen Male, in denen Tio sie gesehen hatte, war sie mit einem ihm fremden Mann zusammen gewesen, was für ihn in Ordnung war.

Curaçao war großartig. Er und Dillon verbrachten den Tag am Strand. Tio hatte eine Cabana gemietet, damit sie zu zweit ein bisschen Privatsphäre haben konnten und Dillon etwas Schutz vor der tropischen Sonne. Das wäre sicher entspannend gewesen, wenn sich Dillons Manager nicht dauernd bei ihm gemeldet und darauf bestanden hätte, dass er sein Handy mitnahm. Sie hatten mehr als einmal miteinander telefoniert, und mit jedem Anruf wurde Dillon angespannter und ängstlicher. Er hatte nicht verraten, worum es in den Telefongesprächen ging.

Als sie gerade gehen wollten, tippte Dillon Tio auf den Arm. „Ist das nicht Carole?"

Tio spannte sich sofort an. Sein Blick folgte Dillons ausgestrecktem Finger. Er war froh, dass sie nicht zu ihnen kam, auch wenn sie Tios Blick erwiderte und ihm einen eiskalten Blick zuwarf.

„Erkennst du den Kerl, mit dem sie zusammen ist?"

„Nein. Sollte ich ihn kennen?"

Dillon holte sein Handy heraus und schaute ein paar Sekunden auf den Bildschirm, bevor er ihn ihm zeigte. „Er gibt einige Shows gegen Ende der Kreuzfahrt."

Tio zuckte mit den Schultern. „Vielleicht denkt sie, dass er Geld hat oder so."

„Oder eine Untertasse voll Milch?", fragte Dillon. „Oder vielleicht etwas Sheba Katzenfutter?"

„Sehr lustig", sagte Tio.

Dillon legte seine Hand auf Tios Arm. Ein Kribbeln ging direkt durch ihn hindurch. „Wenn sie jemand anderen gefunden hat, lässt sie uns vielleicht in Ruhe." Er fing an, ihre Sachen einzusammeln. „Während sie beschäftigt ist, gehen wir zurück zum Schiff."

Das war eine gute Idee. Tio schlüpfte in seine Schuhe und holte seine Tasche. Als sie den Strand verließen, warf er einen Blick auf Carole, die sich in der Aufmerksamkeit des anderen Mannes sonnte. Das zu sehen half, den Knoten in seinem Magen zu lösen.

Glücklicherweise hörte Dillons Manager während ihres Tagesausflugs auf Bonaire auf, dauernd anzurufen. Besser gesagt hatte Tio dafür gesorgt, indem er Dillons Telefon in der Kabine gelassen hatte. Sie gingen Schnorcheln in den Riffen. Im Wasser brauchte man keine Elektronik. Endlich schien Dillon wieder zu entspannen, und sie verbrachten den ganzen Morgen im Wasser mit Schwämmen, Korallen und Fischen in allen möglichen Farben. Sogar ein paar Meeresschildkröten und kleine Haie tauchten auf.

Dillon klopfte ihm auf den Arm, als sich ihre Zeit im Wasser dem Ende zuneigte, und lenkte seine Aufmerksamkeit auf einen kleinen Oktopus, der sich über den Sand von ihnen wegbewegte. Sie hatten sogar ein Seepferdchen gesehen. Es war insgesamt ein entspannter, wenn auch anstrengender Tag gewesen. Als sie wieder an Bord des kleinen Bootes waren, ließ sich Tio erschöpft auf einen Sitz fallen. Er atmete schwer. „Wer hätte gedacht, dass das so viel Energie verbrauchen würde?"

„Stimmt. Aber es hat Spaß gemacht, oder?", fragte Dillon mit einem strahlenden Lächeln.

Tio lächelte zurück und nickte. Er zog ein Shirt an und holte eines für Dillon aus der Tasche, die sie dabeihatten. Auf dem kleinen Boot gab es nur wenig Schatten, sodass Tio sicherstellen musste, dass Dillon nicht verbrannte. „Ja, hat es." Er holte die Flasche Sonnencreme hervor und begann, Dillons Nacken einzucremen. Tio wurde langsam süchtig nach Dillons Haut. Es erschreckte ihn, wie stark er für ihn empfand. „Das war ein toller Ausflug. Das hast du toll ausgesucht."

Dillon drehte sich um, um ihn anzusehen, und Tio erwiderte seinen Blick. Diese intensiven Augen, die zusammen mit seiner tiefen Stimme das Publikum umhüllten und anzogen, erweckten in Tio den Wunsch, Dillon festzuhalten und ihn ganz für sich zu behalten. In seinem Bauch flogen Schmetterlinge umher.

„Dillon, wie ist es, vor all diesen Leuten zu singen?", fragte ein etwa siebzehnjähriges Mädchen, das plötzlich neben ihm stand. Sie verlagerte ihr Gewicht von Fuß zu Fuß und sprudelte vor Energie. „Bist du nicht nervös?"

„Manchmal schon", antwortete Dillon geduldig. „Ich denke, das ist jeder, aber man kann die Nervosität umlenken und für den Auftritt nutzen."

Sie nickte halb lächelnd, aber ihr Gesichtsausdruck wurde ein wenig leer. „Musst du singen?"

Sie nickte. „Ich habe Todesangst."

„Kennst du den Text und die Musik? Hast du geübt?", fragte Dillon. Sie nickte erneut und Tio seufzte. Er spürte, wie er ungeduldiger wurde, weil das Mädchen sie unterbrochen hatte, aber Dillon war ruhig und freundlich zu ihr. „Hast du dein Solo deinen Eltern mal vorgetragen?"

Sie schüttelte den Kopf. „Was ist, wenn es ihnen nicht gefällt?", flüsterte sie.

„Aber was ist, wenn es ihnen gefällt? Wenn du vor ihnen singst, hast du ein Publikum, bevor du auf der Bühne stehen musst." Tio erkannte sofort ihre Eltern, die sie mit einem nachsichtigen Lächeln beobachteten. „Und wenn du auftrittst, suchst du jemanden im Publikum aus, für den du singst – nur eine einzige Person, die für dich besonders ist. Sing für diese Person. Es kann manchmal schwierig sein, wenn mal so viele Menschen auf einmal sieht, aber wenn man sich auf eine Person konzentriert, ist es so viel einfacher." Dillon lächelte und das Mädchen lächelte zurück. Dann kehrte sie zu ihrer Familie zurück. Tio konnte nicht anders, als sich zu fragen, ob es das war, was Dillon tat – auf die Bühne gehen und für eine einzige Person singen.

Tio war im Laufe der Jahre bei einer Reihe von Dillons Auftritten dabei gewesen. Normalerweise hatte er von der Bühnenseite aus zugeschaut. Aber jetzt fragte er sich, wie es wohl wäre, die eine Person zu sein, für die Dillon sang.

Der Damm schien gebrochen. Weitere Leute auf dem Boot sprachen Dillon an, stellten Fragen und baten um Autogramme. Dillon lächelte unentwegt und erfüllte ihre Bitten, meist zumindest: Als eine Frau ihn bat, ihr ein Autogramm auf ihre Haut zu geben, lehnte er freundlich ab. Er küsste jedoch ihre Wange und unterschrieb ihr Tablet.

Die Bootsbesatzung verteilte das Mittagessen: Nudeln in einer reichhaltigen Soße, Gemüse, Hühnchen und eine Art Brot. Tio war es egal, was es gab: Er aß drauflos und konnte nicht fassen, wie hungrig er war.

„Bist du immer so nett zu den Leuten, wenn sie etwas von dir wollen?", fragte Tio leise, als sich das Boot auf den Weg zurück zum Dock machte. Die Crew verteilte Tassen mit frischem Fruchtpunsch.

„Ja. Sie sind meine Fans und ich liebe sie sehr. Sie sind der Grund, warum ich das tun darf, was ich tue." Er aß langsam und sprach mit anderen, die sich näherten. Er war immer freundlich und sanft zu allen. Tio blieb in der Nähe, falls jemand dreist werden und etwas tun würde, was er nicht tun sollte. Er macht sich mehr Sorgen um Dillon, als wenn der Dow Jones fünfhundert Punkte verlor. Sein Bein hibbelte auf und ab und er behielt alle an Bord im Auge, um sicherzustellen, dass Dillon nichts zustieß.

Zu dem Zeitpunkt, als sie andockten, hätte Tio schwören können, dass alle Leute auf dem Boot mit Dillon gesprochen und ihn um etwas gebeten hatten. Sobald das Boot festgemacht war, stiegen die Passagiere aus. Tio wollte gerne warten, bis alle weg waren. Sie bedankten sich bei den Reiseführern, und sobald das Dock leer war, gingen sie von Bord.

„Habe ich mein Handy vergessen?", fragte Dillon und nahm die Tasche in die Hand.

„Es ist in der Kabine", sagte Tio.

Dillon warf ihm einen verärgerten Blick zu. „Ich verstehe. Du weißt, dass Leon wahrscheinlich angerufen hat."

„Warum habe ich es wohl in den Safe gelegt? Dieser Mann ist so ein Plagegeist." Tio konnte Dillons Manager langsam nicht mehr leiden. Er hatte nie viel von ihm gehalten und hielt Leon für nicht ganz vertrauenswürdig. Da Tio sich um Dillons Finanzen kümmerte, tat er sein Bestes, um sie im Auge zu behalten. Er hatte selbst ein Warnsystem angelegt, falls ungewöhnliche Aktivitäten vorkommen sollten. Bisher war das nicht eingetreten, aber er sorgte sich dennoch, dass Dillon nicht ausgenutzt wurde. „Du bist im Urlaub", schnaubte er, als sie die Uferpromenade hinunter zum Schiff gingen.

„Das ist sein Job."

Tio zog die Augenbrauen hoch. „Welchen Teil von *Urlaub* versteht er nicht? Ist das Wort zu kompliziert für ihn?"

„Überhaupt nicht anmaßend von dir", sagte Dillon forsch. „Er arbeitet an etwas, was er für wichtig hält." Er blieb stehen. Der Weg war von tropischen Sträuchern und Blumen gesäumt. „Ich glaube, ich habe dir von der Sache mit der Carnegie Hall erzählt? Na ja, mir wurde jetzt angeboten, dass ich doch dort auftreten kann Es scheint sich herumgesprochen zu haben, dass sie daran interessiert waren, mich auftreten zu lassen, und dann wurden sie von Anrufen nur so überflutet. Leon versucht, passende Termine zu finden. Ich sollte eigentlich in ein paar Wochen im Studio sein, aber ich habe noch nicht viel, was ich aufnehmen könnte. Ich habe Leon in den ersten Tagen ein paar Dinge geschickt, aber jetzt kann ich nicht mal in die Nähe eines Klaviers gehen, ohne dass hundert Leute zuhören wollen. Und ich kann keine Lieder schreiben, wenn ich ein Publikum habe."

„Dann mach etwas anderes", sagte Tio.

„Zum Beispiel? Leon will, dass ich ein Album mit traditionellen Songs aufnehme, zum Beispiel von Frank Sinatra oder Bing Crosby. Aber ich bin mir nicht sicher. Ich will niemanden nachmachen."

„Das versteh ich. Aber vielleicht kannst du eine Mischung machen: eine Mischung aus Alt und Neu?", schlug Tio vor. „Ich weiß, dass du schon ein paar neue Songs hast, weil ich dich neulich gehört habe, erinnerst du dich? Alt und neu, Tag und Nacht ... so etwas in der Art." Er stieß Dillon sanft gegen die Schulter. „Mach dir keine Sorgen. Lass es einfach auf dich zukommen. Das hier soll ein Urlaub sein, also entspann dich noch ein paar Tage. Wenn wir dann nach Hause kommen, bist du erholt und bereit, dich in die Arbeit zu stürzen." Er legte seinen Arm um Dillons Schultern.

„Aber es gibt noch so viel zu tun", sagte Dillon mit nervöser Stimme.

„Wir kriegen das schon hin." Er führte sie zurück in Richtung Schiff. „Möchtest du unterwegs auf dem Markt anhalten?"

Dillon lächelte. „Du weißt, dass ich das Zeug liebe." Er hatte ganze Schränke voller Dinge, die er auf Kunstmärkten gekauft hatte. Einiges davon fand Tio abscheulich, anderes war atemberaubend schön. Tio hatte bemerkt, dass die Stücke, die er nicht mochte, immer mehr nach hinten wanderten.

„Erzähl mir davon", sagte er, als sie sich auf dem Weg zum Markt begaben, der in einem kleinen Teil des Hafengebiets stattfand.

Dillon sah sich jeden Stand an, während Tio die Menschen um sie herum beobachtete. Er war sich nicht einmal sicher, ob Dillon es bemerkte, aber Tio wollte sicherstellen, dass nichts Schlimmes passierte.

„Meine Frau liebt deine Musik", sagte ein Mann, der auf Dillon zukam. Tio verspannte sich sofort. „Sie würde sich so freuen, dich kennenzulernen." Er versuchte, Dillon in eine bestimmte Richtung zu lenken.

„Dillon", sagte Tio sanft, „wir müssen wieder an Bord gehen wegen deines Anrufs."

Dillon hatte bereits begonnen, dem Mann zu folgen, aber er hielt inne. Er starrte Tio eine Sekunde lang an. „Danke, das hatte es ich schon ganz vergessen", sagte er und wandte sich dann wieder an den Mann. „Bitte sag deiner Frau, dass ich ihr alles Gute wünsche." Dillon kehrte dorthin zurück, wo Tio wartete, um zurück zum Schiff zu gehen. „Was war los?"

„Ich weiß nicht. Aber ich habe diesem Kerl nicht vertraut und ich wollte dich nicht mit ihm mitgehen lassen." Der Gedanke, dass Dillon mit einem Fremden irgendwohin ging, verursachte ihm ein ganz mulmiges Gefühl. „Möchtest du zurück zum Markt?"

Dillon schüttelte den Kopf. „Lass uns wieder an Bord gehen."

EINE HALBE Stunde später legte Tio in ihrer Kabine seine Sachen weg, während Dillon telefonierte. Er hatte den Lautsprecher an, damit er gleichzeitig andere Dinge tun konnte. Tio versuchte, nicht mitzuhören. *Als ob.*

„Hast du das bei Instagram gesehen? Es gibt bereits Dutzende von Bildern von dir. Auf einigen bist du auf diesem Wellenmaschinen-Ding. Mir ist das Herz fast in die Hose gerutscht, als ich das gesehen habe. Du könntest fallen und dich verletzen."

„Hör auf, *Mama*", erwiderte Dillon und Tio kicherte vor sich hin. Leon wurde wirklich zur Nervensäge. „Ich bin im Urlaub und habe Spaß, also hab dich mal nicht so." Die Härte in seiner Stimme brachte Tio zum Lächeln. „Wenn das alles ist, weshalb du anrufst, lege ich jetzt auf."

Leon verstummte für einen Moment. „Gibt es eine Möglichkeit für dich, früher nach Hause zu kommen? Von irgendwo ein Flugzeug zu nehmen?"

„Nein", sagte Dillon mit fester Stimme. „Ich bin nach der Kreuzfahrt wieder zu Hause und dann können wir planen." Er fing an, in der Kabine auf- und abzugehen. Tio hasste es, dass Leon Dillon so aufregte.

„Was ist denn so wichtig?", sprach Tio ins Telefon. „Er braucht Zeit, um Material für das Album zu schreiben, und du drängst ihn immer wieder. Gib ihm die Chance, sich ein wenig zu entspannen."

Leon brummte. „Du verstehst das nicht. Dillon ist gerade heiß begehrt. Extrem heiß begehrt. Dauernd kommen neue Angebote rein."

„Dann mach deine Arbeit, geh sie durch und präsentiere ihm dann die besten. Du kannst doch nicht bei jedem Angebot erwarten, dass er alles stehen und liegen lässt. Es ist deine Aufgabe, seine Zeit zu managen. Du sollst ihm solche Arbeit abnehmen und ihn nicht noch mehr damit stressen. Dillon ist in ein paar Tagen wieder zu Hause. Du siehst dir alle Angebote genau an und dann könnt ihr sie gemeinsam durchgehen." Verdammt, Tio hasste es, wie sehr Dillon von allen unter Druck gesetzt wurde. „Es werden keine Entscheidungen getroffen, während er an Bord des Schiffes ist. Richtig?", fragte er und wandte sich an Dillon.

„Richtig", bestätigte Dillon. „Und ich gebe keine weiteren Konzerte, bis das Album fertig ist, also fang an, diese Konzertreihe zu planen. Du kannst die Angebote, die reinkommen, verwenden, um unseren Tourplan zu vervollständigen." Er schien plötzlich sehr erschöpft.

„Okay …"

Tio näherte sich dem Lautsprecher. „Warum wolltest du, dass er sofort nach Hause kommt?" Er konnte das nicht einfach so stehen lassen.

„Es gibt noch so viel zu tun."

Mit anderen Worten: Es gab keinen Grund. „Dann erledige deine Arbeit", sagte Tio. Dillon sollte ernsthaft darüber nachdenken, einen besseren Manager zu finden.

„Gibt es sonst noch etwas?", fragte Dillon. „Wenn nicht, hören wir uns in ein paar Tagen wieder." Er drückte den Knopf am Telefon und beendete den Anruf. „Was soll ich denn jetzt tun?"

„Dir einen anderen Manager suchen?", schlug Tio vor.

Dillon seufzte leise auf. „Leon war von Anfang an meiner Seite. Er glaubte schon an mich, als es sonst niemand tat. Er war derjenige, der mir meinen ersten Plattenvertrag und die ersten Konzerte verschafft hat, als ich allen anderen egal war. Ich war an dem Punkt, wo ich für ein Essen gesungen hätte, als Leon auftauchte."

Tio setzte sich neben ihn. „Ich weiß. Ich erinnere mich. Ich war dabei. Aber jetzt hilft er dir nicht mehr. Er ist sehr unstrukturiert und erwartet, dass du seine Arbeit für ihn machst. Er wollte, dass du nach Hause kommst, nur weil er viel zu tun hat. Es ist seine Aufgabe, sich um alles zu kümmern und dir dann die besten Optionen zu präsentieren." Tio legte einen Arm um Dillon und Dillon erwiderte die Umarmung sofort.

„Ich weiß nicht, was ich machen soll." Dillons Stimme klang verunsichert.

Tio kannte seinen Freund wirklich gut. Dillon war loyal und sorgte sich sowohl um seine Fans als auch um die Menschen, die mit ihm arbeiteten. „Ich habe keine Antworten für dich. Vielleicht braucht er noch mal eine Chance, um alles in Ordnung zu bringen." Er fragte sich, ob das stimmte – er war sich nicht so sicher. Leon war immer exzentrisch gewesen, aber er hatte seinen Job stets gut gemacht. Jetzt schienen die Dinge plötzlich aus dem Ruder zu laufen und Leon wollte unbedingt, dass Dillon nach Hause kam. „Ist noch irgendetwas anderes bei ihm los?"

Dillon zuckte die Achseln und bewegte sich nicht von der Stelle. Es fühlte sich gut an, einfach still zu sitzen und ihn zu halten. „Ich weiß nicht. Ich bin die meiste Zeit beschäftigt und nicht wirklich in Leons Leben involviert. Ich glaube, ich war auch noch nie bei ihm zu Hause. Er kommt normalerweise zu mir." Er schmiegte sich ein wenig enger an Tio und schloss die Augen.

„Vertraust du ihm wirklich?", fragte Tio. „Ich meine es nicht böse, frage nur."

„Ich habe keinen Grund, es nicht zu tun", antwortete Dillon.

„Das ist nicht dasselbe. Wenn du Kinder hättest, würdest du ihn auf sie aufpassen lassen?", fragte Tio.

Dillon hob den Kopf. „Das ist eine seltsame Frage. Aber wenn ich einen Hund hätte, würde ich Leon nicht bitten, sich um ihn zu kümmern. Leon ist nicht die Art von Person. Er ist immer unterwegs und beschäftigt. Der Kerl sitzt nie lange still." Er legte seinen Kopf noch einmal an Tios Schulter und verstummte für ein paar Minuten, und Tio saß einfach still da. „Jetzt, wo du fragst … Er war im letzten Jahr irgendwie anders. Alles war chaotischer und weniger gut geplant, als es sein sollte. Die Touren selbst waren in Ordnung, weil sich eine andere Firma darum gekümmert hat. Leon bucht die Konzerte und die Firma organisiert die gesamte Logistik." Er machte wieder eine Pause. „Ich kann nicht wirklich sagen, warum, aber Leon scheint einfach anders zu sein."

„Okay. Nun, vielleicht solltest du das mal im Auge behalten. Ich weiß, dass du dich auf deine Arbeit konzentrieren musst, aber gib acht. Guck immer genau, was er in deinem Namen tut. Stell sicher, dass ihm jemand auf die Finger guckt." Tio hatte zwar ein Auge auf die Finanzen, aber es schien, als wäre das nicht genug.

„Ich werde mein Bestes geben."

„Ich weiß, dass du das tun wirst", sagte Tio. „Wenn wir zurück sind, werde ich mich mal in meinen Kreisen umhören. Mal sehen, ob ich jemanden finde, der mir helfen kann, alles im Auge zu behalten." Er war in erster Linie um das Geld besorgt. Bei einer Tour gab es viele Stellen, an denen Geld unbemerkt verschwinden konnte. „Zumindest könnte ich dir einen guten Rechnungsprüfer empfehlen. Ich gehe davon aus, dass alle Verträge, die du hast, die Prüfung von Konten und Papierkram erlauben. Es wird dir nicht schaden, sie überprüfen zu lassen. Es zeigt, dass du nichts zu verheimlichen hast." Er seufzte leise. „Genug Gerede von der Arbeit. Möchtest du für einen Snack zum Buffet gehen, bevor sie für den Nachmittag schließen? Ich weiß nicht, wie es dir geht, aber ich habe schon wieder Hunger."

„Klingt nach einem guten Plan. Dann können wir vielleicht danach ein paar Wellen reiten und ich kann Leon ein paar Bilder schicken." Verdammt, sein fieses Grinsen war unbezahlbar.

DILLON VERABSCHIEDETE sich nach dem Abendessen und verließ den Speisesaal allein. Tio folgte ihm mit seinem Blick.

„Es wird ihm schon nichts passieren", sagte Claudia und tätschelte seine Hand. „Er ist mit dir auf dem Schiff, und auch wenn viele Leute wissen, wer er ist, werden die meisten von ihnen seine Privatsphäre respektieren."

Tio nickte, während Dillon aus seinem Blickfeld verschwand. „Er gibt ein paar Sachen, die ihn gerade beschäftigen."

Der Oberkellner Renaldo kam an ihren Tisch. „Fühlt sich Ihr Freund nicht wohl?"

Tio schüttelte den Kopf. „Sie wissen, wer er ist, oder?" Er erhielt ein Nicken als Antwort.

„Wir wurden alle angewiesen, ihn wie jeden anderen Passagier zu behandeln", antwortete er. „Aber er schien verärgert. Können wir irgendetwas tun?"

Tio lächelte. Er blickte zur Treppe. „Wissen Sie, ich glaube, Sie können tatsächlich etwas für ihn tun." Er lehnte sich etwas vor und erzählte von seiner Idee.

Renaldo nickte. „Ich denke, das ist machbar."

Tio stand auf und schüttelte seine Hand. „Ich bin gleich wieder da." Er eilte los, um Dillon zu finden. Er ging zu ihrer Kabine in der Hoffnung, Dillon dort anzutreffen. Als Tio die Kabine betrat, kam Dillon gerade aus dem Badezimmer. „Ich habe eine Überraschung für dich."

„Was denn?", fragte Dillon, als Tio seine Hand nahm. „Wohin gehen wir?"

„An einen Ort, an dem du dich besser fühlen wirst." Er führte Dillon zurück in den weitgehend leeren Speisesaal. Die Türen wurden hinter ihnen geschlossen. Renaldo wartete auf sie und reichte Dillon eine quadratische Karte ähnlich der für ihr Zimmer, nur dass diese Karte weiß war. Er zeigte auf die Tür, die sich damit öffnen ließ. Dann reichte er Dillon einen kleinen Schlüssel an einem Ring.

„Was ist das?", fragte Dillon und Renaldo zeigte auf den Flügel am Fuß der Treppe.

„Es wird nicht oft darauf gespielt. Wenn Sie etwas Zeit damit verbringen möchten, wenn der Speisesaal geschlossen ist, bin ich mir sicher, dass das Personal Ihnen gerne zuhört." Er grinste, nickte ihm zu und ging.

Tio führte ihn hinüber, nahm den Schlüssel und entriegelte dann die Abdeckung.

„Das hast du für mich arrangiert?", fragte Dillon.

„Ja. Der Speisesaal schließt nach dem Frühstück um neun Uhr und öffnet erst wieder mittags zum Mittagessen. Du kannst vormittags und den ganzen Nachmittag allein am Klavier verbringen, wenn du willst."

Dillon stand einfach da, starrte auf das Klavier. Er öffnete seinen Mund leicht und blinzelte, als betrachte er ein Wunder. „Meinst du das ernst?"

Eine Sekunde lang fragte sich Tio, ob er etwas falsch gemacht hatte. Dann grinste Dillon und umarmte ihn überschwänglich.

„Das ist wunderbar. Mein Kopf ist voller Musik und die verschiedenen Melodien überlagern sich schon, und …" Er sprang praktisch vor Freude auf und ab.

„Renaldo hat diese Tür so eingestellt, dass sie sich mit dem Pass öffnen lässt, den er dir gegeben hat. Ich gehe jetzt und lass dich machen, was du machen willst. Komm einfach ins Casino, wenn du fertig bist, und wir gehen dann gemeinsam in die Kabine." Tio liebte das Lächeln und die Freude, die er in Dillons Augen sah. Er küsste ihn schnell und verließ den Speisesaal, als bereits die ersten Noten von Dillons Klavierspiel erklangen.

„Hat er sich gefreut?", fragte Jack, als Tio sich ihm und Claudia am Craps-Tisch anschloss.

„Würde ich so sagen. Er saß schon am Klavier, als ich weg ging." Er wusste sehr wohl, dass Dillon gerne arbeitete, wenn er angespannt und gestresst war. Und im Moment hieß das, dass er sich auf sein nächstes Musikprojekt konzentrieren musste.

„Dann wollen wir mal sehen, ob wir das Glück heute ebenfalls auf unserer Seite haben", sagte Claudia.

Tio bekam ein paar Chips und machte seinen Einsatz. Jack blies auf die Würfel und würfelte eine Sieben, was bedeutete, dass sie gewannen. Kein schlechter Start für den Abend. Tio hoffte, dass es so weitergehen würde.

„Hey, Tio", sagte Carole hinter ihm.

„Craps", rief der Dealer und nahm ihre nächsten Einsätze an, als Jack eine Zwei würfelte.

Tio stöhnte auf, machte seine nächste Wette und wandte sich an Carole. „Was willst du?" , fragte er.

„Ich wollte einfach ein bisschen zusehen", sagte sie.

Tio schüttelte den Kopf und wandte sich dem Mitarbeiter zu.

„Es tut mir leid, Ma'am, aber wir brauchen den Platz für potenzielle Spieler." Er lächelte sie leicht an, und zum Glück ging sie weiter. Jack rollte den Würfel erneut. „Elf ... Zahlen Sie die Gewinne aus."

Claudia und Jack blickten zu Tio, bevor sie sich dem Croupier zuwandten. „Halten Sie diese Frau vom Tisch fern."

„Amen", sagte Tio und versicherte sich, dass Carole weg war. „Ich weiß nicht, warum sie mich nicht in Ruhe lässt." Er platzierte seine nächste Wette.

„Weil sie es auf dich abgesehen hat", antwortete Claudia. „Und wer kann es ihr verübeln?"

Tio lachte. „Sie hat mich betrogen, während wir zusammen waren, und jetzt stalkt sie mich. Ich will sie nicht mehr und das wird sich auch nicht ändern. Und trotzdem nervt sie die ganze Zeit."

Claudia gab ihre Wette ab und schüttelte die Würfel, bevor sie eine Sechs warf. „Vielleicht musst du dich mit ihr zusammensetzen und erklären, wie die Dinge stehen. Ich meine, du bist ihr offensichtlich wichtig, sonst wäre sie nicht hier. Versuche also, die Dinge aus ihrer Perspektive zu betrachten. Sei ein wenig nett zu ihr, und vielleicht hört sie dann auf." Claudia machte sich bereit, wieder zu werfen. „Natürlich kann es auch sein, dass sie verrückt und deine einzige Rettung eine einstweilige Verfügung ist." Sie kicherte, als sie wieder würfelte. Tio seufzte und hoffte, dass es nicht so weit kommen würde.

Nachdem ihr Spiel beendet war, nahm Tio seine paar Gewinne an sich und machte sich auf den Weg ins obere des Schiffs. Er wollte versuchen, der Sache mit Carole ein Ende zu setzen.

11

Die Ruhe und die Größe des Speisesaals gaben Dillon das Gefühl, in einem Konzertsaal zu sein. Der Klang hallte nach und veränderte sich durch die Größe des Raumes. Er hatte nicht erwartet, dass es funktionieren würde, aber er war überwältigt davon, wie gut er hier arbeiten konnte. Er vergaß die Zeit, bis einer der Kellner sich in die Nähe des Klaviers stellte. Dillon schaltete das Aufnahmeprogramm auf seinem Handy aus und ließ seine Finger auf den Tasten ruhen.

„Störe ich?"

„Nein. Aber wir sind in der Küche fertig, und ich muss diesen Bereich des Schiffes über Nacht schließen", sagte er mit starkem indischem Akzent.

Dillon sah auf die Uhr und war überrascht. Es war nach einer Uhr morgens, und er hatte über drei Stunden gearbeitet. Die Zeit war nur so verflogen. „Vielen Dank." Er schnappte sich sein Telefon und stellte sicher, dass es im Internet des Schiffs eingeloggt war, bevor er anfing, Dateien an Leon zu senden. Da es spät war, ließen sie sich schnell versenden. „Es tut mir leid, dass ich Sie so lang aufgehalten habe."

„Das haben Sie nicht, und die Musik war wunderschön, besonders wenn Sie gesungen haben", sagte er.

Dillon hatte nicht einmal bemerkt, dass er gesungen hatte, aber das spielte keine Rolle. Wenn die Mitarbeiter die Musik genossen hatten, dann hatte er sie zumindest nicht sehr gestört.

Dillon schloss die Außentür und stellte sicher, dass er die Türkarte bei sich hatte, um später wieder reinzukommen. Dann wanderte er das Deck hinunter. Er war allein. Zum ersten Mal seit dem Boarding fühlte sich das Musikreservoir in ihm aufgebraucht an, so als habe er alles rausgeholt. Es war nichts mehr da, was er abarbeiten musste, und endlich konnte er befreit durchatmen. Er stand am Geländer und beobachtete das Mondlicht auf dem Wasser. Die Sterne schienen so nah.

Die Türen zum Inneren des Schiffes hinter ihm wurden aufgezogen. Dillon blieb, wo er war.

„Hier bist du", sagte Tio. Seine Stimme war ganz rau vom Schlaf. „Ich war mir nicht sicher, wie lang du arbeiten würdest, aber ich dachte, ich sollte mal nach dir suchen."

„Sie haben gerade alles zugemacht." Er schloss die Augen, und Tios Hände glitten um seine Taille und dann unter sein Hemd und streichelten über seinen Bauch.

„Ich wusste nicht, wie es sich anfühlen würde, einen Mann zu berühren. Ich dachte, es wäre anders … und das ist es auch. Aber es ist auch irgendwie gleich."

„Wir sind nicht schleimig", neckte Dillon. „Wie hast du es dir denn vorgestellt?"

„Ich weiß nicht. Frauen sind weicher und kurviger. Männer sind härter, eckiger und muskulöser." Er beugte sich näher. „Du riechst auch anders, erdiger und markanter."

„Ist das etwas Gutes?", fragte Dillon flüsternd.

Tio antwortete nicht sofort. Stattdessen rückte er näher an ihn. Tios Härte drückte gegen seinen Hintern. „Scheint so." Er lehnte sich an Tios festen Körper.

„Ich glaube, es ist Zeit, dass wir ins Bett gehen", flüsterte Tio und Dillon brummte zustimmend. Aber keiner von ihnen bewegte sich, zumindest nicht sofort. Tio streichelte ihn weiter. Seine Hände glitten über Dillons Brust, zwickten seine Brustwarzen und ließen ihn erzittern.

„Tio … Du weißt, dass sie hier überall Kameras haben", flüsterte Dillon. „Ich will hier für niemandem eine Show abziehen."

Tio kicherte und trat einen Schritt zurück. „Stimmt. Komm, lass uns reingehen." Die Türen öffneten sich für sie, als sie das Innere des Schiffes betraten.

Zu dieser Nachtzeit war es auf dem Schiff sehr ruhig und sie waren allein im Aufzug. Auch auf dem Flur begegnete ihnen keiner.

Tio schloss die Tür auf und Dillon ging direkt in den Schlafbereich und zog sich aus. Jetzt, da er fertig war und die Musik in seinem Kopf verstummt, fühlte er sich ein wenig leer und erschöpft. Er wusch sich im Badezimmer und stieg dann ins Bett. Tio löschte das Licht und schloss sich ihm bald an. Er kroch an ihn heran und zog die Decke bis zum Hals.

Tio war nackt und seine Haut fühlte sich glatt und warm an. Alle Lichter waren aus und die Kabine war fast pechschwarz. Tio drehte sich um und drückte Dillon in die Matratze. Sein erster Kuss machte Dillon wieder munter und seine Müdigkeit verwandelte sich schlagartig in Lust.

Normalerweise musste er nach einer Arbeitssession wie heute Abend stundenlang schlafen, aber hier mit Tio war er wach und voll da.

„Was willst du?", fragte Dillon und hielt Tios Arme fest. Er hob den Kopf vom Kissen, um ihn zu küssen.

Tio hielt inne und Dillon konnte fast spüren, wie die Unentschlossenheit über ihn hereinbrach. Dillon wollte Tio zu nichts drängen. „Hast du nach dem Abendessen geduscht?", fragte er. Er hatte Tios sauberen Kräuterduft eingeatmet.

„Im Casino war es zu warm und das hasse ich", antwortete Tio.

„Ich liebe, wie du riechst", erwiderte Dillon leise und rollte die beiden übers Bett. „Und wie du schmeckst." Er küsste Tio, bevor er leicht an seinen Nacken saugte. Er liebte es, zu spüren, wie Tio erzitterte. „Ich habe dich gefragt, was du willst."

„Das weißt du bereits", antwortete Tio mit einem Beben in der Stimme.

Dillon hätte gerne gelacht. Tio war so verdammt vorhersehbar. Dieser Mann drehte fast durch, wenn man an ihm saugte.

„Aber du musst es sagen", sagte Dillon. Er würde Tio nicht so leicht davonkommen lassen.

„Nimm mich in den Mund", verlangte Tio und Dillon nahm ihn tief und hart. „Oh verdammt!" Tio stöhnte und seine Beine zitterten vor angestautem Verlangen. Dillon liebte diese Reaktion und wurde energischer. Er wusste, dass er Tio um den Verstand brachte. Keuchen und Wimmern erfüllte den Raum. Innerhalb von Minuten war Tio vollkommen fix und fertig.

Dillon hatte schnell gelernt, was Tio mochte und wie er ihn verrückt machen konnte. Er lernte auch die Signale zu lesen, wenn er Tio zu schnell irre machte. Seine Atmung wurde schwerer, also zog Dillon sich zurück und ließ Tio Atem holen.

„Verdammt, du bist echt gut", keuchte Tio.

Dillon grinste und kletterte zurück auf das Bett. Er setzte sich auf Tio, der seinen Hintern umfasste und ihn zu sich nach oben schob. Dillon hielt den Atem an, als Tio ihn noch näher an sich zog.

„Du weißt, dass ich gerne zurückgebe", sagte Tio, bevor er Dillon in den Mund nahm.

Dillon warf den Kopf zurück und schloss die Augen in der Dunkelheit. Er wünschte, er könne Tios Gesicht sehen. Das wäre ein Anblick, von dem Dillon sehr lange zehren würde.

Nasse Hitze umgab ihn. Er liebte es, dass Tio versuchte, es ihm so gut wie möglich nachzumachen. Dillon wusste, dass er verdammt gut war im Oralsex, aber scheinbar war Tio ein schneller Lerner. „Verdammt", wimmerte er.

„Ich lerne schnell", witzelte Tio, bevor er ihn noch einmal in den Mund nahm. Diesmal ließ er nicht von ihm ab. Dillon wurde ein wenig schwindelig – es war fast zu viel. Dass er hier wirklich mit Tio in einer solchen Situation war, war etwas, von dem er nie gedacht hätte, dass es passieren würde, und doch war er hier, im Bett mit seinem besten Freund … mit jemanden, den er schon so lange liebte.

„Oh verdammt, ja." Dillon bewegte seine Hüften und Tio saugte härter. Er hatte ihn fast komplett im Mund, was beeindruckend war.

Dillon zog sich zurück, als er merkte, dass er bald kommen würde, aber Tio zog ihn an sich, und diesmal ließ er nicht nach. Dillon schloss die Augen und griff hinter sich nach Tios Penis. Er versuchte, so lange wie möglich durchzuhalten, aber Tio war einfach zu gut. Sobald er merkte, dass Tio kam, gab Dillon auf, wobei Tio ihm fast den Verstand aussaugte.

Dillon wagte nicht, sich zu bewegen, solange Tio schluckte. Erst dann zog er sich zurück und legte sich neben ihn aufs Bett. Tio war ganz klebrig und Dillon wusste, dass er wohl aufstehen sollte, aber er konnte sich nicht von der Stelle bewegen. Es war schließlich Tio, der aufstand. Er kehrte ein paar Minuten später zurück und legte sich unter die Decke.

„Ich … Du weißt, dass du das nicht tun musst, wenn du nicht bereit bist", flüsterte Dillon.

„War es nicht gut?", fragte Tio.

Dillon legte seinen Kopf auf Tios Schulter und tätschelte seine Brust. „Es war unglaublich und das weißt du auch. Aber …" Es gab Dinge, die Tio nicht ungeschehen machen konnte, und dazu gehörte, einem Kerl einen zu blasen.

„Du hast erwartet, dass ich jetzt durchdrehe." Tio zuckte mit den Schultern und wurde still. „Schlaf einfach ein."

Dillon hob den Kopf. Ihm gefiel der Unterton in Tios Stimme nicht. „Sei nicht so, ich kann in deiner Stimme hören, dass etwas los ist. Spuck's aus." Er setzte sich auf, ließ aber seine Hand auf Tios Brust liegen. Er war nicht bereit, die Verbindung zwischen ihnen zu lösen.

Tio lag still da und Dillon sagte nichts mehr. Er wartete darauf, dass Tio bereit war zu sprechen. Er atmete tief durch und streichelte leicht über Tios Haut.

„Ich frage mich nur, was ich jetzt bin."

Dillon schüttelte den Kopf. „Denkst du, das macht dich zu weniger Mann?" Er schlug sanft gegen Tios Brust. „Ich kann dir versprechen, dass das nicht so ist. Du bist der Mann und die Person, die du schon immer warst ... Genauso, wie du warst, bevor zwischen uns irgendetwas war. In deinem Herzen hat sich nichts geändert. Die einzige Sache, die sich verändert haben könnte, ist die Art und Weise, wie du dich selbst siehst, aber ist das schlecht?"

„Ich weiß nicht", antwortete Tio.

„Ich weiß es aber und ich kann dir sagen, dass es etwas Gutes ist. Du bist immer noch Horatio und du bist immer noch derselbe Mann, der du warst, bevor wir diese Kreuzfahrt angetreten haben. Du bist jetzt nur weiterentwickelt und verbessert, weil du dich selbst besser kennst. Du weißt jetzt, dass du mit einer Frau oder einem Mann ins Bett steigen kannst, aber das hat keinen Einfluss darauf, was für ein Mensch du bist."

„Wirklich nicht? Ich meine, ich fühle mich wie der Gleiche, aber wie wird mein Vater das sehen?", fragte Tio.

Dillon schnaubte. „Kann dir das nicht scheißegal sein?"

Tio lachte. „Ich glaube nicht. Mein Vater hat so wenig Ahnung von mir und der ganzen verdammten Welt. Unsere Kunden tragen Jeans und T-Shirts im Büro, aber wir tragen alle Anzüge, weil mein Vater sagt, dass das von uns erwartet wird. Dabei denke ich, wir sollten uns so kleiden, wie es unsere Kunden tun, damit sie sich bei uns im Büro wohlfühlen. Er sieht jeden, der schwul ist, als schwach an."

„Bin ich schwach?", fragte Dillon.

„Auf keinen Fall. Du bist einer der stärksten Menschen, die ich kenne. Du stehst bei Auftritten vor Tausenden von Fans. Das erfordert so viel Mut. Aber von solchen Sachen versteht mein Vater nichts.

„Und willst du dich von ihm beschränken lassen? Wirst du zulassen, dass dein Vater dir vorschreibt, wer du zu sein hast?" Dillon wusste, dass es Tios Entscheidung war. Er konnte ihn unterstützen, aber letztendlich war es Tios Aufgabe, das herauszufinden.

„Ich schätze, ich muss in meinem Kopf erst mal alles sortieren", sagte Tio.

Dillon zuckte mit den Schultern. „So schwer ist das nun auch wieder nicht. Es geht eigentlich nur darum, was du willst und von wem du denkst, dass er dich glücklich machen wird. Es geht nicht um Sex oder darum, ein bisschen Spaß zu haben. Es geht darum, wer dir wirklich wichtig ist. Carole war hübsch und bereit, so oft mit dir zu schlafen, wie du wolltest. Aber du wolltest mehr als das." Dillon beugte sich näher. „Das wirklich Wichtige ist, ob du mich mehr willst als all die Frauen, die eine Weile in deinem Leben waren, aber dich entweder verlassen haben oder dir langweilig wurden." Dillon wich zurück und kletterte aus dem Bett.

„Wo gehst du hin?"

„Da du noch etwas Zeit brauchst, dir über deine Gefühle klar zu werden, dachte ich, es wäre hilfreicher, wenn du allein in deinem Bett liegst." Dillon merkte, dass er ein wenig beleidigt war, aber er hatte keine Lust, manipuliert oder ausgenutzt zu werden. Wenn Tio Zeit brauchte, um sich klar zu werden, was er wollte, würde Dillon ihm diese Zeit geben. Aber Tio konnte nicht alles auf einmal haben.

„So habe ich das nicht gemeint", sagte Tio.

Dillon drehte sich abrupt um. „Was genau willst du? Möchtest du ein wenig Spaß mit mir haben, während du auf der Kreuzfahrt bist, und dann, wenn wir in Florida anlegen, weitermachen wie davor?" Er wusste, dass er das nicht ertragen würde. Verdammt, er war so ein Idiot. Er hätte von vornherein in seinem eigenen Bett bleiben sollen und sich nicht durch seine Gefühle für Tio leiten lassen. Er hatte sich jahrelang zurückgehalten. Warum war er jetzt schwach geworden?

Tio setzte sich auf. „Ich habe das Gefühl, dass ich nichts weiß. Wir haben gerade eine großartige Zeit, und mit dir zusammen zu sein ist anders, als mit einer Frau zusammen zu sein. Aber ich weiß nicht, was ich bin. Bin ich jetzt schwul? Ich versuche herauszufinden, wie mich das alles verändert."

Dillon setzte sich. „Es verändert dich nicht. Und nein, du bist nicht schwul. Du hast mir vor Jahren gesagt, dass du bisexuell bist, und nach all den Frauen, mit denen du zusammen warst, würde ich sagen, dass das wahrscheinlich stimmt. Du magst Frauen, und du magst es, mit ihnen zusammen zu sein. Aber du hast auch herausgefunden, dass du gerne mit mir zusammen bist. Und das ist in Ordnung. Es ist okay, Frauen und Männer zu mögen. Aber ich werde nicht der Typ an deiner Seite sein, während du weiter mit Frauen zusammen bist. Ich kann das nicht, und ich denke, du weißt das auch. Das bin nicht ich."

„Ich weiß. Du brauchst jemanden, der für dich da ist", flüsterte Tio. „Und ich sage auch nicht, dass ich es nicht versuchen will. Ich versuche nur, diese verschiedenen Puzzleteile in mir sinnvoll zusammen zu setzen. Ich habe mich lange Zeit nicht mit diesem Teil von mir auseinandergesetzt, und jetzt muss ich es." Er streckte seine Hand aus, und Dillon nahm sie. Er ließ sich zurück ins Bett ziehen.

„Okay. Aber du musst mir versprechen, dass du nicht für den Rest der Reise still und in dich gekehrt sein wirst. Wir können über solche Dinge reden."

„Okay", stimmte Tio zu, als Dillon sich neben ihn legte. Tio legte seine Arme um ihn, und Dillon wurde still. Ihm gefiel, dass Tio bereit war, ihn in den Armen zu halten. Das Körperliche schien ihm tatsächlich nichts auszumachen. Es war der Rest, mit dem er Probleme hatte.

Dillon hätte wissen müssen, dass es nicht einfach werden würde. Das waren Dinge selten für ihn. Er hätte wissen müssen, dass es schwierig werden würde, mit Tio zusammen zu sein. Den Großteil seines Lebens hatte Tio sich als hetero gesehen. Oder zumindest hatte er auf den Rest der Welt so gewirkt. Er hatte nie irgendwelche schwierigen Fragen beantworten müssen oder erleben müssen, wie kompliziert es sein konnte, mit jemanden vom gleichen Geschlecht zusammen zu sein. Alles, was Dillon tun konnte, war, für ihn da zu sein und zu versuchen, ihm beim Nachdenken zu helfen. Selbst wenn es am Ende schmerzhaft sein würde.

„KOMM SCHON. Ich habe Hunger, und es gibt nur noch eine halbe Stunde lang Frühstück", sagte Tio leise, als Dillon langsam aufwachte. Die Sonne beleuchtete die Ränder der Vorhänge.

„Okay, ich bin ja wach." Dillon setzte sich auf die Seite des Bettes und zwang seinen Körper, sich zu bewegen. Die Schiffsbewegung war heftiger als in den letzten Tagen und er brauchte eine Minute, um sein Gleichgewicht zu finden, als er sich auf den Weg zur Toilette machte. Er wusch sich und zog sich an, schnappte sich sein Handy und verließ die Kabine so rechtzeitig, dass Tio noch zum Frühstück kam. „Ich brauche mal das Internet, um meine Mails zu checken."

„Klar", sagte Tio. Dillon loggte sich ein und verband sein Handy mit dem Internet. Als sie das Buffet erreichten, vibrierte sein Telefon mehrmals. „Was ist los?"

„Nachrichten von Leon", sagte Dillon.

„Alles gut bei ihm?"

„Ich weiß es nicht", sagte Dillon, als er die Nachrichten durchlas. „Er sagt, ich soll irgendwas auf Facebook und Instagram ansehen. Er hat Links geschickt." Er war nicht allzu besorgt. Leute posteten die ganze Zeit Bilder von ihm und mit ihm. Das war großartig.

Die ersten Bilder, die er sah, waren von ihm an Bord des Schiffes. Es war jetzt klar, dass es keinen Sinn mehr machte, sich zu verstecken. Die meisten Kommentare waren freudig-aufgeregt. Leute berichteten, wo sie ihn gesehen hatten. Der Instagram-Link, den er anklickte, führte zu einem Bild von ihm und Tio, wie sie zusammen in Badehosen am Strand saßen. Darunter wurde spekuliert, mit wem Dillon unterwegs war und ob er sein neuer fester Freund war.

„Das musst du dir ansehen", sagte Dillon zu Tio. Er würde ihm das nicht verheimlichen. Besonders nicht nach letzter Nacht.

Tio stellte seinen Teller mit Essen ab und spähte auf das Bild. „Ich sehe heiß aus", sagte er, bevor er sich zum Essen hinsetzte.

„Ist das alles, was du dazu zu sagen hast?", fragte Dillon. „Hast du gelesen, was da drunter steht?"

Tio zuckte mit den Schultern. „Ja. Die Leute können sagen, was sie wollen." Er aß ein paar Bissen und legte dann seufzend seine Gabel ab. „Ich schätze, so was sollte mich nicht überraschen." Jetzt klang er mit einem Mal nicht mehr so gelassen. „Außerdem ist es nur ein Bild."

Es kamen noch weitere Nachrichten von Leon und Dillon folgte den Links. Die nächsten Bilder waren schmeichelhaft, aber es gab einige fiese Kommentare. Dillon hatte längst gelernt, sie zu ignorieren. Es war einer der Fallstricke von Social Media. Manchmal wurden Menschen gemein, wenn sie glaubten, sich hinter der Anonymität verstecken zu können.

„Sind die Leute immer so?", fragte Tio.

„Es kommt vor", sagte Dillon. „Vielleicht solltest du dich einloggen und gucken, ob du Nachrichten bekommen hast." Für Dillon war das alles nichts Neues und keines der Bilder oder Kommentare war wirklich schlimm gewesen. Die Leute spekulierten die ganze Zeit über sein Liebesleben. Dillon antwortete Leon, um ihn wissen zu lassen, dass er seine Nachrichten gesehen hatte. Dann loggte er sich aus.

Dillon holte sich etwas zu essen, bevor sie anfingen, das Buffet abzubauen, und kehrte zu Tio zurück, der auf sein Telefon starrte. „Was ist los?"

„Ach, nur die wütenden Nachrichten meines Vaters", sagte Tio.

„Wie bitte?", fragte Dillon. „Es war doch gar nichts. Nur Spekulationen, die nichts bedeuten."

„Mein Vater scheint das anders zu sehen." Tio fing an, eine Antwort zu schreiben, und Dillon wünschte, er könne ihm helfen. Aber Tios Vater war einer der Leute, die seine eigenen Schlüsse zogen – egal, ob richtig oder falsch – und dann nicht mehr davon abließen.

„Was hast du ihm geantwortet?", fragte Dillon, während die Eier, die er aß, in seinem Mund ganz mehlig wurden. Das Letzte, was er tun wollte, war, Tio zu verletzen. Seinem Gesichtsausdruck nach zu urteilen, bekam er aber gerade schlimme Nachrichten.

Tio schüttelte den Kopf. „Dass alles in Ordnung ist und dass es nur Social Media ist", sagte er. „Dass die Leute eben reden und er es ignorieren muss." Er tippte noch etwas und legte dann sein Handy verdeckt auf den Tisch. „Manchmal hasse ich es wirklich, für diesen Mann zu arbeiten. Ich mache meinen Job, und ich mache ihn gut, aber er denkt immer, dass etwas mit mir nicht stimmt."

Dillon nickte. Er hatte die Dynamik zwischen ihnen miterlebt, und es war wirklich nicht gesund. „Ich wünschte, ich hätte eine Antwort für dich."

„Ich auch. Dad wollte immer, dass ich mit ins Geschäft einsteige. Ich habe es getan, weil ich es interessant fand, aber er …" Tio hielt inne.

„…sieht dich immer als seinen Sohn an – als das Kind statt als Erwachsenen", sagte Dillon.

Tio nickte. „Ja, das stimmt. Aber es nicht nur das. Mein Vater dreht fast durch, weil Leute gefragt haben, ob ich mit dir zusammen bin. Mein Vater …"

Dillon beugte sich über den Tisch. „Dein Vater ist bigott. Das war schon immer so. Er ist kleinkariert und anstrengend. Der einzige Grund, warum ich mein Geld bei euch habe, ist deinetwegen. Ich sag's ja nur."

„Ich weiß. Meistens redet er nicht über seine Anschauungen, weil ihm nichts wichtiger ist als das Geschäft. Nichts anderes zählt." Tios Handy vibrierte und er stöhnte auf, als er es umdrehte, um die Nachricht zu lesen. Seine Lippen verzogen sich zu einer geraden Linie, als er sie las. Dann griff er sich das Handy und tippte energisch auf die Tasten. „Jetzt droht er mir."

„Mit was?"

Tio schüttelte den Kopf. „Er droht, mich zu feuern." Er tippte weiter und diesmal lächelte er. „Scheiß drauf!" Er entschied sich, ihn anzurufen.

„Was zur Hölle ist bei dir los?" Die Stimme von Tios Vater war so laut, dass selbst Dillon sie hören konnte.

„Ich bin im Urlaub, und dieser Anruf wird die Firma viel kosten." Er schob seinen Teller zurück.

„Ich sehe überall diesen Mist über dich und Dillon und …"

Tio stand auf und entfernte sich vom Tisch. Dillon beobachtete ihn, als er den Raum verließ. Er drehte sich zurück zum Tisch und beendete sein Frühstück – zumindest das Bisschen, was er noch runter bekam.

Bis er fertig war, war Tio zurückgekehrt und hatte sich mit einem selbstgefälligen Gesichtsausdruck hingesetzt.

„Was hast du gemacht?", fragte Dillon.

„Sagen wir einfach, mein Vater hat mich beleidigt und ich habe es erwidert. Ich hätte nie gedacht, dass er ernsthaft so schwulenfeindlich ist, aber anscheinend schon." Tio seufzte. „Egal. Ich bin qualifiziert und habe meinem Vater gesagt, dass ich zwei Angebote von großen Konkurrenzfirmen erhalten habe und dass die meisten meiner Kunden mir folgen würden, wenn ich ginge." Er grinste. „Ich habe ihm auch gesagt, dass nicht wenige unserer Kunden schwul oder lesbisch sind und dass sie es gar nicht mögen würden zu hören, wie er über sie denkt."

Dillon war schockiert. „Was hat er dazu gesagt?"

Tio beugte sich vor. „Die einzige Sache, die mein Vater liebt, ist Geld. Das reichte aus, um ihn zum Schweigen zu kriegen. Er hat geschimpft, aber ich habe ihm gesagt, dass ich es ernst meinte. Wenn ich gehen würde, würde ich die meisten Kunden mitnehmen, und er hätte fast nichts mehr. Und ich habe ihm gesagt, dass mein Privatleben ihn nichts angeht."

„Hast du ihm von uns erzählt?", fragte Dillon. Das schien ein Schritt zu weit, aber er musste es dennoch fragen.

„Nein. Er hat mich gefragt, ob das Gerede wahr sei, und ich hab ihm gesagt, dass du und ich seit Jahren befreundet sind und wir zusammen auf Reisen sind." Er setzte sich wieder auf den Stuhl.

„Ich verstehe", sagte Dillon. „Das ist gut. Es gibt keinen Grund, ihn noch wütender zu machen." Wenn das Ganze nur eine Kreuzfahrtaffäre war, machte es keinen Sinn, dafür Tios Leben auf den Kopf zu stellen.

„Ich werde mit ihm reden müssen, wenn ich nach Hause komme, aber ich will das nicht am Telefon machen. So oder so, mein Vater wird sich furchtbar aufregen, aber ich komme schon mit ihm klar."

Dillon zog seine Hände vom Tisch und legte sie in seinen Schoß. „Bist du sicher, dass du das tun willst? Du bist mir nichts schuldig. Nicht wirklich. Und wenn dein Vater dein Leben ruinieren will …" Dillon wusste nicht einmal, was er sagen wollte. Sollte er Tio einfach sagen, dass sie nach der Kreuzfahrt wieder nur Freunde sein würden und Tio sich mit so vielen

Frauen treffen konnte, wie er wollte? Es würde Tio vieles erleichtern und Dillon müsste sich nicht schuldig fühlen.

„Hör auf. Ich habe dir letzte Nacht gesagt, dass ich etwas Zeit brauche, um mir über alles klar zu werden, und dieses Telefonat mit meinem Vater hat mir tatsächlich geholfen."

„Wow." Vielleicht war er Zeuge eines Wunders. Dillon wurde ganz schwindelig davon.

12

ES WAR offensichtlich, dass Dillon ihn nicht verstand, und Tio war sich selbst nicht ganz sicher. Aber während seines Gespräches mit seinem Vater wurde ihm vieles klar. Er machte sich Sorgen darüber, was alle anderen von ihm denken würden. Sein Vater und seine Mutter, sogar Carole – er fragte sich immer wieder, was sie wohl über ihn denken würden. Aber als er mit seinem Vater sprach, wurde ihm klar, dass es egal war, was sie über ihn dachten. Dillon hatte recht. Tio wusste, wer er war, und alles, was zählte, war, dass er gerne mit Dillon Zeit verbrachte, mit ihm redete und mit ihm schlief.

„Also … Mein Vater ist manchmal ein Idiot, und wenn er es nicht erträgt, dass ich dich mag und dir und mir eine Chance geben will, dann ist er es nicht wert, dass ich mir Sorgen mache. Ich liebe meinen Vater, aber es gibt nicht viel, was man an ihm mögen kann. Wenn er sich so anstellt, dann sollte ich vielleicht noch mal darüber nachdenken, was das über ihn sagt."

„Ich verstehe es immer noch nicht", sagte Dillon, obwohl er leicht lächelte. „Aber vielleicht muss ich es auch nicht verstehen. Wenn das, was dein Vater gesagt hat, deine Meinung geändert hat, dann sollte ich ihm vielleicht eine Dankeskarte schicken."

„Nein", sagte Tio mit einem Lächeln. „Lass uns hier verschwinden. Sie schließen gleich, um das Mittagessen vorzubereiten. Lass uns irgendetwas finden, das Spaß macht." Dillons Augen leuchteten auf und Tio stöhnte. „Lassen mich raten. Du willst Surfen."

„Das stimmt. Irgendetwas daran ist besonders. Es lässt mich immer Musik schreiben wollen."

„Aber was ist mit den Texten?", fragte Tio.

Das war etwas an Dillons Arbeit, was er nicht verstand. „Ich habe jemanden, der mir dabei hilft. Ich war noch nie so gut darin, Texte und Gedichte zu schreiben. Aber Musik und Noten habe ich immer im Kopf. Wenn ich singe, singe ich auch Texte, aber die Musik steht immer an erster Stelle."

Sie verließen den Speisesaal. Draußen stand eine Gruppe von etwa zwanzig Leuten, vor allem Frauen.

„Dillon, wirst du für uns singen?", fragte eine von ihnen. „Bitte?"

„Dillon ist im Urlaub, genau wie du. Aber er arbeitet hier an Bord an neuer Musik und in ein paar Wochen geht er ins Studio, sodass ihr bald Neues von ihm hören könnt." Tio hatte das Gefühl, etwas sagen zu müssen. Dillon würde seine Fans nicht enttäuschen wollen. „Du weißt ja bestimmt, dass er vor nicht allzu langer Zeit eine große Tournee beendet hat. Und jeder braucht mal eine Pause, um sich etwas zu erholen."

„Ich weiß", sagte eine der Frauen und hüpfte leicht auf und ab. „Ich habe dich in Miami gesehen und du warst großartig." Sie hatte ihre Hände über ihr Herz gelegt und sah aus, als würde sie gleich platzen.

Dillon lächelte, schüttelte jedem nacheinander die Hand und sprach kurz mit jedem. Es war unglaublich, wie er eine Verbindung zu jedem von ihnen herstellte. Das war einer der Gründe, warum Dillon sich in nur wenigen Tagen so in Tios Herz festgesetzt hatte. Was Tio jetzt damit tun würde, war eine andere Frage.

„Ich brauche jetzt ein bisschen Entspannung. Aber ihr werdet mich sicher noch mal sehen und ich hoffe, ihr genießt den Rest eures Urlaubs." Dillon lächelte, als sie in die Aufzugslobby gingen.

Als der Aufzug kam und sie eintraten, atmete Tio erleichtert auf. Sie fuhren nach unten. „Wie schaffst du das die ganze Zeit?"

„Es sind meine Fans, und die meisten von ihnen sind wirklich nett. Sie wollen nur ein wenig Aufmerksamkeit von mir. Ich versuche, ihnen zu geben, was ich kann. Besonders in solchen Situationen, wenn es ziemlich einfach ist. Diese Fans werden in den sozialen Medien sagen, dass sie mich getroffen haben, Bilder teilen und darüber sprechen, wie nett ich bin und wie sehr sie meine Musik lieben."

„Ja, aber du lässt es so einfach aussehen."

Dillon lächelte, als sich die Türen öffneten. „Weil es so ist. Ich mag sie ehrlich und möchte meine Fans glücklich machen, also ist es keine große Sache, sich ein paar Minuten Zeit für sie zu nehmen."

Sie erreichten ihre Kabine und gingen hinein. Dillon schnappte sich seine Badehose, um sich umzuziehen, und Tio setzte sich auf einen der Stühle. Er hatte keine Lust, nass zu werden, und so sehr er versuchte, das, was sein Vater gesagt hatte, zu vergessen, ärgerte es ihn immer noch. Tio wusste, dass er sich damit auseinandersetzen musste, wenn er wieder zu Hause war. Er wünschte sich, er könnte die Zeit hier langsamer vergehen lassen.

„YAY, DILLON", jubelte eine Gruppe von Leuten, während Dillon die Wellenmaschine benutzte. Seine Fans waren ihm anscheinend gefolgt und füllten nun einen Großteil des Sitzbereichs am Fuße des Surfriders aus. Sie winkten und jubelten, als Dillon auf dem Wasser surfte.

„Angeber", rief Tio und Dillon grinste ihn an.

Ein paar Mädchen kicherten und winkten und Tio versuchte, nicht zu lachen. Er wusste, dass dieses Lächeln für ihn bestimmt gewesen war, aber wenn andere dachten, dass Dillon sie meinte, konnte er damit auch leben. Immerhin war es nur ein Lächeln.

„Bist du mit ihm befreundet?", fragte eine Frau, die etwas älter war als er und Dillon.

„Ja. Wir kennen uns seit der Schulzeit." Er wollte seine Antwort so allgemein wie möglich halten. „Er ist wirklich so nett, wie er wirkt."

„Nein, ich wollte fragen, ob Dillon wirklich schwul ist?" Sie seufzte.

Tio schluckte. In gewisser Weise fühlte es sich an, als würde sie ihn fragen, ob *er* schwul war. Das fragte sie zwar nicht, aber vielleicht würde sie annehmen, dass Tio auch schwul war, weil Dillon es war. „Ja, das ist er."

„Alle guten Männer sind das", murrte sie.

„Das stimmt nicht immer", sagte Tio. „Ich kenne viele Männer, die nicht schwul sind, und sie sind alle Single." Er drehte sich gerade rechtzeitig zu Dillon um, um zu sehen, wie er vom Brett fiel. Tio kicherte. „Du musst einfach kontaktfreudig sein und auf die Leute zugehen." Er fluchte leise, als er sah, wie Carole an Deck kam. Sie sah ihn und kam direkt zu ihm hinüber.

„Tio." Sie winkte und lächelte.

„Ist das deine Freundin?", fragte die Frau, mit der er gesprochen hatte.

Tio lachte über die Situation. „Nein. Sie ist meine Ex, die sich entschieden hat, auf diese Kreuzfahrt zu kommen, um mich zu bestrafen."

Die Frau drehte sich zu ihm um. „Was hast du getan, um das zu verdienen?"

Tio schnaubte. „Ich habe keine Ahnung. Sie hat mich betrogen. Als ich die Beziehung beenden wollte, wollte sie unbedingt wieder mit mir zusammen sein und hat für sich eine Kabine auf dem Schiff gebucht." Er verdrehte die Augen, weil das alles so absurd war. Wenn Carole unbedingt Probleme machen wollte, würde er sich darum kümmern. Er würde nicht zulassen, dass sie irgendetwas ruinierte.

„Du bist also Single?", fragte die Frau mit einem Lächeln, als Carole versuchte, einen Platz zum Sitzen zu finden. Es war sehr voll.

„Nicht wirklich. Ich bin mit jemanden zusammen. Das macht sie so wütend, glaub ich." Er zuckte mit den Schultern.

„Kann ich vielleicht hier neben meinem Freund sitzen?", fragte Carole und versuchte, andere dazu zu bringen, ihr Platz zu machen.

„Nein", sagte die Dame neben Tio. „Da ist Platz am anderen Ende. Da kannst du hingehen." Sie sah Carole böse an. Sobald Carole entrüstet wegging, gab Tio der Frau ein High-Five.

„Ich hätte dich schon vor Tagen treffen sollen", sagte er grinsend und erhielt im Gegenzug ein Lächeln. „Du scheinst ziemlich cool zu sein. Ich wette, wenn du dich mit netten Typen umgibst, werden sie gar nicht genug von dir bekommen."

Sie seufzte auf dramatische Art. „Und wie finde ich nette Typen?"

„Nicht, dass ich darin ein Experte wäre, aber nicht in einer Bar. Mein Vater hat meine Mutter über einen Verein kennengelernt. Ich glaube, sie waren beide im gleichen Verein an der Uni und haben sich so getroffen. Finde etwas, was du gerne magst, das auch Männer mögen." Er beugte sich näher an sie heran. „Ich werde dir ein Geheimnis verraten. Die meisten Männer haben keine Ahnung, wie man mit Frauen spricht. Es hilft also total, wenn du den ersten Schritt machst." Er nickte und wartete, bis Dillon wieder an der Reihe war. Es schien, als ob alle darauf warteten, dass Dillon auf dem Brett stand. Die Kameras wurden gezückt, als er wieder auf dem Board stand. Verdammt, er war so gut im Surfen – und er sah dabei fantastisch aus.

Dillon war auch schlau und witzig. Er ließ Tios Herz höherschlagen, sobald er einen Raum betrat. Tio konnte seinen Blick nicht von Dillon abwenden. Er guckte erst weg, als er wieder vom Board fiel. Die anderen um ihn herum schienen die Luft angehalten zu haben. Erst jetzt konnten sie wieder atmen und klatschten.

Tio stand auf und bahnte sich seinen Weg zu Dillon. Er reichte ihm ein Handtuch. „Du hast ein ziemlich großes Publikum."

„Sing für uns", schrie jemand.

„Ja, bitte singe für uns", stimmt jemand anderes ein.

Dillon trat näher. „Ich kann hier draußen nicht singen. Es tut mir leid. Es ist viel zu voll und man kann meine Stimme nicht richtig hören. Aber ich liebe euch alle und finde es mega, dass ihr hier seid, um mich zu sehen." Er lächelte sie an, drehte sich dann zu Tio um und senkte seine Stimme. „Bring mich hier weg, bevor sie uns noch überall hin folgen." Er winkte und drehte sich um. Tio war direkt hinter ihm und trug seine Sachen. Als sie drinnen waren, eilten sie die Treppe hinunter zu ihrer Kabine. Tio schloss die Tür ab und ließ Dillon sich umziehen.

Gerade als Dillon aus dem Badezimmer kam, hörten sie Stimmen vom Gang. „Wir lieben dich, Dillon", hörten sie irgendwelche Leute rufen.

Tio spähte aus dem Guckloch und sah Leute vor der Kabine stehen. „Carole – verdammt noch mal. Sie muss ihnen unsere Kabinennummer gegeben haben." Tio fluchte.

13

„WAS MACHEN wir jetzt?", fragte Dillon. Tio entfernte sich von der Tür und nahm das Telefon in die Hand. Er erklärte einem Mitarbeiter die Situation und wurde mit dem Sicherheitsdienst verbunden.

„Wir haben ein Problem. Vor unserer Kabine steht eine Gruppe von Menschen. Sie wollen unbedingt Dillon Fitzgerald sehen. Können Sie sie bitte dazu bringen, wegzugehen?" Tio nannte die Kabinennummer und erklärte die Situation. „Bitte seien Sie freundlich und bringen Sie sie einfach dazu zu gehen. Das sind seine Fans, und wir wollen sie nicht wütend machen. Sie sollen nur wieder nach oben gehen und Spaß haben."

„In Ordnung", sagte der Sicherheitsbeamte.

Tio legte auf und schaltete dann den Fernseher ein, um den Lärm vor der Kabine zu übertönen. Als er wieder durchs Guckloch sah, wirkte es so, als wären vielleicht ein paar weniger Leute da, aber es war schwer zu sagen. Er trat von der Tür weg und fand Dillon auf dem kleinen Sofa sitzen, den Kopf in den Händen.

„Ich hätte wissen sollen, dass es zu gut war, um von Dauer zu sein", sagte Dillon. „Jetzt sitze ich hier in der Kabine fest, und selbst wenn sie weggehen, werden uns überall Gruppen von Passagieren folgen. Alles, was ich jetzt tun kann, ist in der Kabine zu sitzen und fernzusehen."

Tio setzte sich neben ihn. „Ich glaube nicht, dass es so schlimm ist. Die Leute werden gleich weggeschickt und dann wird dafür gesorgt, dass die Sicherheit in diesem Bereich des Schiffes verstärkt wird." Er fragt sich, wie all diese Leute reingekommen waren, aber wahrscheinlich reichte es, wenn eine Person reinkam und den anderen dann die Tür aufhielt. Trotzdem. Eigentlich war das hier ein privater Bereich des Schiffes und es sollte nicht so einfach sein, ihn zu betreten. Tio zog Dillon an sich. „Wir werden das schon hinbekommen."

Ein Klopfen an der Tür ließ ihn aufhorchen, aber er stand nicht auf. Er nahm an, dass es einer der Fans war und dass man sie anrufen würde, wenn die Leute weg waren.

„Meinst du das ernst?", fragte Dillon.

Tio ging im Kopf durch, was er gerade gesagt hatte, und lächelte. „Ja, tu ich. Du und ich waren schon immer ein gutes Team. Ich würde sagen, dass wir immer am meisten Spaß hatten, wenn wir Sachen zusammen gemacht haben."

„Das stimmt. Erinnerst du dich an die Ziege, die wir gefunden und mit zur Schule gebracht haben?", fragte Dillon grinsend. „Alle im Gebäude sind ausgeflippt, als die Ziege durch die Flure gelaufen ist. Und das Beste war, dass wir im Unterricht waren, als es passierte, also hat niemand uns verdächtigt."

Tio lachte. „Und das Tier hat versucht, dem Sportlehrer eine Kopfnuss zu verpassen."

„Manchmal frage ich mich, was mit diesem Teil von mir passiert ist."

„Du bist erwachsen geworden", antwortete Tio.

Dillon schnaubte. „Ja, vielleicht. Aber du nicht. Du bist immer noch so und hast Spaß da draußen. Wenn ich das versuche, hat Leon gleich einen Herzinfarkt. Das lohnt sich nicht."

Tio zog Dillon näher an sich. „Ich bin auch erwachsen geworden. Ich zeige es nur anders. Und lass mich dir sagen …" Er seufzte. „Es gibt nichts Peinlicheres als einen Typen, der auf die 50 zugeht und immer noch versucht, bei 20-Jährigen zu landen, und so ein Kerl hätte ich werden können. Ich meine, Carole … ich bitte dich. Sie ist fast zehn Jahre jünger als ich, und dann wundere ich mich, dass sie lieber mit einem anderen Typen zusammen ist. Was zur Hölle habe ich mir bloß dabei gedacht?"

Dillon kicherte. „Ich habe mich genau dasselbe gefragt." Er vergrub sein Gesicht in Tios Schulter, seine Brust hob und senkte sich. Es war gemein, zu lachen, aber dann stimmte auch Tio in sein Lachen ein. Es war einfach zu bescheuert.

„Ja, das fragte sich mein Vater auch", erwiderte Tio. „Ich denke, das war der Grund, warum ich mit ihr zusammen – um meinen Vater zu ärgern."

„Ist das auch der Grund, warum du mit mir zusammen bist?", fragte Dillon. „Bin ich ein großer Mittelfinger in Richtung deines Vaters?"

Tio hielt inne und dachte tatsächlich einen Moment über die Antwort nach. Dillon machte ihn glücklich. Er unterhielt sich gerne mit ihm. Dillon war so viel mehr als all die Caroles und Denises, mit denen er im Laufe der Jahre ausgegangen war. Ohne einen weiteren Gedanken nahm Tio Dillon in seine Arme und hielt ihn fest. „Nein. Das bist du ganz und gar nicht. Du bist jemand, für den ich gegen meinen Vater kämpfen würde. Und wenn ihm das nicht passt, dann scheiß auf ihn." Er hielt Dillon noch fester. „Du bist jemand, für den ich kämpfen würde. Ich war sauer, als Carole mich betrogen hat, weil es mein Ego verletzt hat. Aber ich fühlte nichts anderes. Sie war mir nie so wichtig wie du."

Dillon schlang seine Arme um Tios Taille und ihre Lippen trafen aufeinander. Sie küssten sich, bis sie außer Atem waren. Tio zog Dillon auf die Füße und trug ihn nahezu in den Schlafbereich.

DILLON LAG auf dem Bett. Er starrte mit weit aufgerissenen Augen an die Decke und seine Lippen waren leicht geöffnet, was ihn noch sexyer aussehen ließ. „Was zum Teufel hast du gerade mit mir gemacht?"

Tio lächelte, während er sich die Hose anzog. Verdammt, fühlte sich das gut an, Dillon fast um den Verstand zu bringen! Dillon gab immer alles, damit Tio sich gut fühlte, und es war an der Zeit, dass er sich revanchierte. Als Tio darüber nachdachte, merkte er, dass es mehr war als das. Aber er war nicht bereit, es in Worte zu fassen – noch nicht. Nachdem er sich angezogen hatte, zog Tio das Laken über Dillon, der seine Augen schloss.

Der Gang vor der Kabine war Gott sei Dank leer. Tio sah auf die Uhr. Das Mittagessen im Hauptspeisesaal war schon vorbei, aber laut Zeitplan hatten sie noch eine Stunde fürs Buffet. Tio zog Schuhe und Hemd an, bevor er die Kabine so leise wie möglich verließ.

Mit dem Aufzug fuhr er nach oben. Er ging zum Buffet und nahm zwei Teller. Er füllte einen für sich und einen für Dillon mit Dingen, von denen er wusste, dass er sie mochte. Einer der Mitarbeiter besorgte ihm ein Tablett und einen Tellerdeckel. Nachdem er noch Salate genommen hatte, trug er alles zurück in die Kabine. „Das Mittagessen ist da", sagte Tio leise.

Dillon trug nur eine Unterhose. Er gähnte und streckte seinen geschmeidigen Körper. Sofort flammte wieder Hitze in Tio auf, der das Tablett auf den Tisch stellte. Er stellte alle Teller auf den Tisch, während Dillon in Hemd und Shorts schlüpfte und sich dann zum Essen hinsetzte. „Weißt du, daran könnte ich mich gewöhnen."

„Darauf wette ich", kicherte Tio und stieß Dillon gegen die Schulter. Sie begannen zu essen. Das Brathähnchen war gut, ebenso das Rindfleisch und die Bratkartoffeln. Das Gemüse war gegrillt und hatte einen leicht rauchigen Geschmack. Dillon grunzte zufrieden und schaufelte das Essen praktisch in sich hinein.

„Du hast mich wirklich ausgelaugt", flüsterte er zwischen den Bissen. „War jemand da draußen?"

„Nein. Und es stand jemand am Eingang des Durchgangs, als ich zurückkam, also denke ich, dass sie die Sicherheit jetzt ernster nehmen." Tio war froh, dass sich die Dinge beruhigt hatten, aber er wusste so gut wie Dillon, dass sie sich ab jetzt nicht mehr so frei auf dem Schiff bewegen konnten wie zuvor. Jeder würde nach Dillon Ausschau halten, und es lag an ihm, dafür zu sorgen, dass Dillon in Sicherheit blieb. Das war seine Aufgabe für den Rest der Reise und eine, die er gerne übernahm.

Dillon beendete sein Mittagessen und küsste Tio leicht auf die Wange. „Vielen Dank für alles. Ich weiß es sehr zu schätzen, dass du dich um mich kümmerst."

„Das werde ich immer", antwortete er, bevor er zu viel darüber nachdenken konnte. „Das kann ich dir versprechen."

Dillon lächelte. „Ich werde in den Speisesaal gehen, um Klavier zu spielen, solange die Luft rein ist. Ich hoffe, ich kann mich ein wenig ablenken. Ist das okay?"

„Na klar", sagte Tio. Dillon machte sich fertig und verließ die Kabine. Tio fragte sich, ob er mit ihm hätte gehen sollen, aber es war zu spät. Stattdessen räumte er das Geschirr zusammen, stellte es in den Durchgang und rief die Gastronomie, um sie wissen zu lassen, dass sie es abholen konnten. Als das erledigt war, ging er raus und wanderte einfach über das Schiff. Er dachte darüber nach, an Deck zu gehen, aber Berichten zufolge regnete es. Die Promenade war voller Menschen und jeder Tisch gefüllt. Ein Film und ein paar Shows standen auf dem Plan, aber nichts davon weckte sein Interesse. Andere Gäste sahen das wohl anders, denn es leerten sich ein paar Tische in der Kneipe. Er setzte sich dort hin und beobachtete die Leute, die vorbeigingen.

Er hielt Ausschau nach Claudia und Jack, sah sie aber nicht. Er dachte darüber nach, ins Casino zu gehen, aber erst mal wollte er ein Bier trinken. Er holte sein Handy heraus, loggte sich ein und schickte Dillon eine Textnachricht, um ihn wissen zu lassen, wo er war. Dann loggte er sich aus, damit Dillon das Internet nutzen konnte, falls er es brauchte. Hoffentlich würde Dillon wissen, wo er war, wenn er sich einloggte.

Sein Bier wurde ihm gebracht und er nippte am Glas und blickte zum Speisesaal. Unter Umständen würde Dillon den Rest des Nachmittags dort verbringen, besonders wenn er in der richtigen Stimmung war und die Zeit aus den Augen verlor. Aber die Gruppe von Leuten vor ihrer Kabine hatte ihn erschreckt. Tio schnappte sich sein Bier, stand auf und ging in den Speisesaal. Die Türen waren geschlossen, aber er spähte durch das Glas. Er konnte über die leeren Tische bis nach hinten zum Klavier sehen, wo ein Mann stand und mit Dillon sprach. Als ein Kellner vorbeikam, klopfte Tio heftig genug, um seine Aufmerksamkeit zu erregen.

„Kann ich Ihnen helfen? Das Speisezimmer ist geschlossen", sagte der Mann, als er Tio die Tür öffnete.

„Ich gehöre zu ihm", erwiderte Tio und zeigte auf das Klavier. Der Kellner nickte und ließ Tio hinein, dann schloss er die Tür wieder ab.

„Ich wollte gerade nach dir suchen." Dillon war rot im Gesicht und ganz aufgeregt. „Das ist Terano Marucci."

„Der Kreuzfahrtdirektor", sagte Tio, als er ihm die Hand schüttelte. Er hatte den Namen schon auf dem Schiff gehört. „Was können wir für Sie tun?" Sofort hatte er das Bedürfnis, die Dinge für Dillon regeln zu müssen. Es war wahrscheinlich nicht notwendig, aber eine automatische Reaktion.

„Ich habe Herrn Fitzgerald gerade erklärt, dass wir ein Problem haben, und normalerweise würden wir keinen Passagier in solche Dinge einbeziehen, aber …"

Bevor er weiterreden konnte, begann Dillons Telefon zu klingeln. Dillon nahm es in die Hand. Er starrte wütend auf den Bildschirm und begann zu tippen.

„Leon?", fragte Tio.

„Wie hast du das nur erraten? Er macht nicht das, worum ich ihn gebeten habe, und fragt mich stattdessen wegen jeder Kleinigkeit. Ich bin eigentlich im Urlaub." Er schaute vom Klavier auf, den Tränen nahe. „Er setzt mich wegen dieser Konzerte unter Druck, und er wird mich nicht in Ruhe lassen."

„Alles klar." Tio nahm Dillon ruhig sein Telefon aus der Hand und schaltete es aus. „Jetzt kann er so viele Nachrichten senden, wie er will. Ich habe Leons Nummer, und ich rufe ihn in ein paar Minuten an, um herauszufinden, was sein Problem ist. Und wenn es für dich in Ordnung ist, dann zeige ich ihm mal, wo der Hammer hängt, damit er dich in Ruhe lässt. In Ordnung?" Tio lächelte und Dillon schien etwas beruhigt. „Also, was können wir für Sie tun?", fragte er den Kreuzfahrtdirektor.

Er trat einen Schritt zurück und hielt die Hände hoch. „Das scheint ein schlechter Zeitpunkt zu sein."

Dillon zuckte mit den Schultern. „Ich habe das Gefühl, dass es dauert, bis ein guter Zeitpunkt kommen wird. Also sagen Sie mir bitte einfach, was los ist." Er atmete tief durch.

„Unser Headliner für morgen und übermorgen ist krank geworden. Wir haben ihn in Aruba abgeholt, aber er hat eine Lebensmittelvergiftung und kann seine Kabine nicht verlassen."

Tio verspannte sich. Das letzte Mal, als er den Headliner gesehen hatte, war er mit Carole auf Curaçao zusammen gewesen. Jetzt war er krank. Es war wahrscheinlich Unsinn zu glauben, dass sie etwas damit zu tun hatte. Aber der Blick, den sie ihm am Strand zugeworfen hatte, ließ ihn dennoch innehalten.

„Das Problem ist, dass er der Höhepunkt der Kreuzfahrt sein sollte. Ich kann seine Shows durch die Acts ersetzen, die bereits an Bord sind, aber es wären alles Sachen, die das Publikum schon kennt."

„Also wird niemand hingehen", verstand Dillon. „Und das Ende der Kreuzfahrt würde damit sehr langweilig."

„Genau. Ich hatte gehofft, dass Sie …"

Tio verspannte sich sofort. „Sie wollen, dass er einspringt."

„Tio, es ist schon okay." Dillon war entspannt. „Terano macht nur seine Arbeit, und wenn ich an seiner Stelle wäre, würde ich genauso handeln." Er holte tief Luft und wurde still. „Falls ich das mache, wird die Band für Proben zur Verfügung stehen?"

„Natürlich."

Tio trat zwischen die beiden. „Willst du das wirklich machen? Du musst nicht …", fügte er hinzu. Schon wieder wollte er ihn beschützen.

Dillon schaute ihn mit seinen unglaublich schönen Augen an und Tio schnappte fast nach Luft. Die Liebe und Fürsorge darin waren unverkennbar. „Ich mag es sehr, wenn du so ultra-fürsorglich bist. Aber es ist alles in Ordnung." Er tätschelte Tios Arm. „Ich kann in ein paar Shows auftreten. Aber es gibt Einiges, was Sie berücksichtigen müssen."

„Ich habe schon etwas darüber nachgedacht. Passagiere können sich für die Shows anmelden, um sicherzustellen, dass sie einen Sitzplatz erhalten, und wir können damit dafür sorgen, dass sich niemand mehr als einmal für die Show anmeldet. Eine Reservierung wird erforderlich sein."

„Das erscheint mir sinnvoll", sagte Tio.

„Ich habe Ihre Show letztes Jahr in San Juan gesehen. Es war etwas ganz Besonderes. Die Shows hier an Bord sind nur fünfundvierzig Minuten lang." Terano zog das Programmheft für Dillons Show hervor und Dillon lächelte, als er es öffnete. „Sie könnten die erste Hälfte Ihrer Show für die Konzerte hier benutzen. Unsere Musiker können schnell lernen, was sie spielen müssen."

„In Ordnung", stimmte Dillon zu. „Wie genau wollen wir das angehen?"

14

„DAS HABT ihr großartig gemacht, Leute." Dillon stand auf der Bühne des Schiffstheaters. Die Türe waren alle abgeschlossen. Sie hatten das Set ein paar Mal durchgespielt und es funktionierte gut. Die Leute in der Schiffsband waren talentiert und konnten die Musik erstaunlich schnell spielen, berücksichtigte man die Tatsache, dass er erst in letzter Minute ins Programm gekommen war. Sie mussten nicht seine gesamte Konzertroutine für die 45-minütige Show lernen. Er drehte sich um, bedankte sich noch einmal bei jedem von ihnen und schüttelte ihre Hände.

„Wenn etwas schief geht ...", begann der Schlagzeuger.

„Dann ist das auch kein Beinbruch. Ich habe genug Liveshows gemacht, um mit fast allem umgehen zu können. Ich bin mir sicher, dass es euch auch so geht. Lasst uns morgen einfach Spaß haben. Wenn wir Spaß haben, hat ihn das Publikum auch." Er kletterte von der Bühne herunter.

Tio hatte für den ersten Teil der Probe hinten im Auditorium gesessen, aber war jetzt weg. Dillon ging davon aus, dass er sich gelangweilt und etwas Spannenderes gesucht hatte. Nicht, dass Dillon es ihm verübeln würde. Proben waren nicht gerade der glamouröseste Teil seines Lebens.

„Es wird wunderbar", sagte Terano, der sich der Bühne näherte. „Sie hören sich großartig an. Wir haben alle Zeitpläne des Schiffes aktualisiert, damit die Aufführungen draufstehen. Sie sind als besonderer Überraschungsgast angekündigt."

„Wann wird bekannt gegeben, dass ich es bin?"

Terano grinste. „Wir dachten, heute Abend: Es ist siebziger Jahre Nacht, und da veranstalten wir eine riesige Tanzparty auf der Promenade. Es wird Livemusik geben und wir haben Künstler, die sich verkleiden und die Menge unterhalten. Wir könnten Sie während der Show vorstellen."

Dillon hielt inne und Teranos Gesichtsausdruck veränderte sich. „Bekomme ich auch ein Kostüm?"

Terano lachte laut auf. „Um ehrlich zu sein, haben wir eins, das zu Ihnen passt. Wir beginnen mit einer Live-Performance und wechseln dann für den Tanzteil des Abends zu Musik vom Band."

Dillon tätschelte Teranos Schulter. „Ich hatte vor ein paar Jahren eine Version von *Last Dance* in einer meiner Shows."

Terano klatschte in die Hände. „Das wäre perfekt. Damit beenden wir oft den Live-Teil des Abends. Ich kann das Lied zum Ende schieben und dann spielen wir Ihre Version."

„So machen wir es", bestätigte Dillon, gerade als Tio den Gang herunterkam, um sich ihnen anzuschließen. Er sah fantastisch aus. Er trug ein eng anliegendes Shirt ohne Ärmel. Die Müdigkeit, die Dillon eben noch gespürt hatte, war mit einem Mal wie weggeblasen. Als er näherkam, erwiderte Tio sein Lächeln jedoch nicht.

„Was ist los?", fragte Dillon leise, wohlwissend, dass etwas nicht stimmte.

Tio schüttelte den Kopf. Er lächelte ein unecht wirkendes Lächeln. „Habt ihr alles vorbereitet?"

„Ja. Wir sind bereit. Ich muss vor dem Abend noch ein bisschen üben."

„Ich werde mal die Musik holen", sagte Terano, verabschiedete sich und ging die Treppe des Auditoriums hinauf.

„Ich denke, wir sollten zu unserer Kabine zurückkehren", sagte Tio ernst und sah sich um. Sie verließen das Auditorium. Dillon fragte sich, was das Problem war. Sobald sie in der Kabine waren, sagte Tio, er solle sich hinsetzen.

„Sag mir, was los ist."

„Leon ist weg", sagte Tio.

„Wie: *weg*?" Er legte eine Hand über seinen Mund. „Ist er tot?" Oh nein, sein letztes Gespräch mit ihm war nicht gut verlaufen, und nun …

„Nein. Leon lebt, soweit wir wissen." Tio setzte sich neben ihn. „Du weißt, dass Leon zwar deine Karriere gemanagt, aber eigentlich für L&M Professional Management gearbeitet hat."

„Ja."

„Nun ja, sie haben ihn gefeuert. Ich war gerade am Telefon mit Martin Larousse, und er erzählte, dass ihnen Unregelmäßigkeiten bei Leons Konten aufgefallen seien. Er hat von bestimmten Konten immer kleine Summen abgebucht und niemandem war aufgefallen, dass das Geld einfach verschwand. Martin ist wütend und hat eine unabhängige Prüfung angeordnet. Er hat Saul Ewing vorgeschlagen und ich denke, das ist eine gute Idee. Sie sind unabhängig und vertrauenswürdig."

Dillon fühlte, wie sein Mund trocken wurde. „Was ist mit all der Musik und den Sachen, die ich ihm geschickt habe? Er könnte versuchen, daraus Geld zu machen."

Tio lächelte, und plötzlich lösten sich einige der Knoten in Dillons Bauch. „Martin versicherte mir, dass sein Handy und Laptop ihnen gehören. Sie haben sich die Sachen zurückgeholt und er hat keinen Zugang mehr dazu. Martin wird vorerst übernehmen."

„Aber er ist beschäftigt und …" Dillon fragte sich, wie das alles funktionieren sollte. „Und was ist mit dem Geld? Was sollen wir tun?" Er stand auf und begann, auf- und abzugehen. „Leon hat sich immer um alles gekümmert. Ich muss bald ins Studio und danach steht eine monatelange Tour an."

Tio hielt ihn an und umarmte ihn. „Martin sagte, er werde sich den Rest der Zeit, in der du weg bist, nehmen und versuchen, einen Plan für deine Zukunft zu entwickeln. Du solltest ihn anrufen und mal mit ihm reden. Aber die Konten, von denen Leon gestohlen hat, sind L&M-Konten und nicht deine. Er hatte keinen Zugriff auf dein Geld. Dafür hatten wir gesorgt."

Dillon schloss die Augen. „Ich habe ihm vertraut und jahrelang auf seine Ratschläge gehört und in der ganzen Zeit hat er gestohlen. Was zum Teufel hat er noch alles angestellt?"

„Warum sprichst du nicht mit Martin? Er kann dich über die Details informieren. Ich habe versucht, Leon zu kontaktieren, wie ich versprochen hatte. Damit er dich in Ruhe lässt. Aber ich habe ihn einfach nicht erreicht und deshalb hab ich im Büro angerufen und alles rausgefunden."

„Also all diese Konzerte und Auftritte, zu denen er mich drängte …"

„Das war Leons Versuch, gegenüber der Firma gut dazustehen. Es hätte nicht funktioniert, aber Martin glaubt, dass das Leons Hoffnung war. Ich habe extra danach gefragt." Tio hielt ihn fest. Dillon zitterte, bevor er es schaffte, sich unter Kontrolle zu bringen. Es gab viele Dinge, mit denen er umgehen konnte, aber Veränderungen in seinem Leben, die er nicht kontrollieren konnte, gingen ihm unter die Haut. „Ich hoffe, es ist in Ordnung, dass ich mir angesehen habe, was los war."

„Du hast gesagt, du würdest für mich mit ihm reden. Aber ich hatte ja keine Ahnung, dass so etwas passieren würde." Manchmal wünschte er sich, sein Leben wäre einfach und er könnte einfach nur seine Lieder singen. Das war der Teil der Arbeit, der ihn glücklich machte. Auf der Bühne zu stehen, seine Musik und einen Teil von sich selbst mit dem Publikum zu teilen – das war es, was ihm wirklich Kraft gab.

Tio gab Dillon sein Handy. „Ruf Martin an. Er wartet auf deinen Anruf." Tio sah aus, als wolle er gehen.

„Wo gehst du hin?", fragte Dillon. „Du weißt genauso viel wie ich darüber, was vor sich geht." Er brauchte Tio jetzt und war erleichtert, als der sich aufs Sofa setzte. Dillon rief Martin an.

„Das alles tut mir leid", sagte Martin, sobald er ans Telefon ging. „Ich möchte dir versichern, dass wir alles in unser Macht Stehende tun werden, damit es so gut wie möglich weiterläuft."

„Danke. Aber hatte Leon schon irgendetwas für mich geplant? Hat er *irgendwas* geplant?"

Martin seufzte. „Nicht, soweit wir sehen können. Das Studio ist für dich gebucht. Das hatte das Büro erledigt. Aber eigentlich hätte Leon sich um deine Konzerte kümmern sollen, und das scheint er bisher nicht getan zu haben." Dillon hörte, wie Papiere bewegt wurden und jemand tippte. „Ich werde mir alles genau ansehen, aber mach dir keine Sorgen. Sobald du zurück bist, werden wir alles gemeinsam entscheiden."

„Das gefällt mir", sagte Dillon. „Ehrlich gesagt, bin ich müde von all den ständigen Reisen."

„Na gut. Es gibt so viel unorganisiertes Zeugs und E-Mails, dass ich einige Zeit brauchen werde, um es zu sichten, aber ich sehe hier Buchungen für Konzerte."

„Dann lass ich dir die Zeit, die Dinge durchzusehen, und wir können reden, wenn ich zurückkomme." Was für ein Chaos.

„Das ist gut. Versuch, dir keine Sorgen zu machen. Viele der Probleme betreffen eher unsere Seite und ich versuche, sie so gut und schnell wie möglich zu lösen. Was den Rest betrifft, war es unsere Schuld, dass wir nicht früher gemerkt haben, was passiert ist. Wir werden dafür geradestehen." Martin hielt inne und Dillon atmete tief durch, da er wusste, dass noch etwas anderes kommen würde. „Ich gehe davon aus, dass das alles an die Öffentlichkeit kommen wird. Ich bin mir nicht sicher, in welchem Ausmaß, aber wir werden versuchen, dass es sich in Grenzen hält. Wir werden eine Erklärung zu Leon und dem Wechsel im Management abgeben, um dem zuvorzukommen."

„Das ist gut. Und ich werde einfach sagen, dass ich mein Management-Team angepasst habe und wir bei den angekündigten Plänen bleiben", stimmte Dillon zu. „Eine gemeinsam abgegebene Erklärung sollte den Gerüchten zuvorkommen."

„Ganz deiner Meinung. Genieße den Rest deiner Reise. Den Rest klären wir, wenn du wieder da bist." Martin beendete den Anruf und Dillon atmete erleichtert auf, als er Tio das Telefon zurückgab.

„Wird es wieder?", fragte Tio.

Dillon zuckte mit den Schultern. „Ich habe keine Ahnung. Martin will etwas Zeit, um sich um alles zu kümmern. Ich weiß nicht, was er noch alles herausfinden wird. Es gibt viel durchzugehen, und obwohl er optimistisch ist, weiß ich nicht, wie realistisch diese Haltung ist. Es gibt viel für ihn zu tun. Wir werden sehen, was er mir sagen kann, wenn wir wieder zurück sind." Es gab nichts, was Dillon jetzt tun konnte, außer Martin seine Arbeit machen zu lassen und die Unterlagen von Leon durchzuarbeiten. Dann würden sie sehen, wie es weiterging.

„Verstehe."

„Ja. Zumindest hat er mein Geld nicht gestohlen, aber ich fürchte, Martin wird finanziellen Schaden erleiden. Zumindest hören jetzt die ganzen Anrufe auf." Das war definitiv eine Erleichterung. Die Anrufe hatten ihn angestrengt und die kreative Arbeit erschwert. Diese Reise und die Zeit, sich in Ruhe der Musik zu widmen, hatten geholfen. Das und Tio. Dillon fand viel Inspiration in Tio – in seiner Kraft, in der Hitze seines Körpers in der Nacht und in der Art, wie er Dillons Herz schneller schlagen ließ.

„Ich denke, das wird schon. Die Ursache für das Chaos ist weg und das heißt, dass du mehr Zeit haben wirst, dich den Sachen zu widmen, die du liebst."

„Vielleicht." Dillon war immer noch genervt, aber er beruhigte sich langsam. Martin musste sich um die Angelegenheiten kümmern und Dillon hatte sich schließlich verpflichtet, hier auf dem Schiff auszuhelfen.

„Hey. Du bist damit nicht allein. Ich werde dich das nicht allein durchstehen lassen – ich bin an deiner Seite. Jetzt *und* auch, wenn wir wieder an Land sind." Tio intensivierte seine Umarmung und hielt Dillon einfach nur fest, bis er sich wieder sicher fühlte. „Du bist die talentierteste Person, die ich kenne. Jemand anderen als Manager zu haben, wird dir guttun. Kann sein, dass Leon dein Talent früh erkannt hat, aber er hat in letzter Zeit seinen Job nicht gut gemacht, und das weißt du auch."

„Ja, weiß ich. Es ist nur so, dass jetzt eine sehr stressige Phase kommt." Er hob den Blick und streichelte über Tios Wange. „Aber ich habe schon wirklich gutes Material." Dillon verkrampfe sich und griff nach seinem Handy, um Martin eine Nachricht zu schicke. Leon hatte einem angeblichen Textschreiber schon Teile der neuen Musik geschickt. Martin sagte, er würde sich drum kümmern. Er war sich nicht sicher, was er tun würde, wenn das nicht klappen würde. Aber darum würde er sich zu Hause kümmern.

TIO GRINSTE. „Still halten. Ich muss ein Bild davon machen." Er hielt seine Kamera hoch.

„Wenn du das irgendwo postest, erzähle ich der ganzen Welt, dass deine Haare nicht echt sind." Dillon verdrehte die Augen. Er hätte sich etwas Besseres einfallen lassen sollen.

„Ich werde dich wissen lassen, dass mein Haar voll ist und ich niemals eine Glatze bekommen werde." Tio schüttelte den Kopf. „Aber das Bild ist nur für mich." Er machte ein Foto von Dillon in der engen Schlaghose und einem Hemd, das fast bis zu seinem Nabel offenstand. „Außerdem gibt es Dutzende von Frauen da draußen, die Fotos von deinem Hintern in dieser Hose machen werden."

Dillon stöhnte auf und schüttelte den Kopf. „Manchmal mach ich mir Sorgen um dich." Aber er musste Tio recht geben. Das Kostüm war verdammt eng. Er hoffte nur, dass die Hose nicht platzen und er der Welt seinen nackten Hintern zeigen würde.

„Bereit?", fragte Tio.

Dillon nickte.

Terano erschien, in einen weißen Anzug gekleidet. „Wir werden die Show jetzt beginnen. Meine Kollegin Leslie wird dich zur Promenade bringen." Tio folgte Leslie und Dillon schloss sich dem Rest der Entertainer an. Ein singendes Duo stand bereits auf der Brücke über der Promenade, die als Bühne fungierte. Sie beendeten ihre Darbietung und verließen die Brücke. Dann verteilte sich die Entertainer über die Brücke und die Treppe hinunter bis zur Tanzparty.

Die Musik war laut und Hunderte von Menschen begannen zu tanzen. Die Jungs aus dem Fitnessstudio hatten sich als die Village People verkleidet und sahen bei ihrem Tanz unglaublich heiß aus. Dillon beobachtete sie von der Tür aus. Tio kam gerade in sein Sichtfeld, als laut *YMCA* gespielt wurde, natürlich gefolgt von *In the Navy*. Immerhin waren sie auf einem Schiff.

„Wir möchten uns bei euch allen dafür bedanken, dass ihr an unserer 70er Tanzparty teilgenommen habt. Und exklusiv heute Abend haben wir einen besonderen Gast. Er ist mit uns an Bord gereist und wird in den nächsten zwei Tagen drei Shows spielen. Ich freue mich, euch mitteilen zu können, dass unser mysteriöser Künstler kein anderer ist als Dillon Fitzgerald. Er wird uns heute in den letzten Tanz führen." Terano deutete auf ihn und Dillon trat zur Mitte der Bühne und nahm das Mikrofon in die Hand.

Die Musik startete und Dillon begann, *Last Dance* zu singen. Er musste den Gesang etwas anpassen, da das Lied nicht ganz einfach für ihn war, aber er gab sein Bestes und lieferte eine starke Performance ab. Die Energie, die herrschte, war unglaublich und wurde während des Liedes nur noch intensiver. Alle tanzten und machten Fotos. Das Tollste war, dass Tio direkt vor ihm stand, ihn ansah und anlächelte. Er tanzte zwar nicht, aber war da und sah ihn an. Als Dillon am Ende des Songs die letzte Note traf und seine Stimme den Raum erfüllte, wurde die Menge wild und brach in Applaus aus, als die Musik verstummte. Er gab Terano das Mikrofon zurück und winkte der Menge zu, während sich die anderen Performer verbeugten.

Terano nahm seine Hand. „Ein besonderes Dankeschön an Dillon, dass er sich dazu bereit erklärt hat, für den Rest der Kreuzfahrt als unser Headliner zu fungieren. Bitte denkt daran, in der App oder an den Kiosken euren Platz für die Auftritte zu buchen. Viel Spaß noch bei der Reise!" Er verbeugte sich und dann eilten sie alle davon. Die Türen schlossen sich hinter ihnen und Terano entspannte sich etwas.

„Das war großartig, danke." Er führte sie hintenrum übers Schiff zum Garderobenbereich, wo Dillon sich umzog und dann zur Promenade hinaustrat. Dort wurde er sofort von Leuten bedrängt, die mit ihm reden oder seine Hand schütteln wollten.

Dillon redete, lächelte, hörte sich ihre Geschichten an, unterschrieb Zettel und lachte mit den Leuten. Glücklicherweise ließen sie bald von ihm ab, nachdem sie kurz mit ihm geredet hatten. Dillon stand neben Tio auf der sich schnell leerenden Promenade.

„Du siehst gleichzeitig aufgedreht und müde aus."

„Das bin ich, und ich habe zwei volle Tage vor mir", erklärte Dillon.

„Nun, zumindest müssen wir uns keine Sorgen um die Kosten an Bord machen. Als Dankeschön für deine Auftritte haben sie unserem Konto ein Guthaben von einigen tausend Dollar gutgeschrieben."

„Ich verstehe. Also können wir beide shoppen gehen?", fragte Dillon.

Tio verdrehte die Augen. „Mach du mal."

„Aber es gibt nichts, was ich brauche", sagte Dillon. „Ich trage keinen Schmuck und solche Dinge."

Tio beugte sich näher. „Dann wird das Guthaben wieder auf deine Kreditkarte übertragen."

Dillon nahm Tios Hand und zog ihn zum Juweliergeschäft. Dann ging er hinein. Es gab nichts, was er brauchte, aber Dillon sah, wie Tio einen bestimmten Ring ansah. In der Mitte saß ein Saphir, der das Licht perfekt einfing, und Dillon fand, dass er großartig aussah.

„Kauf dir etwas." Tio legte den Ring ab. „Schließlich bist du derjenige, der das Geld verdient hat."

Dillon seufzte und betrachtete den Ring erneut. Es war zu einem guten Preis im Angebot, also holte er seine Karte heraus und schob die kleine Tasche in seine Jackentasche.

Tio war schon raus- und in die Kneipe gegangen, wo er mit zwei Bieren an einem der Tische saß. Dillon schloss sich ihm an. „Ist eins davon für mich?"

Tio nickte. „Hast du etwas für dich gefunden?"

Dillon zuckte mit den Schultern. „Nicht wirklich." Er hatte einen Plan für den Ring in der Tasche und war nicht bereit, Tio davon zu erzählen. Stattdessen stieß er sanft gegen Tios Schulter, trank dann sein Bier und ließ das bittere Gebräu seine Kehle hinuntergleiten. Er brauchte immer etwas Zeit, um nach einem Auftritt zu entspannen.

„VERDAMMT!", RIEF Tio, als Dillon sich quasi auf ihn warf, sobald sie in ihrer Kabine waren. „Was soll das werden?"

Dillon schluckte und sah Tio so intensiv an, wie er konnte. „Ich hatte einen Tag, der direkt aus der Hölle kam. Der ganze Mist mit Leon und einem neuen Manager. Ich musste das wohl lächerlichste Kostüm der Menschheitsgeschichte anziehen und jetzt sind überall auf Facebook-Bilder von mir in diesen Klamotten." Er schob Tio zurück auf das Bett und legte seine Hände auf seine Hüften. „Ich bin müde und aufgedreht, und die ganze Zeit, als ich auf dieser Brücke stand, habe ich nur dich gesehen. Wie du da unten mitten in der Menge standest und mich angesehen hast."

„Natürlich habe ich das", sagte Tio und stützte sich auf seine Ellbogen. „Ich war in Ehrfurcht vor dir."

„Warum sträubst du dich dann, wenn ich dich in die Kabine ziehe und dich anspringe?"

Tio schnaubte. „Vor allem, weil das eigentlich mein Part ist. Ich bin noch nicht daran gewöhnt, das jemand anderem zu überlassen." Er lächelte, als Dillon näherkam.

„Ich verstehe. Nun, ich mag es, der zu sein, der springt. Ist das für dich ein Problem oder denkst du, du kannst dich daran gewöhnen? Nicht, dass ich was dagegen hätte, wenn du auch mal die Initiative ergreifen würdest." Er zwinkerte und Tio ließ sich aufs Bett fallen. „Was jetzt?"

„Nun, wenn du derjenige bist, der jemandem bespringt, dann leg mal los. Oder brauchst du eine formelle Einladung?" Tio zog seine Schuhe aus und Dillon stürzte sich auf das Bett. Zum Glück hielt das Bett das aus. Dillon zog an Tios Hemd und warf es beiseite. Er streichelte über Tios Brust und dann seinen Bauch hinunter, bevor er den Gürtel löste und ihn aus der Hose zog.

Das lange Stück Leder fiel auf den Boden und Dillon zog sein eigenes Shirt aus, bevor er sich an Tios Hose zu schaffen machte. „Was ist?", fragte Dillon, als Tio nur da lag.

„Weißt du, manchmal wäre es schön, wenn du dir Zeit nehmen würdest, anstatt mich so schnell wie möglich auszuziehen." Tio verschränkte die Arme vor der Brust und für den Bruchteil einer Sekunde glaubte Dillon, dass er es ernst meinte.

„Du bist so ein Idiot", sagte er trocken. Er rieb seine Hand über die harte Stelle in Tios Hose. „Du bist so angemacht, dass dein Schwanz es fast nicht erwarten kann, aus der Hose zu kommen." Er öffnete den obersten Knopf und dann die anderen. Es hatte etwas, die Knöpfe nach und nach zu öffnen, besonders weil Tio keine Unterhose trug. „Vielleicht lasse ich dich einfach so liegen."

„Du bist verdammt gemein, weißt du das?" Tio stöhnte auf, als Dillon die Hose herunterzog und ihn befreite. Er warf die Hose auf den Boden. Tio war ein herrlicher Anblick, so nackt und hart. Dillon hielt Tios Blick fest, als er seine Schuhe und Socken auszog. Dann drehte er sich um und zog sich die eigene Hose aus.

„Großer Gott", stöhnte Tio. Die Hitze im Raum stieg mit jeder Sekunde. „Willst du mich wirklich foltern?"

Dillon schaute über seine Schulter. Tios Augen waren groß und sein Mund hing offen. „Und du warst derjenige, der unsicher war, ob er Männer mag." Er bewegte seine Hüften und Tios Augen wanderten wie ein Metronom von einer Seite zur anderen.

„Das tu ich, das tu ich, das tu ich … Meine Güte, ich klinge wie der feige Löwe aus Oz.“

Dillon schrie auf, als Tio ihn packte und auf das Bett zog. Er lachte, als sich die letzten seiner Kleider dem Haufen auf dem Boden anschlossen.

Dillon liebte, wie Tio ihn festhielt. Er hatte gedacht, dass Tio im Bett eher der Rein-Raus-Typ wäre, aber er war sinnlich, fürsorglich und sanft. Dillon küsste ihn, und die Hitze zwischen ihnen intensivierte sich noch mehr. Tio wischte sich die Haare aus der Stirn. „Was willst du?“ Dillon hielt inne. „Das fragst du mich immer, um sicherzustellen, dass es nicht zu schnell vorbei ist. Aber vielleicht ist es an der Zeit, dass du zuerst dran kommst …“

„Hey, es geht nicht darum, wer was bekommt. Aber wenn du es wirklich wissen willst …“ Er kam näher. „Ich will einfach dich.“

„Nun, du hast mich“, flüsterte Tio. „Ich glaube nicht, dass ich für irgendwelche Hintern-Sachen bereit bin. Aber der Rest … kein Problem.“

Dillon legte seinen Kopf auf Tios Schulter. „Ich verstehe. *Hintern-Sachen …*“ Er verdrehte seine Augen. „Du bist der am meisten auf Hintern fokussierte Mann auf der ganzen Welt. Ich habe dich in dieser Ecke des Fitnessstudios mit den abgewinkelten Spiegeln gesehen, damit du dir da deinen Hintern ansehen kannst. Und wie oft hast du mich gebeten zu checken, ob dein Hintern in dieser verdammten Hose gut aussieht?“ Er packte Tios kräftigen Hintern und drückte leicht zu.

„Ja, ich weiß. Aber ich glaube nicht, dass ich bereit bin für … na ja. Du weißt schon.“ Er schluckte und Dillon nickte. Er verstand es und wollte ihn nicht drängen.

„Klar“, sagte Dillon zu ihm. „Es macht nur einfach Spaß, dir zuzuhören, wie du über *Hintern* sprichst.“ Er konnte nicht anders als zu kichern, bevor er sich beruhigte. Er streichelte Tio, bis dessen Atem immer schwerer wurde. Danach war das Reden nicht mehr notwendig. Sie fanden beide bessere Dinge, die sie mit ihren Lippen und ihren Mündern tun konnten. Es wurde von Minute zu Minute intensiver, und doch nahmen sie sich Zeit. Sie hatten keine Eile und erlebten im leichten Schaukeln des Schiffes eine ganz besondere Zeit miteinander.

„Tio“, flüsterte Dillon, als Tio ihn festhielt. Das Gefühl, das aufkam, als sie sich aneinander rieben, machte Dillon ganz verrückt. Er hatte das Gefühl, schon seit Stunden kurz davor zu sein. Er musste einfach bald kommen, denn er konnte fast nicht mehr atmen. Voller Begierde hielt er sich an Tio fest, als die Ekstase über ihm in Wellen hereinbrach, gefolgt von völliger Erschöpfung.

15

TIO TAT sein Bestes, damit sich Dillon etwas entspannen konnte, aber es wurde immer schwieriger. Die erste seiner Shows fand in einer Stunde statt. Dillon hatte sich bereits umgezogen und war bereit fürs Konzert, aber er war den ganzen Tag lang nervös gewesen. Offenbar hatte Dillons neuer Manager sich noch nicht gemeldet und Tio war sich nicht sicher, ob das ein gutes Zeichen war.

„Hör auf zu grübeln", sagte Tio so sanft wie möglich. „So schnell wird eh nichts passieren und Martin ist dabei, die Dinge zu organisieren und wieder unter Kontrolle zu bringen." Er wollte Leon erwürgen für das, was er Dillon angetan hatte, aber er war weg. Hoffentlich würde am Ende für Dillon ein besserer Manager rausspringen.

„Ich weiß", sagte Dillon.

„Schau: Du hast in einer Stunde eine Show, und ich werde die ganze Zeit bei dir sein. Entspann dich einfach und tu, was du am besten kannst. Mach dir um nichts und niemanden Sorgen." Wenn es hart auf hart kam, würde Tio sich an Martin festklemmen, damit alles so lief, wie es sollte, aber erst mal musste Dillon sich entspannen. So aufgeregt, wie er war, würde Dillon für die Show nicht genug Energie haben. Die meisten Zuschauer würden es wahrscheinlich nicht merken, aber Dillon schon. „Setz dich einfach mal eine Minute hin." Er führte Dillon zu einem Stuhl im winzigen Backstagebereich. Dann begann er, seine Schultern zu massieren.

Massieren gehörte nicht zu seinen Stärken, aber er tat sein Bestes, und langsam entspannte sich Dillon ein wenig. „Das tut gut", seufzte er. Im Zimmer war es ruhig und Dillon legte den Kopf gegen die Rückenlehne des Stuhls und schloss die Augen. Tio beugte sich vor und küsste ihn sanft, bevor er die Massage fortsetzte. Das war genau das, was Dillon seines Erachtens brauchte: Eine Chance, sich zu entspannen und seine Gedanken zu sammeln. Zumindest hoffte Tio das, denn das war alles, was er im Moment tun konnte, um ihn zu unterstützen.

„Entspann dich einfach. Du wirst eine großartige Show geben", flüsterte Tio ihm zu.

Die Tür öffnete sich und Terano trat in den viel zu kleinen Raum. „Alles ist vorbereitet und die Türen werden jetzt geöffnet. Das ganze Schiff ist richtig aufgeregt." Er schüttelte Dillons Hand. „Danke, dass du das für uns machst."

„Gern geschehen." Dillon lächelte und stand auf. „Gibt es vorne einen Sitzplatz für Tio?"

„Ja. Es gibt einen reservierten Platz in der dritten Reihe am Gang für ihn."

Tio nahm Dillons Hand und drückte sie. „Ich sollte jetzt gehen, bevor es ganz voll wird."

„Ja. Mach das."

Tio öffnete die Tür. „Ich sehe dich dann auf der Bühne."

Dillon verdrehte die Augen. „Nicht, wenn ich dich zuerst sehe."

Tio schloss die Tür und lächelte vor sich hin. Wenn Dillons Sinn für Humor zurückgekehrt war, dann würde schon alles gut gehen.

TIO FAND seinen Platz. Das Theater füllte sich schnell. Die Besatzungsmitglieder baten die Besucher, Platz zu nehmen, und bald wurden die Lichter gedimmt und Terano betrat die Bühne.

„Diese Show ist für uns alle etwas ganz Besonderes. Ich werde keine langen Reden schwingen, damit Sie mehr Zeit haben, den unglaublichen Gesang von Dillon Fitzgerald zu genießen." Der Applaus donnerte, als sich der Vorhang hob.

Dillon stand neben einem Hocker in der Mitte der Bühne. Die Musiker hinter ihm begannen sofort zu spielen, und Dillon sang sein bekanntestes Lied, *Forever*.

Tio hatte Dillon im Laufe der Jahre oft singen hören, aber das waren Shows gewesen, bei denen *Dillon, sein bester Freund* sang. Ihn heute Abend auf der Bühne zu sehen, fühlte sich für Tio anders an. Es war, als würde Dillon nur für ihn singen. Tio war sich ziemlich sicher, dass es für Dillon bei all der Bühnenbeleuchtung schwierig war, das Publikum richtig zu sehen, aber es schien trotzdem so, als würde er ihn direkt ansingen.

Tio hatte Gänsehaut, als das Lied endete.

„Ich liebe die alten Hits", sagte Dillon. Der Trompeter begann, *Greensleeves* zu spielen. „Das ist zwar nicht ganz so alt, aber Frank Sinatra war schon immer einer meiner Helden." Er sang *Strangers in the Night*. Tio fühlte sich zurückversetzt in ihre Kabine, die Tür verschlossen, der

Raum fast komplett abgedunkelt. In gewisser Weise hatten sie als Fremde angefangen, und jetzt … nun, die Nächte hatten all das geändert.

„Geht es Ihnen gut, junger Mann?", flüsterte die Dame neben ihm. „Ihre Hände zittern."

„Ja, danke", sagte Tio. Er begriff, wie sehr diese Kreuzfahrt und Dillon sein Leben verändert hatten. Er würde sich nie wieder so sehen können wie früher und das war gut so. Tio würde dank Dillon nie wieder einen Teil von dem verstecken, wer er war.

Der Rest der Show war im Nu rum. Tio sog alles in sich auf. Jedes Lied transportierte ihn an andere Orte und berührte seine Seele. Tio fragte sich, wie es wohl nach dieser Reise weitergehen würde. Er konnte sich nicht vorstellen, dass er sein Leben wie vorher fortführen würde. Tio schloss die Augen, als Dillon seine letzte Nummer sang. Das gesamte Publikum schien sich mit der Musik im Takt zu bewegen. Tio konnte nicht von Dillon wegsehen und das lag nicht nur an der schwarzen Hose und dem engen Hemd. Dillon schien ihn an den Händen zu halten, und Tio wollte nicht, dass er jemals losließ.

Als der Song zu Ende war, war das Publikum in Sekundenschnelle auf den Beinen. Dillon stand am Rande der Bühne und verbeugte sich, bevor er auf die Musiker zeigte. Er verbeugte sich noch einmal, als Terano zu ihm auf die Bühne kam. Er bedankte sich bei Dillon und wünschte dann allen einen wunderbaren Abend.

Tio stand auf und ließ die Leute in seiner Reihe an ihm vorbei, bevor er sich wieder hinsetzte und auf den Vorhang im leeren Theater starrte. Sich Zeit zum Nachdenken zu nehmen, war noch nie seine Stärke gewesen. Normalerweise entschied sich Tio sehr schnell und blieb dann dabei.

Jetzt war es anders, denn er war dabei, sich in Dillon zu verlieben. In seinen besten Freund. Er war noch nie der Typ gewesen, der sich Hals über Kopf in irgendwelche Dinge gestürzt hatte. Er war in den letzten Jahren mit einer Reihe von Frauen zusammen gewesen, und mit Ausnahme von Corey hatte er für niemanden gefühlt, was er für Dillon fühlte. Die Sache war: Dillon war ein Mann – und es war egal. Tio hatte sich verliebt.

Jetzt musste er nur noch herausfinden, was er damit anfangen sollte.

Dillon kam auf die Bühne und ging dann die Treppe zu Tio hinunter. „Warum bist du so aufgewühlt?"

Tio legte seine Arme um Dillons Taille. „Deinetwegen." Er hob den Blick. „Ich sitze hier und beobachte dich dabei, wie dir das ganze Publikum aus der Hand frisst. Sie waren verzaubert … vollkommen verzaubert … und ich auch." Er hielt Dillon noch fester.

„Und doch sitzt du hier in einem leeren Theater."

„Ich brauchte einen Moment zum Nachdenken."

Dillon lachte. „Ist es das, was du getan hast?" Er streichelte sanft über Tios Haar und löste bei ihm Gänsehaut aus. „Was beschäftigt dich so? Ich habe eine Nachricht von Martin erhalten: Er hat die Informationen für die bevorstehende Tour gefunden. Sie ist anscheinend nicht vollständig geplant, aber er arbeitet daran. Ich habe ihm gesagt, dass ich hier auf dem Schiff einspringe."

„Wie hat er reagiert?" Tio nahm an, dass Leon wahrscheinlich durchgedreht wäre.

„Er sagte, ich solle Spaß haben und mich amüsieren." Dillon wirkte so viel entspannter als noch vor ein paar Stunden.

„Hattest du schon einmal mit Martin zu tun?", fragte Tio.

Dillon zuckte mit den Schultern. „Nur ein paar Mal. All die Jahre war ich fast nur mit Leon in Kontakt. Er hat sich um nahezu alles gekümmert. Es gab deshalb keinen Grund, mit Martin in Kontakt zu treten. Aber ich denke, wir beide werden gut zusammenarbeiten." Er hielt inne. „Aber ich bin nicht hierhergekommen, um mit dir darüber zu reden. Ich will wissen, warum du so durcheinander bist."

„Ich weiß es nicht", gab er zu.

„Ich kann es mir schon vorstellen." Dillon ließ ihn los und setzte sich auf den Platz neben ihn, wobei er Tios Hand festhielt. „Ich hatte mein ganzes Leben Zeit, um herauszufinden, wer ich bin und wie ich mich selbst sehe. Und bei dir soll das alles innerhalb einer einzigen Woche passieren." Er drückte Tios Finger zwischen seinen. „Ich habe dir schon einmal gesagt, dass du immer noch dieselbe Person bist, und ich habe es ernst gemeint, aber vielleicht habe ich es etwas leichtfertig gesagt."

Tio drehte sich zu Dillon um. „Aber ich bin noch ich … glaube ich."

„Ja, natürlich bist du das. Ich kenne dich seit vielen Jahren und du wirst immer dieselbe Nervensäge sein, die mich zum Lachen bringt und so sieht, wie ich wirklich bin. Das wird sich niemals ändern. Aber was diese Woche zwischen uns passiert ist, wird die Art und Weise verändern, wie du dich selbst siehst und, so fürchte ich, wie andere Leute dich sehen werden." Dillons Stimme wurde ernster, als er fortfuhr. „Das heißt, wenn du willst, dass sie dich überhaupt so sehen."

Tio verengte seine Augen. „Was zum Teufel soll das heißen?"

„Dass du das nicht machen musst. Wenn du willst, können wir nach der Kreuzfahrt wieder so wie davor weitermachen. Ich werde niemandem etwas sagen und wir können einfach wieder Freunde sein." Die Anspannung in seiner Stimme verriet, dass, so sehr Dillon auch glauben mochte, was er sagte, die Dinge nie wieder so werden würden, wie sie gewesen waren. Egal, was er behauptete. „Du und ich hatten dann eine wunderbare Zeit zusammen. Eine Urlaubsromanze … eine Affäre … wie immer du es nennen willst. Und sobald wir vom Schiff gehen, vergessen wir, was zwischen uns war. Gemäß dem Motto: Was auf dem Schiff passiert, bleibt auf dem Schiff."

Tio sah sich im Raum um. „Ist es das, was du willst?" Manchmal fühlte es sich an, als würde sich der Boden unter seinen Füßen auftun und ihn verschlucken.

Dillon erwiderte seinen Blick. „Was ich will, spielt keine Rolle. Hier geht es darum, was *du* willst." Er atmete tief ein. „Ich weiß, was ich will … Verdammt, Tio, ich habe schon eine ganze Weile Gefühle für dich, aber ich habe es dir nie gesagt. Ich dachte, du würdest nicht in der Lage sein, damit umzugehen. Und wir waren Freunde. Ich wollte das nicht vermasseln, und das will ich immer noch nicht."

„Bullshit. Hier geht es nicht nur um mich. Wenn es so wäre, dann wäre alles einfach. Dann würde ich nach Hause gehen und meinem Vater sagen, dass ich jemanden gefunden habe, den ich mag, und dass ich sehen will, wohin es führt. Er und ich würden dann zusammen Abend essen, vielleicht ein paar Biere trinken, und alles wäre gut. Aber all das wird nicht passieren. Es kann sein, dass mein Vater es hinnehmen wird. Aber wenn, dann nur, weil er nicht noch mehr Aufmerksamkeit auf den Fakt werfen will, dass sein Sohn Männer mag. Und das ist alles, was ihn interessieren wird."

„Darum geht es mir", sagte Dillon.

„Nein, du verstehst nicht. Mein Vater wird mich nicht in Ruhe lassen, wenn ich nach Hause komme und so tue, als wäre nichts passiert. Er wird mich unter Druck setzen zu heiraten, weil er weiß, dass du und ich mehr als nur Freunde sind. Er wird mich die ganze Zeit beobachten." Tio seufzte. „Ich kann diesen ganzen Scheiß nicht mitmachen."

Dillon nickte. „Dann habe ich damit wohl deine Antwort. Ich verstehe, dass du tun musst, was du tun musst." Er ließ Tios Hand los, aber Tio griff wieder nach ihr.

„Du verstehst nichts! Egal, was ich tue, mein Leben hat sich so oder so verändert, und das liegt an dir." Tio beugte sich näher. „Ich *kann* nicht mehr so weitermachen wie früher. Alles, was ich tun kann – alles, was wir tun können –, ist weiter zusammensein."

„Und du bist sicher, dass du das willst?", fragte Dillon leise.

„Wenn es auch das ist, was du willst", konterte Tio. Dieses Hin und Her begann, ihm Kopfschmerzen zu bereiten. Glücklicherweise beugte sich Dillon über die Armlehne zwischen ihnen und küsste ihn. Er fuhr seine Finger durch Tios Haar und intensivierte den Kuss. „Ich nehme an, das ist jetzt deine Antwort."

Dillon verdrehte die Augen. „Du hattest meine Antwort bereits jedes Mal, wenn wir in der letzten Woche miteinander geschlafen haben. Ich habe nur darauf gewartet, dass du deine Entscheidung triffst." Er schüttelte den Kopf. „Okay, von jetzt an reden wir über die Dinge. In Ordnung? Wir machen uns nicht nur einfach Sorgen und grübeln, was der andere vielleicht oder vielleicht auch nicht will. Wir werden einfach darüber reden. Was auch immer wir zu sagen haben, ist in Ordnung. Wir mögen uns und wollen uns nicht verletzen."

„Entschuldigung." Ein Besatzungsmitglied kam den Gang herunter und hielt an, als er Dillon erkannte. „Es tut mir leid, ich hatte nicht gesehen, dass Sie es sind, Mr. Fitzgerald. Aber wir räumen gerade für die nächste Vorstellung um."

„Kein Problem. Tio und ich wollten gerade gehen."

„Als klar wurde, dass du diese Shows gibst, habe ich uns einen Platz im Steakhaus reserviert. Terano konnte uns einen Tisch besorgen." Es schien, dass Terano fast alles tun würde, um Dillon bei Laune zu halten, inklusive der kurzfristigen Beschaffung eines Tisches in einem ausgebuchten Restaurant. „Da ist es weniger überfüllt und ruhiger als im Speisesaal."

„Klasse", stimmte Dillon zu. Tio führte ihn aus dem Theater hoch zum obersten Deck, wo er der Mitarbeiterin im Restaurant seinen Namen nannte.

„Terano hat die Buchung für uns getätigt", sagte Tio, als sie Schwierigkeiten zu haben schien, sie zu finden.

„Hier ist es", sagte sie und führte sie an den Tisch, wo sich ihr Kellner sofort um sie kümmerte.

Dillons nächste Show fand in zwei Stunden statt und sie hatten ein gutes, gemütliches Abendessen, beide ohne Nachtisch. Die anderen Gäste schauten hinüber und einige kamen sogar an den Tisch, um Dillon zu sagen, wie sehr sie seine Show genossen hatten. Dann kehrten sie zu ihren Tischen zurück.

„Musst du dich für deine Show umziehen?", fragte Tio. Die braune Hose und das blaue Hemd, die Dillon trug, waren sicher nicht seine Performance-Kleidung.

„Ich habe meine Kleidung in der Umkleidekabine gelassen. Umziehen dauert nur ein paar Minuten. Ich habe morgen noch eine weitere Show, und dann sind wir übermorgen wieder in Ft. Lauderdale." Dillon seufzte. „Es wird seltsam sein, ins echte Leben zurückzukehren."

„Ja. Seltsam und total anders." Tio legte seine Hand auf Dillons. Ein paar Typen am Nachbartisch lächelten sie an und hoben die Gläser. Sie hielten sich auch am Tisch an den Händen. Tio nickte ihnen zu und richtete seine Aufmerksamkeit wieder auf Dillon. „Was bedeutet das?"

„Ein Zeichen der Solidarität", sagte Dillon leise. „Das ist eine gute Sache." Er seufzte. „Schau, mit einem anderen Mann zusammen zu sein, hat seine Tücken. Die Leute werden dich anders ansehen, aber ab und zu wirst du Leute treffen, die dich positiv überraschen." Er beugte sich über den Tisch. „Und du wirst auf jeden Fall wissen, wer deine wahren Freunde sind, denn die, die nur so tun, als ob, werden sich rar machen."

„Wahrscheinlich." Tio lehnte sich zurück. Er war es gewohnt, ein gewisses Maß an Aufmerksamkeit zu erregen. Er würde sich einfach an alles gewöhnen müssen.

„Ihr seht so süß zusammen aus", sagte eine Dame im Rentenalter, als sie mit ihrem Mann an ihrem Tisch vorbeikam. „Wir haben Reservierungen für deine Show morgen und ich freue mich sehr darauf." Sie lächelte sie an, dann nahm ihr Mann ihren Arm und sie verließen das Restaurant.

„Passiert so etwas oft?", fragte Tio.

„Ja. Ich kann seit mindestens drei Jahren kein ruhiges Abendessen in einem Restaurant mehr genießen, ohne unterbrochen zu werden. Aber das ist schon in Ordnung. Die meisten Menschen sind freundlich. Sie sagen etwas Nettes zu mir und dann gehen sie wieder."

„Sollen wir auch gehen?", fragte Tio. Vielleicht könnten sie noch eine ruhige halbe Stunde in ihrer Kabine verbringen, bevor Dillon zu seiner Show zurückkehren musste. Dillon nickte und beide standen auf und bedankten sich bei ihrem Kellner. Als sie das Restaurant verließen, sagte ein Mann am Tisch neben der Tür im Vorbeigehen etwas zu Dillon.

Dillon ging weiter und tat so, als habe er nichts gehört. Aber Tio hatte es ganz sicher gehört. Er verspannte sich und war kurz davor, dem Typen eine reinzuhauen. Aber Dillon ging weiter. Tio sah den Mann böse an und ging ebenfalls zum Aufzug.

Tio drückte den Aufzugknopf und trat einen Schritt zurück.

„Warum siehst du den Aufzug so böse an? So kommt er auch nicht schneller." Dillon wandte sich zu Tio. „Ja, ich habe gehört, was dieses Arschloch gesagt hat, aber ich wollte ihm nicht die Befriedigung geben, darauf zu reagieren. Er ist ein Idiot. Die Welt ist voller Idioten."

„Ich wollte ihm den Rest seiner Zähne ausschlagen", sagte Tio und seine Hand zitterte.

„Es war nicht das erste Mal und es wird nicht das letzte Mal sein. Diese Bezeichnungen gibt es schon lange und sie werden nicht verschwinden, so sehr wir uns das wünschen. Denke immer daran, dass wir besser sind als solche Leute." Die Aufzugtüren gingen auf und die beiden stiegen in einen fast vollen Aufzug, der nach unten fuhr.

Sie sahen in die lächelnden Gesichter von Claudia und Jack und Tio tat sein Bestes, um seine Wut runterzuschlucken. „Habt ihr Plätze für Dillons Show bekommen?", fragte er.

„Wir haben gerade das Abendessen beendet und gehen jetzt in den Theatersaal", sagte Jack.

Eigentlich hatten sie vorgehabt, in ihre Kabine zu gehen, aber sie blieben im Aufzug und fuhren bis zum Theater mit. Dillon führte Claudia und Jack zu einem der Platzanweiser. „Kannst du bitte dafür sorgen, dass sie vorne Sitze bekommen? Sie sind meine Ehrengäste. Ich werde in die Garderobe gehen, um mich vorzubereiten."

„Bist du sicher? Es ist noch recht früh", sagte Tio.

„Sucht euch gute Plätze. Ich verspreche, die Füße hochzulegen, bis ich auf der Bühne gebraucht werde." Er drückte Tios Hand und eilte dann in einen der Durchgänge für die Besatzung.

„Lass uns unsere Plätze suchen", sagte Tio und ging mit Claudia und Jack direkt nach vorne. Wieder saß er am Gang, aber diesmal war es auf der anderen Seite des Saals. Claudia ging zur Damentoilette. Sekunden später lief Carole den Gang entlang.

„Ist dieser Platz besetzt?", fragte sie lächelnd und deutete auf den leeren Sitz, bevor sie sich unaufgefordert hinsetzte.

„Da sitzt schon jemand", antwortete Tio. „Du musst aufstehen." Er sah sie wütend an. Carole musste endlich begreifen, dass zwischen ihnen nichts mehr war.

Ihr Lächeln schwankte nicht, als sie sich ihm näherte. „Ich habe dich geliebt, weißt du", sagte sie, während sie immer noch ihr wahnsinniges Lächeln beibehielt. „Das sollte *meine* Kreuzfahrt sein, und du hast stattdessen *ihn* mitgenommen. Und glaube nicht, dass ich nicht weiß, was los ist. Du bist seit Tagen im siebten Himmel und das heißt, dass ihr es miteinander treibt." Sie zog sich leicht zurück, ihre Augen waren kalt.

„Was interessiert dich das? Du warst mit jemand anderem zusammen, während wir zusammen waren. Ich war dir nie wichtig, nur mein Geld." Tio verstand nicht, was sie sich hiervon versprach.

Sie nahm Tios Arm und hielt ihn fest. „Du hättest viel für mich tun können, und ich habe darauf gezählt, dass du mich noch eine Weile unterhältst."

Tio zog seinen Arm weg und stand auf, um von ihr wegzukommen. „Und du denkst, du hast ein Anrecht darauf? Das hast du nicht. Jetzt steh auf. Claudia wird gleich zurückkommen und das ist ihr Platz. Wir werden uns Dillons Show ansehen, und ich hoffe, ich sehe dich nie wieder." Er war bereit, sie aus dem Sitz zu ziehen, aber Carole stand auf und ging, als Claudia zurückkam.

„All diese Mühe umsonst", sagte Carole zum Abschied und starrte ihn an, bevor sie den Gang entlang ging.

Tio wartete, bis Claudia saß, und eilte dann aus dem Theater, bis er Carole oben auf der Treppe erwischte. „Was meintest du damit?", fragte er sie in scharfem Flüsterton. „Welche Mühe?"

Er ergriff ihren Arm und Carole wirbelte herum. Ihr Blick wurde noch kälter und Tio wich zurück, als sich die Puzzleteile in seinem Kopf zusammenfügten.

„Was hast du getan?", wollte er wissen.

Zuerst dachte er, sie würde ihm nicht antworten, aber dann beugte sie sich vor. „Sagen wir einfach, ich hatte gehofft, ein wenig Zeit zu bekommen, in der dein Freund beschäftigt sein würde." Sie warf einen Blick auf die Bühne und trat dann aus dem Theatersaal.

Tio starrte ihr nach und fragte sich, was Carole getan haben könnte und wozu sie fähig war. Vielleicht war sie verrückter, als er dachte. Er zitterte, als er sah, wie sie in der Menge verschwand. Dann ging er zurück ins Theater und setzte sich. Er wollte nicht mehr an sie denken und sich den Abend durch sie nicht ruinieren lassen.

„Hast du die erste Show gesehen?", fragte Claudia. „Wir hätten gerne, aber es war schon ausgebucht und wir durften nur zu einem der Konzerte. Dillon auf der Bühne zu sehen, ist es wert, das Abendessen zu verpassen."

„Seine Liveshows sind wirklich großartig. Ich habe ihn schon mehrmals auftreten sehen und es ist immer etwas Besonderes." Tio lehnte sich zurück. Die Show würde erst in 45 Minuten starten, aber der Saal begann schon, sich zu füllen. An der Bar standen zehn Leute an, aber Tio stand trotzdem auf und holte drei Bier.

„Das ist sehr nett von dir", sagte Claudia, als er jedem von ihnen ein Bier reichte, bevor er sich wieder setzte. „Wie läuft es zwischen euch?"

Tio nippte an seinem Glas. „Ich glaube gut. Oder wird es zumindest." Er hielt sein Glas mit beiden Händen fest. „Mir war vorher nie klar, was für einen Mist er immer ertragen muss." Tio schluckte. Wenn ihn jemand vor zwei Wochen gefragt hätte, ob er sich jemals mit Dillon in diese Situation sehen würde, hätte er ihnen ins Gesicht gelacht.

„Und nun?", wollte Claudia wissen.

„Sei nicht so neugierig", tadelte Jack sie.

„Nein, schon gut." Er drehte sich in seinem Sitz um. „Hast du eine Ahnung, wie es sich anfühlt, Jahre damit zu verbringen, nach diesem einen ganz besonderen Menschen zu suchen, und dann herauszufinden, dass er die ganze Zeit direkt vor deiner Nase war?"

Claudia lachte. „Das kenn ich." Sie nahm Jacks Hand. „Aber es ist noch nicht zu spät. Ihr habt jetzt eure Chance."

Tio nickte und dachte darüber nach, wie nahe er daran gewesen war, Corey zu heiraten. Das wäre ein Fehler gewesen, das konnte er jetzt sehen. Keine seiner früheren Beziehungen hatte eine Chance gehabt, weil er nicht ehrlich zu sich selbst gewesen war. Einen Teil davon zu verbergen, wer er war, bedeutete, dass er sich selbst und sie belogen hatte. Dillon konnte er ehrlich sagen, wer er war und was er wollte.

„Du machst dir immer noch Sorgen wegen irgendetwas?"

Tio nickte, aber er war nicht bereit, darüber zu sprechen. Es gingen ihm zu viele Fragen durch den Kopf, und er musste die Antworten selbst finden.

„Es gibt nichts, was so schwierig ist, um so ein Gesicht zu ziehen." Sie stieß sanft gegen seine Schulter.

„Ich wünschte, dem wäre so." Tio zwang sich trotzdem, etwas zu entspannen.

„Es stimmt. Hör mal, existenzielle Fragen lassen sich immer nur mit der Zeit beantworten. Die Antworten werden dir nicht einfach so einfallen. Aber wenn du Dillon liebst, dann werdet ihr euch gegenseitig unterstützen und die Antworten zusammenfinden. Oh, und noch ein Stück Weisheit von dieser alten Dame: Mach dir keine Sorgen wegen etwas, was noch nicht passiert ist." Sie lächelte, und Tio fragte sich, wieso sie zu verstehen schien, was er durchmachte.

„Aber –"

Claudia seufzte. „Bis jetzt warst du nur mit Frauen zusammen, oder?"

Er nickte. „Das stimmt, aber ich wusste immer, dass ich auch Männer mag."

„Und jetzt siehst du Dillon auf eine ganz neue Art und Weise und ihr beide begebt euch auf eine ganz andere Art von Reise." Sie nippte an ihrem Bier und stellte das Glas in die Halterung zwischen ihnen. „Man muss kein Genie sein, um zu verstehen, was dich beschäftigt." Wieder dieser wissende Blick.

„Jack, weiß sie auch immer, was in deinem Kopf vor sich geht?", fragte Tio. „Es ist irgendwie beängstigend."

„Ich habe mich daran gewöhnt, überhaupt keine Geheimnisse zu haben", sagte Jack mit einem liebevollen Lächeln. „Claudia, lass Tio in Ruhe und hör auf, *der Mentalist* zu spielen. Du machst Tio noch Angst."

Tio zuckte mit den Schultern. „Sie kann ruhig sagen, was sie sagen will. Ich habe das Gefühl, dass sie das sowieso tun wird."

„Kluger Mann", sagte Jack.

„Wie auch immer, wie ich schon sagte, du warst bisher immer nur mit Frauen zusammen, und jetzt hast du Gefühle für Dillon, aber du machst dir wahrscheinlich Sorgen, was passiert, wenn du wieder mit einer Frau zusammen sein willst." Sie traf den Nagel auf den Kopf und Tio war sprachlos. „Auf den Punkt genau", fügte sie hinzu.

„Na ja, also …" Er fragte sich immer wieder, was passieren würde, wenn er und Dillon zusammenblieben und dann etwas in ihm wieder mit einer Frau zusammen sein wollte. Was würde das für Dillon bedeuten? Gerade als er die *Mentalistin* um Rat fragen wollte, gingen die Lichter aus und der Kreuzfahrtdirektor hielt seine kurze Rede und stellte Dillon vor. Dillon trat auf die Bühne und begann sofort zu singen, genau wie in der vorherigen Show.

„Wisst ihr", begann Dillon nach Beendigung des ersten Liedes, „es gibt Zeiten, in denen wir alle unseren eigenen Weg gehen müssen. Das habe ich in der letzten Woche gelernt." Tio spürte Dillons Blick auf sich. Er schien durch die Lichter zu schneiden. „Das ist eine neue Nummer für mich und eine, die ich gerade heute mit den Jungs ausgearbeitet habe. In der Show vorhin habe ich sie noch nicht gespielt. Heute Abend ist jemand Besonderes im Publikum, und dieser Song ist ihm gewidmet." Dillon drehte sich um und winkte der Band zu. Er zählte ein, bevor sie anfingen zu spielen.

Make your own kind of music. Sing your own special song... Er sang das Lied von Mama Cass in einer tieferen Tonlage. Die Melodie erfüllte den ganzen Saal und zielte dann direkt in Tios Herz wie ein Pfeil.

Tränen traten in Tios Augen, aber er wagte nicht, sie wegzuwischen – sonst würden alle um ihn herum wissen, was vor sich ging. Aber dieses Lied war für ihn. Die Worte und die Musik schienen wie eine Landkarte all seiner Sorgen, als wären sie eine Art Wald und das Lied zeigte ihm den sicheren Weg hindurch.

Claudia tätschelte seine Hand. Tio hatte seinen Blick unablässig auf Dillon gerichtet und wagte es nicht wegzuschauen. Als das Lied endete, war der Applaus ohrenbetäubend. Dillon musste diese Nummer und das Arrangement unbedingt auf sein nächstes Album packen. Es war so perfekt, besonders die Art und Weise, wie es Tios Probleme aufzeigte und ihm Lösungen anbot.

Dillon verbeugte sich und kehrte dann zu dem Repertoire zurück, das er für die vorherige Show verwendet hatte. Aber dieses Konzert war anders. Beim letzten Konzert hatte Tio Dillon beim Singen zugesehen – in dieser Show sang Dillon direkt für ihn. Es spielte keine Rolle, dass tausend andere Leute im Theatersaal waren. Jedes Lied war nur für ihn. Die Zeit verflog wie im Flug, und schon verabschiedete sich Dillon und wünschte allen eine wundervolle Restzeit auf der Kreuzfahrt. Er verbeugte sich ein letztes Mal und verließ dann die Bühne.

Etwas in Tio hatte sich geändert und er wusste, dass er nie mehr derselbe sein würde. Seine Welt hatte sich verändert, die Achse seines Lebens hatte sich verschoben und würde nie mehr an seinen Ursprungsort zurückkehren. Und das Erstaunlichste war, dass Tio völlig ok damit war. Er war bereit, in eine andere Richtung zu gehen, solange Dillon den gleichen Weg mit ihm ging.

„Alles in Ordnung?", fragte Claudia. „Er weiß wirklich, wie man das Herz berührt."

Tio nickte. „Ich glaube, ich habe meine Antwort gefunden."

Claudia klopfte ihm auf die Schulter. „Folge einfach deinem Herzen. Es wird dich nie falsch lenken." Sie stand auf, Jack nahm ihren Arm und sie gingen den Gang hinauf. Auch Tio erhob sich, seine Beine wackelig wie die eines neugeborenen Fohlens. Er machte ein paar Schritte und schaffte es aus dem Saal. Er hatte zugesagt, Dillon in der Kneipe auf einen Drink zu treffen, damit dieser sich nach der Show entspannen konnte.

Er besorgte sich einen Tisch, bestellte zwei Biere und hielt Ausschau nach Dillon. Dieser trug nun Shorts und T-Shirt und sah vollkommen anders aus als eben auf der Bühne. Auch jetzt konnte Tio seine Augen nicht eine Sekunde von ihm abwenden.

„Wie fandest du es?", fragte Dillon, als er sich hinsetzte. Er klang aufgeregt. „Mochtest du es?"

Tio war so gerührt, dass ein einziges Wort wahrscheinlich genügen würde, um zu verraten, wie er sich fühlte. Er nickte und lächelte. Er trank einen Schluck Bier und drückte Dillons Hand unter dem Tisch. „Woher wusstest du …?", schaffte er schließlich zu fragen.

Dillon erwiderte seinen Händedruck. „Das ist eine Reise, die wir alle machen müssen, ich auch. Du weißt, dass es mit meinem Familienleben kein Zuckerschlecken war. Nachdem ich herausgefunden hatte, dass ich Jungs mochte, musste ich mich entscheiden, ob ich es verstecken oder dazu stehen wollte. Ich habe gelernt, meinen eigenen Weg zu gehen, mein eigenes Lied zu singen. Jenes, das mein Herz mir zugeflüstert hat." Er beugte sich näher. „Und am Ende hat mich dieses Lied zu dir geführt."

Tio blinzelte, als die Welt vor seinen Augen verschwamm. Er wusste, dass Dillon recht hatte, und alles, was er tun musste, war, die Melodie in sich aufzunehmen und nach ihr zu tanzen.

16

IN TIO hatte sich etwas radikal verändert – das merkte Dillon. Er schien sich zwar nicht mehr quälen, wirkte aber irgendwie neben der Spur. Dillon machte sich Sorgen, weil Tio so still war. Er war selten still, besonders nicht, wenn jemand da war, mit dem er reden konnte.

„Möchtest du austrinken und ins Casino gehen?", fragte Dillon. Vielleicht würde es ihm helfen, an seiner Routine festzuhalten.

„Nein, danke", antwortete Tio mit rauer Stimme.

Dillon nippte an dem Bier, das Tio für ihn bestellt hatte. Sein rechtes Bein wippte auf und ab und er lehnte sich zurück. Er tat sein Bestes, um die Welle der After-Show-Energie durch sich durch fließen zu lassen.

„Deine Show war etwas Besonderes. Und dieses Lied …" Endlich sprach Tio wieder.

„Ich habe das Lied schon immer geliebt und heute habe ich einen Weg gefunden, wie ich es singen kann." Er hielt Tios Hand fest.

„Es hat mich sehr berührt", gab Tio zu.

„Das merke ich." Dillon trank einen weiteren Schluck, als Tio sich ihm zuwandte, seine Augen so intensiv wie eh und je. „Das ist eine gute Sache. Musik, die einen berührt, ist eines dieser Geschenke, für das ich jeden Tag dankbar bin. Wenn ich dich mit meiner Musik berühren konnte, dann freue ich mich." Nach Tios Reaktion zu urteilen, war es mehr als das, aber wenn er nicht bereit war, das zuzugeben, dann würde Dillon ihn nicht unter Druck setzen.

„Ich fühlte mich wie ein Idiot", sagte Tio.

„Warum?"

„Weil ich so dumm war." Er seufzte. „Ich hatte Angst, dass ich vielleicht wieder mit Frauen zusammen sein wollen würde. Du bist der erste Mann, an dem ich interessiert bin, und was wäre, wenn ich wieder Frauen haben will? Was würde dann aus dir? Was würde dir das antun?" Tio wirkte so ernst.

„Du weißt, dass das nicht so funktioniert, oder? Die Menschen, die dir wichtig sind, leben in deinem Herzen. Du trägst sie dort und der Rest von dir folgt dem Herzen." Dillon legte seine Hand mittig auf Tios Brust.

„Natürlich wirst du irgendwelche Frauen attraktiv finden – genau, wie ich andere Männer attraktiv finden werde. Keiner von uns wird aufhören, Leute anzusehen. Aber ich springe nicht mit jedem heißen Kerl ins Bett, nur weil er einen Hintern hat, mit dem man Walnüsse knacken könnte – weil ich jemanden habe, der mir wichtiger ist als so was. Und klar, du wirst dir irgendwelche Frauen ansehen, wie die da drüben mit den ewig langen Beinen. Ich habe gesehen, dass du sie angesehen hast … und dann hast du dich wieder auf mich konzentriert."

„Aber was ist, wenn sich das ändert?", fragte Tio.

„Dann sagst du es mir und wir reden darüber." Dillon verdrehte die Augen, denn das war wohl das Dümmste, was er je gehört hatte. „So wie ich mit dir reden würde, wenn mich etwas stört." Er zuckte mit den Schultern. Manchmal waren die Antworten auf die schwierigsten Fragen die einfachsten.

„Okay. Aber was passiert, wenn …" Tio schien die Luft auszugehen.

„Sagen wir einfach, wenn du plötzlich den Drang verspürst, dann nehme ich dich bei der Hand …", Dillon stand auf und zog Tio auf die Füße, „führe dich ins Bett …", er trat näher, „und erinnere dich immer wieder daran, warum du zu mir gehörst." Er ließ Tios Hand los. Er warf ihm einen Blick zu, bevor er sich umdrehte und die Promenade hinunter zu den Aufzügen ging. Als sich die Türen öffneten, trat er ein. Tio stand direkt hinter ihm.

Sie schafften es kaum zur Kabine, bevor Dillon Tio gegen die Tür drückte und ihn tief und innig küsste. Tio drückte ihn im Gegenzug fest an sich und Dillon führte ihn zu dem Bett, das sie gemeinsam benutzt hatten.

Diesmal gab es weder Verführung noch Vorgeplänkel. Dillon zog erst Tio und dann sich selbst aus. Es war zweckorientiert und er wollte Tio keine Chance geben, zu atmen oder zu denken. Er sollte nur fühlen, das war's. „Dreh dich um", sagte er leise. Er ließ sich zwischen Tios Beinen nieder und massierte seine Oberschenkel.

Er berührte Tios Hoden und sah, wie sich seine Hüften hoben. Dillon rieb sich mit einer Hand den Penis und glitt mit der anderen Hand über Tios beeindruckenden Hintern. Er neckte, streichelte und machte Tio wahnsinnig, sodass der nur noch wimmern konnte. „Ich bin gleich zurück", flüsterte Dillon, eilte ins Badezimmer und schaute in seinem Etui nach, bis er einen kleinen Behälter mit Lotion fand. Er kehrte zurück und brachte Tio wieder in einen Zustand der Erregung, in dem Tio seine Finger in die Bettwäsche krallte und leise stöhnte.

Er liebte diesen sanften Laut voller Verlangen und die Tatsache, dass er dafür verantwortlich war. „Gefällt dir das?" Dillon fuhr mit der Seite seiner Hand zwischen Tios Backen und drückte sanft gegen sein Loch. Tio erzitterte und das war Antwort genug. Trotzdem wollte Dillon ihn nicht drängen und war vorsichtig, bis Tio sich ihm entgegen drückte. Dillon schob sanft einen Finger hinein. Ihm kam Druck und ein tiefes Stöhnen entgegen. „Du musst es klar sagen."

„Fuck…", sagte Tio.

„Ist es das, was du willst?", fragte Dillon und beugte sich näher am Tio, damit er seine Stimme senken konnte. „Erinnerst du dich an die erste Nacht, als du fordernd wurdest? Ich habe dir gesagt, dass ich der Aktive sein würde. Bist Du dazu bereit?"

„Dillon", stöhnte Tio.

„Du musst mir sagen, was du willst." Er zog seine Hände zurück. „Sag's ganz eindeutig. Ich kann deine Gedanken nicht lesen, und ich will dir nicht wehtun oder dich zu etwas drängen, für das du nicht bereit bist."

„Oh, Mann. Ja … ich will es", sagte Tio. Dillon ließ langsam einen Finger in ihn gleiten. Er küsste Tios Hals und dann seinen Mund, als Tio seinen Kopf drehte.

„Ich will es auch." Er streichelte über Tios Rücken, nahm seine enge Hitze auf, öffnete und lockerte ihn, einfach nur das, in aller Ruhe. Dillon wollte, dass es sich gut für Tio anfühlte, und dafür musste er sich alle Zeit der Welt nehmen. Es würde sich nicht beeilen, egal, wie sehr sein eigener Körper es wollte. Sein Instinkt sagte ihm, er solle sich einfach nehmen, was er wollte, aber Tio verdiente mehr als das. „Ich möchte, dass du jede Sekunde, in der wir zusammen sind, genießt, und ich möchte, dass Du den Verstand verlierst."

„Das wird passieren", flüsterte Tio mit rauer Stimme. Dillon sorgte dafür, dass Tio schön geweitet und schon ziemlich außer sich war, als er sich endlich ein Kondom überrollte und in ihn glitt.

Tio zischte und Dillon stoppte und wartete etwas, bevor er weitermachte. Er sank langsam in ihn hinein. Er streichelte Tios Rücken und lehnte sich gegen ihn. Er wollte so viel Berührung wie möglich – wunderschöne, beruhigende Berührungen –, um Tio etwas abzulenken.

„Ich will dich sehen", stöhnte Tio. Dillon zog sich zurück, sodass Tio sich auf dem Rücken legen und ein Kissen unter seinen Po schieben konnte. Als er Tios Blick begegnete, sank Dillon wieder in ihn hinein. Dillon liebte diese Position und beugte sich vor. Er küsste Tio hart und ihre Körper und Seelen wurden eins.

„Du bist wirklich unglaublich", wimmerte Tio und rollte mit den Augen, während er nach Luft schnappte.

„Du auch", sagte Dillon. Er atmete schwer und strich über Tios Brust und seinen Bauch hinunter. Das hier sollte für beide überwältigend sein. Tios offenem Mund und seinen großen Augen nach zu urteilen war es das auch.

Ein Schweißglanz bedeckte Tios Haut, und ihre Düfte erfüllten die Kabine, als Dillon sich tief in ihn drückte und einige Sekunden innehielt. „Ich kann dein Herz fühlen", flüsterte Dillon.

„Verdammt, ich weiß nicht, was ich davon halten soll", flüsterte Tio und hielt Dillon fest. „Es ist gut und seltsam zugleich."

„Lass dich einfach drauf ein", sagte Dillon und änderte den Winkel. Tio schnappte nach Luft und zitterte, als Dillon sich langsam in ihm bewegte.

„Heilige Scheiße", stöhnte Tio, und Dillon bewegte sich weiter und streichelte Tio, bis die Worte ausblieben und alles, was er hörte, Keuchen und Stöhnen war. Tio konnte nicht mehr sprechen. Dillon machte weiter, bis Tio sich anspannte, erbebte und über Dillons Hand kam. Der Druck und die Intensität gaben Dillon den Rest und er kam ebenfalls. Er hielt ihn ganz fest, als sie zusammen ihre Orgasmen erlebten.

„Mein Gott", flüsterte Tio einige Zeit später, als Dillons Verstand wieder funktionierte. Er atmete tief ein und sog Tios wunderbaren Duft ein. Ihre Körper lösten sich in bebender Glückseligkeit. Dillon schaffte es, seine Beine zu bewegen. Er holte ein Handtuch, um sie abzuwischen, und entsorgte das Kondom, bevor er sich zu Tio legte.

Tio umarmte ihn fest. Er rollte sich auf die Seite und zog Dillon an sich heran. „Mein Hintern fühlt sich komisch an."

Dillon lachte. „Na klar! Er hat grad etwas erlebt, was er noch nicht kannte. Ich habe ein wenig Nachsicht mit deinem Hintern."

Tio stöhnte auf. „Nachsicht mit meinem Hintern …"

„Besser als die Alternative." Er rutschte näher an Tio heran. „Entspann dich einfach und schlaf. Morgen ist unser letzter Tag, und dann geht es zurück in die Realität." Dillon wünschte, er wüsste, was das bedeuten würde.

AUSSCHLAFEN UND dann durch einen Blowjob von Tio geweckt zu werden – was für eine herrlich unerwartete Überraschung! Den Nachmittag verbrachten sie beim Wellenreiter und genossen die Zeit in der Sonne. Dillon war dankbar, dass die Mitarbeiter auch nach Feierabend für ihn geöffnet hielten, und gab entsprechendes Trinkgeld. Er hatte immer noch ein Publikum, konnte aber surfen, ohne dass eine Menge um ihn herum war – etwas, das jetzt immer seltener der Fall war. Meistens wollten die Leute nur Hallo sagen, aber Carole hatte ein paar Mal versucht, Ärger zu machen. Da der Performer, mit dem sie Zeit verbracht hatte, krank war, war sie anscheinend wieder allein und gelangweilt, so Dillons Vermutung.

Dillons letzte Show verlief reibungslos und er räumte hinterher die wenigen Dinge, die er in der Garderobe hatte, weg.

„Wir müssen unsere Koffer in den Flur stellen, bevor wir zum Abendessen gehen", sagte Tio, und Dillon fragte sich, wie er alles in seinen Koffer bekommen sollte. Er hatte zwar nicht viel gekauft, aber trotzdem das Gefühl, viel mehr als vorher zu haben. Irgendwie schaffte er es, den Koffer zu schließen, nachdem er noch ein paar Dinge in seinem Handgepäck untergebracht hatte.

„Was machen wir jetzt?", fragte Dillon, als ihre Taschen im Flur standen und er sich aufs Sofa warf.

„Auf geht's. Es finden auf dem ganzen Schiff noch Aktivitäten statt. Warum sollten wir das nicht nutzen? Ich weiß, dass die Leute dich erkennen werden, aber es ist unsere letzte Nacht und ich möchte unsere restliche Zeit nicht einfach so verstreichen lassen."

„Ja, machen wir", stimmte Dillon zu. Die Kreuzfahrt ging zu Ende und er konnte nicht anders, als sich zu fragen, was sonst noch zu Ende gehen würde. Ja, Tio hatte ein paar nette Dinge gesagt, aber Dillon wusste, dass Worte und Gefühle, die an Bord einer Urlaubsreise geäußert wurden, nicht immer dem Druck der echten Welt standhalten konnten. Daher sollten sie jetzt das Beste daraus machen.

Und das taten sie. Dillon und Tio spielten beim Ratespiel *Titel des Abba-Lieds* mit und Dillon erkannte jedes Lied. Sein Preis war ein Schlüsselanhänger für jedes Mitglied seines Teams. Es machte ihm Spaß, aber Tio schien ein wenig gelangweilt zu sein.

„Warum gehst du nicht ins Casino?", fragte Dillon. „Ich werde mich schon unterhalten und du kannst derweil tun, was du wirklich magst." Er drückte Tios Hand.

„Bist du sicher?", fragte Tio.

„Ja. Komm schon, geh und gewinne etwas Geld", neckte Dillon und Tio eilte davon. Dillon hasste es, ihn allein gehen zu lassen, aber die Casinos waren laut und er musste seine Stimme schonen – besonders nach einem Auftritt. Er wanderte ein wenig übers Schiff und lächelte, wenn Leute ihn ansprachen, blieb aber nie stehen.

Er fühlte sich im Moment fast wie jemand anderes. Jetzt am Ende der Kreuzfahrt merkte man, dass alle noch einmal richtig feiern wollten, und diese Energie war überall spürbar. Die Bars und Lounges waren voll und die Livemusik an der Promenade ermunterte Paare zum Tanzen. Er blieb stehen, um zuzusehen, und eine ältere Frau forderte ihn auf, mit ihr zu tanzen. Dillon lächelte und ging darauf ein. Sie war eine gute Tänzerin und sie bewegten sich gut zusammen.

„Du tanzt sehr gut", sagte sie.

„Ich habe vor Jahren Unterricht genommen. Mein damaliger Agent bestand darauf, dass ich auf der Bühne tanzen und mich anmutig bewegen sollte. Also habe ich es gelernt und gemerkt, dass es mir Spaß macht." Er drehte sie hin und her und sie grinste. „Und wie steht's mit dir?" Sie bewegte sich mit der Anmut einer Gazelle.

„Ich unterrichte Tanzen", antwortete sie. „In einer Senioren-Einrichtung in Florida." Sie lächelte, und zusammen tanzten sie, bis das Lied endete. Dann änderte sich die Musik zu einem Dreivierteltakt, und sie verließ die Tanzfläche. Dillon drehte sich um, um es ihr nachzutun, da war plötzlich Tio, der seine Hand nahm und ihn umarmte.

„Diesmal darf ich führen", sagte er sanft. Zum Glück war Dillon gut genug, um in die andere Rolle zu schlüpfen. Er hatte es nicht erwartet, aber es machte ihm Spaß. Er blickte in Tios tiefe, sanfte Augen.

„Ich dachte, du wolltest ins Casino", sagte Dillon.

„Ohne dich hat es keinen Spaß gemacht", flüsterte Tio. „Dann habe ich dich in den Armen einer Frau gefunden, also musste ich sicherstellen, dass sie mir meinen Mann nicht wegnimmt." Tio rückte näher und Dillon hielt ihn fest und legte seinen Kopf auf Tios Schulter, während sie sich bewegten. Sie wurden beobachtet, aber Dillon kümmerte es nicht. Er war glücklich in Tios Armen und ließ sich von diesem Gefühl treiben. Er war sich sicher, dass Fotos gemacht wurden, vielleicht sogar Videos.

„In den sozialen Medien werden sie wahrscheinlich durchdrehen", sagte Dillon leise zu Tio.

„Lass sie", war alles, was Tio sagte, und Dillon schloss die Augen und ließ sich einfach von der Musik in eine Welt entführen, in der es nur ihn und Tio gab.

„Darf ich um einen Tanz bitten?", fragte jemand, aber Tio schüttelte den Kopf.

„Diese Tänze gehören mir", sagte er sanft und hielt Dillon fest. Es fühlte sich an, als bestünde eine unsichtbare Mauer um sie herum: Die Leute konnten schauen, aber nicht anfassen, und das gefiel Dillon.

„Müssen wir uns zum Abendessen umziehen?", fragte Dillon.

„Nein. Wir können so bleiben, wie wir sind", antwortete Tio und tanzte langsam weiter, während die Musik sanft weiterspielte. In einer Welt voller Hektik war dies eine Chance, die Dinge langsamer laufen zu lassen, wenn auch nur für eine Weile.

DAS ABENDESSEN war wunderbar. Mit Claudia und Jack hatten sie sehr viel Spaß. Tio und Jack vereinbarten ein Treffen, um Jacks Finanzen zu besprechen, und Dillon hatte Claudias Adresse und Telefonnummer, damit sie sich treffen konnten, wenn sie und Jack nach Chicago kamen oder wenn Dillon in Dallas auf Tour war.

„Jetzt ist alles vorbei", sagte Dillon, als er und Tio den Speisesaal zum letzten Mal verließen. Er wollte nicht gefühlsduselig werden, aber er hasste es, wenn Dinge zu Ende gingen. Morgen musste er sich wieder an die Arbeit machen und alles für seine Aufnahmesession vorbereiten. Da er schon Teile der Musik geschrieben hatte, würde es sicher gut gehen.

„Nicht alles", sagte Tio ihm. „Diese Kreuzfahrt neigt sich vielleicht dem Ende zu, aber es wird weitere geben. Vielleicht können wir nach deiner Tour eine andere machen." Er kam näher. Dillon liebte diese Augen.

„Er ist hier drüben", hörte er Carole rufen, und Dillon zog sich zurück, als eine Gruppe von Leuten auf ihn zukam und nach einem Autogramm oder Selfie fragte. Dillon war geduldig. Er unterschrieb alles und machte Fotos. Noch mehr Leute tauchten auf. Im Augenwinkel sah er Tio und Carole miteinander reden.

„Nein", sagte Tio energischer. „Hast du den Verstand verloren?", fragte er und schüttelte den Kopf. Dillon fragte sich, worum es ging. Er sprach weiter mit seinen Fans, als Carole Tio um die Ecke zog.

Irgendetwas sagte ihm, dass etwas ganz und gar nicht stimmte. Glücklicherweise kamen Mitarbeiter vom Gästeservice und lösten die Menschenmenge auf.

„Herr Fitzgerald ist ein Gast hier und verdient den gleichen Respekt wie jeder andere auch. Bitte kehren Sie zu Ihren Kabinen zurück oder suchen Sie sich eine andere Unterhaltung."

Dillon posierte für ein letztes Bild, verabschiedete sich dann und eilte dahin, wo er Carole und Tio zuletzt gesehen hatte.

Aber als er um die Ecke kam, sah er, wie Carole Tio gegen die Wand drückte und küsste.

„Was machst du da?", fragte er. Dillon zog Carole zurück, während Tio wie erstarrt dastand, seine Augen glasig. „Lass ihn in Ruhe." Was zum Teufel hatte sie getan? „Tio, ist alles in Ordnung?"

„Er hat mich geküsst. Natürlich ist alles in Ordnung", sagte Carole.

„Nein. Du hast ihn geküsst." Dillon stellte sich zwischen sie und Tio und machte ein Besatzungsmitglied auf sie aufmerksam. „Ich brauche den Sicherheitsdienst. Halten Sie sie davon ab, zu verschwinden. Sie sollen herausfinden, was zum Teufel sie vorhat." Der Mitarbeiter benutzte sein Handy, um Anrufe zu tätigen, während Carole laut protestierte. Er war so schlau, ihr ihren Bord-Pass wegzunehmen.

Dillon richtete seine Aufmerksamkeit sofort auf Tio. „Ich fühle mich komisch."

„Ich weiß", sagte Dillon und fragte sich, was Carole ihm gegeben hatte und wie. Er starrte sie an, als die Security eintraf. „Hast du etwas getrunken?"

„Carole hatte etwas Wasser dabei und ich glaube, ich habe davon getrunken", sagte Tio.

„Viel?", fragte Dillon und Tio schüttelte den Kopf. „Wo ist das Wasser?" Tio hielt sich an ihm fest, und Dillon sah sich um und entdeckte ein Wasserglas auf dem Boden. Es war noch recht voll, also hatte Tio vielleicht ein oder zwei Schlucke daraus genommen. Als die Security eintraf, erzählte er von dem Wasserglas und seiner Vermutung, dass Tio unter Drogen gesetzt worden sei.

„Du solltest ihn zum Arzt bringen", riet die Security. Dillon stimmte zu, zeigte ihnen das Glas und half dann Tio zum Aufzug. Sie fuhren auf Deck Eins. Er folgte den Schildern und brachte Tio zum Arzt. Er erklärte, was seiner Meinung nach passiert war, und sie brachten Tio in einen kleinen Untersuchungsraum. Dillon hielt seine Hand, während sie ihn untersuchten.

Tio war benommen und teilweise ein wenig desorientiert. Nach etwa einer Stunde wurde er langsam wieder er selbst, sehr zu Dillons Erleichterung.

Es war fast Mitternacht, als sie in ihre Kabine zurückkehrten. Dillon brachte Tio ins Bett. Er packte den Rest ihrer Sachen, so das alles erledigt war, wenn sie am nächsten Morgen das Schiff verlassen würden. Dann zog er sich aus und machte das Licht aus. Er stellte den Wecker und legte sich neben Tio ins Bett. Man hatte ihm gesagt, dass die Security Carole mitgenommen hatte, aber er weigerte sich, sich um sie zu sorgen.

„Mir geht es gut", flüsterte Tio in die Dunkelheit.

„Ich habe mir solche Sorgen um dich gemacht", sagte Dillon, als Tio seine Arme um seine Taille legte. „Sie hat dich geküsst."

„Ich weiß, und ich habe versucht, sie aufzuhalten, aber ich konnte es nicht. Sie sagte, sie will, dass du mich verlässt." Tio hielt ihn fester, so als hätte er Angst, Dillon würde versuchen, aufstehen und ihn allein zu lassen.

„Das habe ich mir schon gedacht. Ich weiß, dass du nichts mehr von ihr willst." Er schloss die Augen und versuchte, die rasenden Gedanken aufzuhalten.

„Will ich auch nicht. Es gibt nur eine Person, an der ich interessiert bin, und das bist du." Tio veränderte seine Position und Dillon folgte ihm. „Als sie mich geküsst hat, habe ich mir gewünscht, du wärst es. Daran habe ich mich festgehalten …, weil ich dich liebe."

„Bist du sicher, dass es das ist, was du willst? Dass ich der bin, den du willst?", fragte Dillon. „Ich liebe dich nämlich, und wenn es mit uns nicht klappt, wird es mich zerstören." Er blinzelte und weigerte sich, sich über die Augen zu wischen, damit Tio nicht mitbekam, dass er Tränen in den Augen hatte. „Ich liebe dich schon seit langem, aber habe mir nie erlaubt, zu hoffen, dass du meine Gefühle erwidern könntest."

„Dann müssen wir dafür sorgen, dass alles gut geht. Denn ich gebe dich nicht auf, weder für meinen Vater noch für irgendjemanden sonst. Du bist der, mit dem ich zusammen sein möchte. Als du für mich gesungen hast, wurde mir alles klar. Und ich weiß, was ich will und mit wem ich mein Leben verbringen möchte." Tio legte sanft seine Hände auf Dillons Wangen und küsste ihn. Die Welt um sie herum hörte auf zu existieren, als ihre Liebe und Leidenschaft sie erfüllte. Ihre letzten Stunden an Bord des Schiffs endeten mit einer unfassbaren Nacht. Dillon hatte Mitleid mit den Nachbarn.

DIE AUSSCHIFFUNG verlief reibungslos und die beiden schafften es rechtzeitig zum Flughafen. Tio, typisch für ihn, besorgte ihnen ein Flug-Upgrade. Auf dem Flug zurück nach Chicago tranken sie beide Champagner. Dillon stellte seinen Sitz zurück, legte die Hand auf die Armlehne zwischen ihnen und seufzte, als Tio seine Hand auf seine legte. „Fühlst du bereit, wieder Hause zu kommen?"

Tio schnaubte. „Es dauert immer Tage, bis ich mich wieder daran gewöhnt habe, niemanden zu haben, der mir das Bett macht, mir mein Abendessen bringt und Getränke für mich holt, wann immer ich will."

Dillon öffnete nicht einmal die Augen. Er schlug Tio leicht gegen die Schulter. „Mach keine Witze."

Tio hob seine Hand an und küsste sie, bevor er sie auf die Armlehne zurücklegte. „Es wird toll werden. Du hast noch ein paar Wochen, bevor du mit den Aufnahmen beginnst, und dann gehst du auf Tour. Ich dachte, ich würde eine Weile mitkommen, wenn das für dich in Ordnung ist. Ich könnte einige Zeit aus der Ferne arbeiten. Wenn du damit einverstanden bist."

„Ich glaube, das würde mir gefallen", sagte Dillon und wurde still. Er merkte, wie er sich innerlich beruhigte und die Nervosität in Bezug auf Tio verschwand.

„Gut." Tio beugte sich nah genug an ihn heran, dass Dillons Duft sein Herz schneller schlagen ließ. „Ich liebe dich."

„Ich liebe dich auch", erwiderte Dillon. Dann hielt Tio seine Hand und sie saßen für den Rest des Fluges ruhig da. Es war schwer zu glauben, dass er mit jemanden aus dem Urlaub zurückkehrte, den er schon so lange liebte, und sich herausgestellt hatte, dass diese Person ihn ebenfalls liebte. Das war mehr wert als alles andere. Er seufzte und lächelte glücklich und zufrieden vor sich hin. Dillon konnte sogar etwas schlafen, was ihm ansonsten fast nie auf einem Flug gelang.

Die Landung und das Abholen ihres Gepäcks im O'Hare Flughafen waren wie erwartet sehr stressig. Der Flughafen war voller Menschen. Sobald sie ihre Sachen abgeholt hatten, standen sie nahe einer der Ausgangstüren und spähten hinaus. Es schneite und der Wind wirbelte den Schnee ums Gebäude herum.

„Gott, ich hasse diese Kälte."

Tio nahm das Handy aus seiner Tasche. „Ich habe das perfekte Mittel dagegen."

„Was?", fragte Dillon, schon bibbernd vor Kälte. Er stand nahe genug an Tio, dass er den Bildschirm mit der Uber App darauf erkennen konnte.

Er scrollte nach unten zu den letzten Zielen. „Ganz einfach, Liebling: zu dir oder zu mir?" Dann beugte er sich vor und küsste ihn. Ein Kuss als Versprechen, das noch viele weitere Küsse folgen würden.

EPILOG

DILLON STAND vor dem Hochhaus, in dem Tio arbeitete. Er verlagerte sein Gewicht von Fuß zu Fuß. Er war nervöser, als er es sein sollte. Ohne nachzudenken, tätschelte er seine Tasche und die kleine Schachtel darin. Er hatte nur ein paar Tage Zeit und wollte das Beste daraus machen.

Sein neues Album war sowohl von den Kritikern als auch von seinen Fans fast einstimmig positiv aufgenommen worden. Manche gingen sogar so weit zu sagen, dass Dillons Musik zwar immer schon gut gewesen sei, diese neueste Sammlung an Liedern jedoch einen ganz neuen Tiefgang zeigte, den man nicht ignorieren konnte. Er war also gut beschäftigt und seine Konzerte waren sehr gefragt. Es war ein zermürbender Zeitplan, mit bis zu zwei Shows pro Nacht. Aufgrund der Ticketnachfrage waren zusätzliche Tage und Zwischenstopps hinzugekommen, und die meisten der ursprünglich freien Tage waren längst nicht mehr frei. Martin und die Finanzjungs, die Tio empfohlen hatte, hatten alles durchgearbeitet und herausgefunden, an welchen Stellen Leon nicht ganz ehrlich gewesen war. Und der einzige Grund, warum Leon nicht hinter Gittern war, war, dass das gesamte Geld zurückgegeben worden war – wahrscheinlich von Leons Familie, aber trotzdem …

Zum Glück hatte Dillon jetzt zwei Tage frei, bevor er dieses Wochenende in Chicago ein Konzert gab. Der Plan war gewesen, dass er in diesen Tagen zu Hause bleiben würde. Aber als im Veranstaltungsort in Dallas ein Brand ausbrach, der sie zwang, zwei Tage der Tour abzusagen, hatte Dillon sich sofort ins nächste Flugzeug nach Hause gesetzt. Er hob seinen Blick auf das Gebäude aus Glas und Stahl, bevor er hineinging.

„Guten Morgen", sagte Dillon zu Harlan, dem Portier, als er sich dem Lobby-Schalter näherte.

„Mr. Fitzgerald", sagte er mit einem Lächeln. „Werden Sie erwartet?"

Er schüttelte den Kopf. „Ich bin ein paar Tage früher gekommen und möchte Tio überraschen. Kann ich nach oben gehen?" Im Gebäude befanden sich viele Firmen und in der Regel kam man nur mit einer Anmeldung rein.

„Sicher. Gehen Sie nur." Er lächelte, und Dillon klopfte nervös auf die Theke. Dann ging er durch die Sicherheitstür zu den Aufzügen und fuhr in den sechsundzwanzigsten Stock. Er wünschte sich, er hätte irgendein

Geschenk für Tio mitgebracht, aber er hoffte, dass ein paar zusätzliche Tage zusammen Geschenk genug sein würden. Die Aufzugtür ging auf und er stieg aus.

Jeannie, Tios Rezeptionistin, quietschte und eilte um ihren Schreibtisch herum, um ihn zu umarmen. „Ich nehme an, er weiß nicht, dass du hier bist."

Dillon schüttelte den Kopf, als er sie losließ. „Ich geh dann mal rein."

„Noch nicht. Er und Herr Smythe-Barrett haben gerade ein Meeting. Hier ist seit Tagen die Stimmung sehr angespannt", flüsterte sie. Dillon setzte sich. „Weißt du was? Geh ruhig und klopfe an. Vielleicht hören sie dann auf, sich gegenseitig die Köpfe einzuschlagen."

Dillon ging zu Tios Büro, klopfte und steckte den Kopf hinein, als er eine Antwort erhielt. „Überraschung", sagte Dillon.

Die Wut in Tios Gesicht war sofort wie weggeblasen. „Du bist zurück. Ich habe dich erst in zwei Tagen erwartet." Tio stand auf und zerrte Dillon in den Raum. Er schloss die Tür und gab ihm mitten im Büro einen festen Kuss.

Tios Vater räusperte sich. „Bist du mit deiner kleinen Show fertig?"

Tio lachte. „Das ist keine Show, Dad. So fühle ich mich wirklich, und du kennst jetzt meine Bedingungen." Er wich zurück und öffnete die Tür. „Mit diesen Spannungen zwischen uns kann es so nicht weitergehen. Das weißt du, und ich weiß es auch." Er wartete, und sobald Tios Vater das Büro verlassen hatte, schloss er die Tür.

„Ich sehe, dass sich die Dinge nicht verbessert haben", sagte Dillon.

„Nicht zwischen meinem Vater und mir, nein. Es hat sich eher zugespitzt. Im Laufe der Jahre habe ich mich in das Geschäft eingekauft. Jetzt besitze ich genauso viele Anteile wie er. Aber es scheint, dass meine Mutter reisen will, und ihr gehören die anderen 10 Prozent. Also werde ich das Geschäft in Zukunft leiten und mein Vater beschließt, dass es Zeit ist, in den Ruhestand zu gehen. Entweder das, oder ich gehe und nehme meine Kunden mit. Und dann ist hier nichts mehr." Er zuckte mit den Schultern.

„Wie kannst du ihm das antun?", fragte Dillon und seufzte dann. „Ich wünschte wirklich, ihr beide hättet einen Weg gefunden, miteinander auszukommen. Ich hasse die Vorstellung, dass ich schuld daran bin, dass ihr euch zerstritten habt."

„Du bist nicht schuld daran. Mein Vater ist es, weil er einfach nicht akzeptiert, dass ich dich mehr als alles andere auf der Welt liebe. Meine Mutter glaubt, er brauche nur mehr Zeit." Tio zuckte mit den Schultern. Seine Mutter war eine liebe Person mit Rückgrat.

„Ich mag trotzdem nicht, dass es so zwischen euch gekommen ist", sagte Dillon leise.

„Es wäre nicht so, wenn er akzeptieren würde, was du mir bedeutest. Aber er kann und will das nicht. Ich werde nicht das ganze nächste Jahrzehnt damit verbringen, mit ihm zu streiten. Also werde ich der Geschäftsführer und mein Vater wird sich aus der Firma zurückziehen." Er zog Dillon in eine Umarmung. „Schluss jetzt. Lass uns nicht mehr übers Geschäft reden." Er grinste. „Was machst du überhaupt hier?"

„In Dallas gab es einen Brand, also bin ich sofort hergeflogen. Ich gehöre die nächsten vier Tage nur dir." Dillon hatte viel über alles nachgedacht, während er unterwegs war. Auf Tour hatte man viele Stunden Zeit für sich und seine Gedanken. „Aber ich möchte dir etwas sagen: Martin hilft mir, meine Eigentumswohnung zu verkaufen. Es wäre sinnlos, sie zu behalten, wenn ich immer nur bei dir bin, wenn ich in der Stadt bin." Tio hatte ihn bereits gebeten, bei ihm einzuziehen, aber bisher hatte Dillon immer abgelehnt. Die letzten Monate jedoch hatten für viel Klarheit gesorgt.

„Du machst Witze", sagte Tio mit einem Lächeln. „Ich habe nämlich drüber nachgedacht, meine Wohnung verkaufen. Vielleicht könnten wir gemeinsam ein Haus in einem der nördlichen Vororte suchen. Etwas, das uns beiden gehören würde." Dillon nickte und vergrub seinen Kopf in Tios Schulter. Aber es schien, als hätte Tio andere Pläne und sank vor ihm auf die Knie. Dillon schnappte nach Luft.

„Du weißt, dass ich kein großer Romantiker bin, und ich wollte bis zu diesem Wochenende warten." Tio griff in seine Tasche und zog eine kleine Schachtel heraus. „Ich habe vorher nur eine Person gefragt, ob sie mich heiraten will, und diese Beziehung ist auseinandergegangen. Ich habe mir gesagt, dass mir das nie wieder passieren würde. Aber ich habe es mir anders überlegt. Ich möchte dich für immer. Also, willst du …?" Tios Stimme brach. „Für immer *mein* sein?"

Dillon nickte und zog Tio auf die Füße. „Nur wenn du auch *mein* wirst." Er griff in seine Tasche und zog seine eigene Schachtel hervor. „Ich habe das für dich auf dem Schiff besorgt." Er nahm Tios Hand und schob den Ring auf seinen Finger – dann tat Tio dasselbe mit seinem Ring.

„Zwei Dumme, ein Gedanke", flüsterte Tio.

„Oder zwei Herzen wissen, was sie wollen", sagte Dillon leise und Tio zog ihn in eine Umarmung und hob ihn praktisch von den Füßen. „Vielleicht beides", fügte er hinzu, bevor Tio alle Gedanken an etwas anderes als ihn wegküsste.

ANDREW GREY ist Autor von mehr als zweihundert Werken zeitgenössischer Gay Romance Fiktion. Nach siebenundzwanzig Jahren Arbeit in der Geschäftswelt hat er sich nun mit seinem Ehemann Dominic und seinem Laptop in der Mitte von Pennsylvania niedergelassen. Ein interessantes Ménage. Andrew wuchs im Westen von Michigan mit einem Vater auf, der es liebte, Geschichten zu erzählen, und einer Mutter, die es liebte, sie zu lesen. Seitdem hat er im ganzen Land gelebt und ist durch die ganze Welt gereist. Er ist Träger des RWA Centennial Award, hat einen Master-Abschluss der University of Wisconsin–Milwaukee und ist jetzt Vollzeit-Autor. Zu Andrews Hobbys gehören das Sammeln von Antiquitäten, Gartenarbeit und das Abstellen seines schmutzigen Geschirrs überall außer in der Spüle (besonders während des Schreibens). Er ist sehr dankbar für seine ihn akzeptierende Familie, fantastische Freunde und den wohl am meisten unterstützenden und liebevollsten Partner der Welt. Andrew lebt derzeit im schönen, historischen Carlisle, Pennsylvania.

E-Mail: andrewgrey@comcast.net
Website: www.andrewgreybooks.com

Von ANDREW GREY

Alles nur für dich
Cowboys im zahmen Osten
Geborgtes Herz
Ein Lied für dich
Malen nach Zahlen
Neue Wege
Sein größter Fang

CARLISLE COPS
Feuer und Wasser
Feuer und Eis
Feuer und Regen
Feuer und Schnee
Feuer und Hagel

GESCHICHTEN AUS DER
FERNE
Ein weites Land – Miteinander
Ein weites Land – Dunkle Wolken
Ein weites Land – Unruhige Zeit
Fremde Weiten

HERZENSSACHEN
Das Licht der Liebe

IM FEUER
Erlösung in Feuer
Gestählt im Feuer
Sieg über das Feuer

EIN NEUES KAPITEL
Ein neues Kapitel

SIEBEN TAGE
Sieben Tage

SINNE
Liebe kommt auf leisen Sohlen

Veröffentlicht von DREAMSPINNER PRESS
www.dreamspinner-de.com

EIN TITEL DER 🖋 'EIN NEUES KAPITEL' SERIE

EIN NEUES KAPITEL

ANDREW GREY

Ein Titel der Ein neues Kapitel Serie

Als Dex Grippons Mutter stirbt, betrachtet er das als Zeichen, die Schauspielerei an den Nagel zu hängen und in seine Heimatstadt zurückzukehren. Wenn es ihm gelingt, den Buchladen seiner Mutter zu retten, kann er dadurch diese letzte Verbindung zu seinen Eltern bewahren. Doch einen unabhängigen Buchladen am Laufen zu halten, erweist sich als schwieriger als erwartet, und Dex ist nicht der Einzige, der sich fragt, was seine Mutter möglicherweise zusätzlich verkauft hat.

Der frühere Polizist Les Gable befindet sich zwar nicht mehr im Dienst, muss aber unbedingt wissen, was in dem Buchladen vor sich gegangen ist. Er würde alles tun, um seine Neugierde zu befriedigen – einschließlich, sich mit dem neuen Besitzer anzufreunden, indem er ihm Hilfe bei der Renovierung des Geschäfts anbietet. Irgendetwas an dem Buchladen kommt ihm nicht ganz koscher vor, und Les ist entschlossen, herauszufinden, was das ist.

Das Problem ist jedoch, dass seine Neugier auf Dex ziemlich schnell größer ist, als das Interesse an den Geschehnissen im Laden. Doch während aus Neugier Liebe wird, bedroht die Vergangenheit des Ladens ihre Zukunft. Wird es Les und Dex gelingen, das Geheimnis des Buchladens zu lüften und ihre Beziehung – und ihr Leben – zu retten, oder wird ihnen alles um die Ohren fliegen?

Scanne bitte den QR Code, um auf Deutsch zu bestellen

ANDREW GREY

MALEN

NACH

ZAHLEN

Verhelfen das Polarlicht und eine Liebe im zweiten Anlauf einem sich quälenden Künstler zu neuer Inspiration?

Als der New Yorker Maler Devon Starr seine Sucht aufgibt, verschwindet auch seine Inspiration. Devon braucht eine Veränderung und reist wegen des Schlaganfalls seines Vaters nach Hause, nach Alaska. Die kleine Stadt, in der er aufgewachsen ist, ist jedoch nicht mehr so wie in seiner Erinnerung.

Enrique Salazar kann sich noch ausgesprochen gut an Devon erinnern und macht es zu seiner persönlichen Mission, Devon die Augen für die wilde Schönheit und all die Möglichkeiten um sie herum zu öffnen. Die beiden Männer kommen sich näher, und gerade als Devon langsam begreift, was immer für ihn da war, sind sie gezwungen, sich gegen eine Bergbaugesellschaft zu wehren, die die unberührte Natur bedroht, dank derer sie sich verliebt haben. Der gemeinsame Kampf verstärkt ihre Bindung noch, doch als das Verlangen, wieder einen Pinsel in die Hand zu nehmen, zurückkommt, vernimmt Devon auch den Ruf der Stadt.

Ein Mann gefangen zwischen zwei Welten. Devon bleibt nur, seinem Herzen zu folgen.

Scanne bitte den QR Code, um auf Deutsch zu bestellen

NEUE WEGE

Andrew Grey

Geschäfte kann man planen, Liebe passiert …

Thomas Stepford hat über Jahre eine sehr erfolgreiche Firma aufgebaut. Jetzt, mit neununddreißig, wünscht er sich ein ruhigeres Leben. Als seine Eltern Hilfe brauchen, kehrt er zurück nach Hause. Weil er seine Geschäfte nicht einfach so an den Nagel hängen kann, wird ein Assistent für ihn eingestellt. Brandon macht sein Leben leichter, aber auch erst richtig kompliziert …

Brandon Wilson kommt frisch vom College und braucht einen Job. Seine Mutter besorgt ihm eine Stelle – als Assistent bei Mr Stepford. Thomas scheint sich nicht daran zu erinnern, aber Brandon hat schon einmal für den umwerfend attraktiven, älteren Mann gearbeitet: Vor Jahren hat er bei Thomas den Rasen gemäht. Thomas war Brandons Jugendschwarm. Und jetzt ist er Brandons Boss.

Thomas und Brandon sind beide entschlossen, ihre Beziehung rein geschäftlich zu halten. Sie lernen, miteinander zu arbeiten, selbst als das Knistern zwischen ihnen immer stärker wird. Als ihre Leidenschaft füreinander schließlich zum Siedepunkt kommt und sie gerade soweit sind, ihren Gefühlen nachzugeben, wird Thomas von seinem alten Leben eingeholt. Er muss zurück nach New York. Und dann erfüllt sich für Brandon ein Traum: Er bekommt ein Angebot aus Hollywood.

Hat ihre neugefundene Liebe noch eine Chance?

Scanne bitte den QR Code, um auf Deutsch zu bestellen

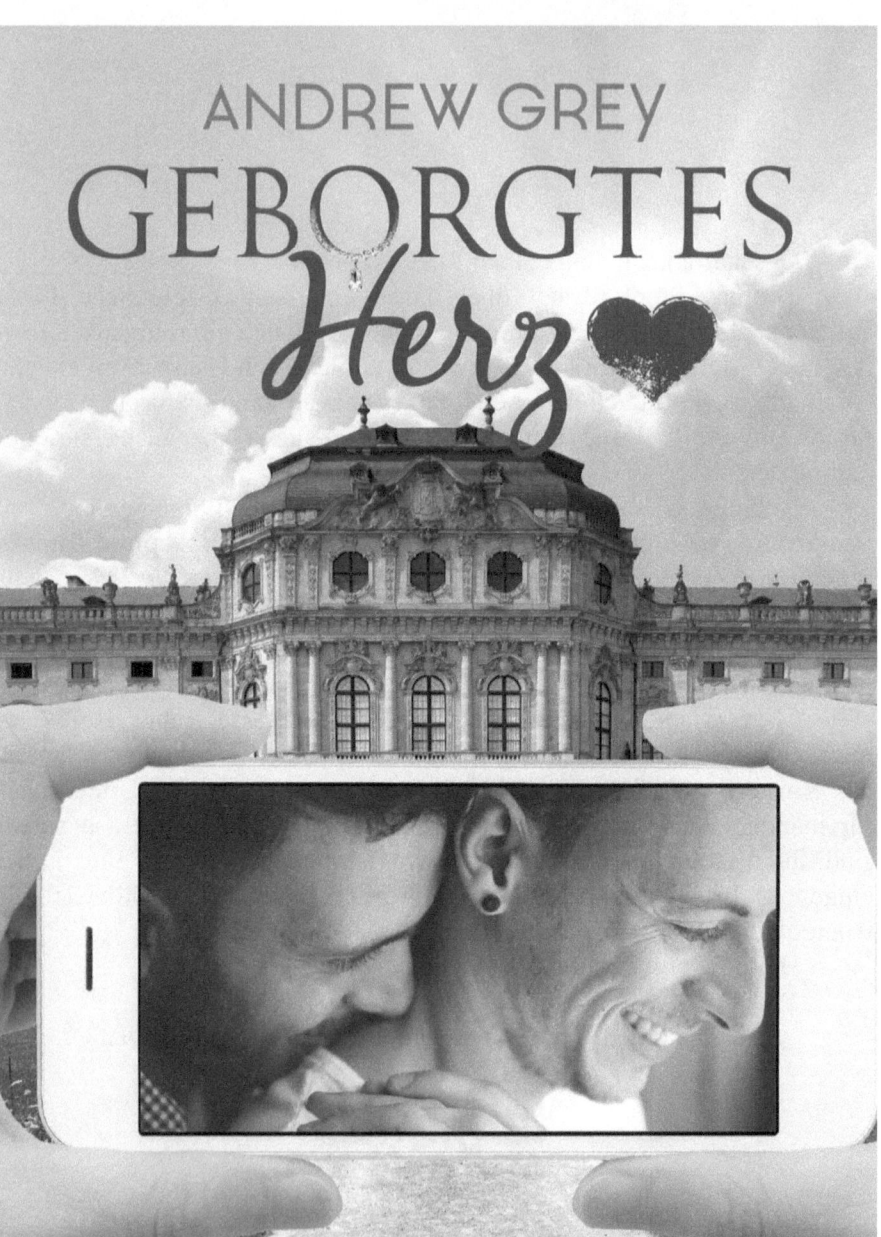

ANDREW GREY

GEBORGTES
Herz

Robin, der Empfänger eines neuen Herzens, weiß, dass er es nicht einfach an den Erstbesten verschenken darf …

Robin hat in letzter Zeit viel erlebt, von einer Herztransplantation bis hin zu einer sehr schmerzhaften Trennung. Doch seine Erfahrungen haben ihn gelehrt, dass das Leben kurz ist, und er ist bereit, jeden Tag zu nutzen und einen Neuanfang zu machen. Ein Job bei Euro Pride Tours ist genau die Art von Abenteuer, die er sucht. Dabei lernt er die Welt kennen und kann sein Leben genießen, aber an Liebe denkt er überhaupt nicht. Er ist sich nicht sicher, dass sein Herz das ein weiteres Mal verkraften könnte.

Johan mag seine Familie enttäuscht haben, indem er seinen eigenen Weg geht, aber als er Robin kennenlernt, hat er nicht vor, ihn im Stich zu lassen. Die beiden Männer sind für den anderen genau das, was ihm gefehlt hat, um sich wieder vollständig zu fühlen. Auch ist Johan nicht der Mann, für den Robin ihn ursprünglich gehalten hat, sondern er ist der Richtige, um Robins geborgtes Herz schneller schlagen zu lassen. Während einer Rundreise durch Süddeutschland kommen sie sich näher, aber als Robins Ex sich der Reisegruppe anschließt, könnte er ihrer aufkeimenden Liebe ein jähes Ende bereiten.

Scanne bitte den QR Code, um auf Deutsch zu bestellen

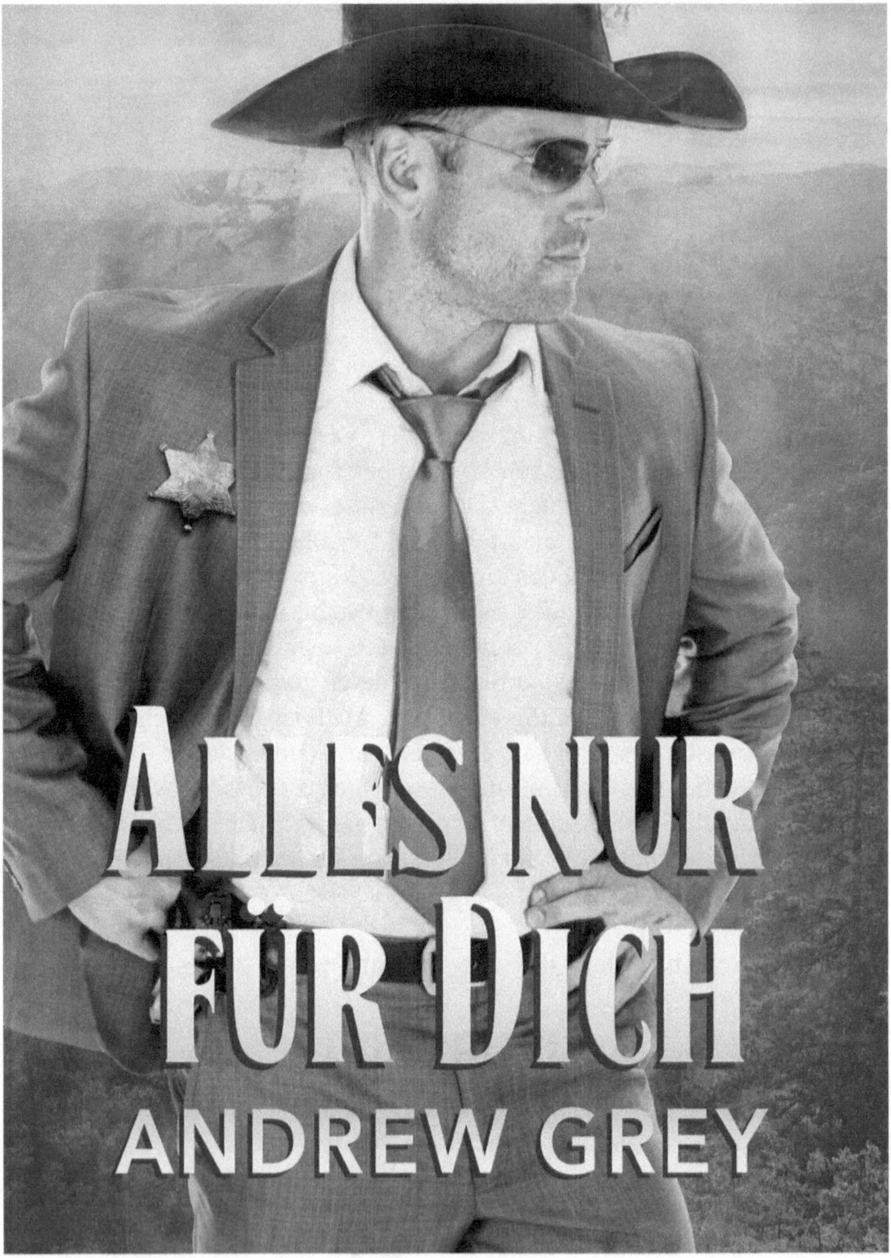
ALLES NUR
FÜR DICH
ANDREW GREY

Der einzige Weg zum Glück ist Freiheit: die Freiheit, im Leben und in der Liebe dem eigenen Herzen zu folgen. Diese Freiheit in Anspruch zu nehmen erfordert allen Mut, den ein junger Mann aufbringen kann ... Aber er muss sich der Aufgabe nicht allein stellen.

Im kleinen konservativen Sierra Pines, Kalifornien, ist Pastor Gabriel das Gesetz. Sein Sohn Willy folgt seinen Vorgaben ... bis er in Sacramento einen Mann kennenlernt und ihn kurz darauf in seiner Heimatstadt wiedertrifft – genau vor der Nase seines Vaters.

Reggie ist der neu ernannte Sheriff von Sierra Pines. Sein Engagement für den Beruf verlangt, dass er seine Sexualität nicht zur Schau stellt. Aber als er Will wiedertrifft, wird er das Gefühl nicht los, dass sie füreinander bestimmt sind. Er möchte Wills Geheimnis wahren, bis Will bereit ist der Welt zu zeigen, wer er ist. Als wäre es nicht schon genug, sich gegen die Kirche und die Stadtbewohner zu stellen, drohen die Gefahren von Reggies geliebtem Job der Romanze ein Ende zu bereiten, ehe sie noch richtig begonnen hat.

Scanne bitte den QR Code, um auf Deutsch zu bestellen

www.ingramcontent.com/pod-product-compliance
Lightning Source LLC
Chambersburg PA
CBHW050337110726
47899CB00007B/2538